Jean Jacques Laurent
Elsässer Versuchungen

PIPER

Zu diesem Buch

Als ein Toter am Ufer des Rheins angeschwemmt wird, interessiert Major Jules Gabin das zunächst nur beiläufig, denn der Fluss liegt nicht in seinem Zuständigkeitsbereich. Doch schnell stellt sich heraus, dass das Opfer zuletzt in der Rebenheimer Pension »Auberge de la Cigogne« untergebracht war. Und damit nicht genug: Der Tote, ein deutscher Geologe, war in heikler Mission unterwegs – er suchte nach Goldvorkommen im Elsass.
In dem ruhigen Städtchen, in dem sich im Herbst normalerweise alles nur um Wein und Kulinarisches dreht, sorgt zeitgleich ein weiteres Ereignis für Unruhe: Frédéric Rocca, französischer Filmstar der 1980er Jahre, will nach dem Ende seiner Karriere in seinen Geburtsort zurückkehren. Während die umtriebige Tourismusamtschefin Isabelle Cantalloube von dieser zusätzlichen Attraktion entzückt ist, schlägt Roccas späte Heimkehr anderen auf den Magen. Denn nicht nur Jules' Amtsvorgänger Lino Pignieres hat mit dem abgehalfterten Star noch eine Rechnung offen ...

Jean Jacques Laurent ist das Pseudonym eines deutschen Autors, der bereits zahlreiche Kriminalromane verfasst hat. Mehrmals im Jahr reist er zu seiner Familie ins Elsass, wo er Land und Leute studiert und die gute Küche genießt. Immer mit einem Gläschen Weißwein dazu, denn im Gegensatz zu Rotweinliebhaber Major Gabin hat der Autor nichts gegen den Elsässer Silvaner einzuwenden.

Jean Jacques Laurent

ELSÄSSER VERSUCHUNGEN

Ein Fall für Major Gabin

PIPER

Mehr über unsere Autorinnen, Autoren und Bücher:
www.piper.de

Von Jean Jacques Laurent liegen im Piper Verlag vor:
Jules-Gabin-Reihe:
Band 1: Elsässer Erbschaften
Band 2: Elsässer Sünden
Band 3: Elsässer Versuchungen
Band 4: Elsässer Verfehlungen
Band 5: Elsässer Intrigen
Band 6: Elsässer Machenschaften

Ungekürzte Taschenbuchausgabe
ISBN 978-3-492-31247-9
1. Auflage Mai 2018
3. Auflage März 2022
© Piper Verlag GmbH, München 2017,
erschienen im Verlagsprogramm Paperback
Umschlaggestaltung: FAVORITBUERO, München
Umschlagabbildung: plainpicture / BlueHouseProject und Shutterstock
Karte: Martina Frank, München
Satz: Uhl + Massopust, Aalen
Gesetzt aus der Stempel Garamond LT Std
Druck und Bindung: CPI books GmbH, Leck
Printed in the EU

LE PREMIER JOUR

DER ERSTE TAG

Jules Gabin öffnete die Augen und blinzelte ins Sonnenlicht, das sich seinen Weg durch die Spalten der Jalousie suchte. Es musste sieben Uhr sein, wahrscheinlich etwas früher, denn sein betagter Reisewecker hatte noch nicht geklingelt. Langsam richtete er sich auf und schlug die Bettdecke zurück. Jules war nackt, und in seinem Kopf brummte es. Das letzte Glas vom guten Crémant d'Alsace musste zu viel gewesen sein. Er sah zum Tisch hinüber, wo zwei leere Flaschen standen. Wann hatten sie sich hingelegt, fragte er sich. Sicher nicht früher als gegen eins, wobei »hinlegen« nicht schlafen bedeutet hatte.

Jules tastete sich mit der linken Hand auf die andere Seite des Bettes vor und fühlte etwas Warmes und Weiches. Damit löste er ein herzhaftes Gähnen aus.

»Müssen wir etwa schon aufstehen?« Die Stimme klang schläfrig.

»Müssen? Ja. Aber wollen? Nein.« Jules ließ seine Hand weiterwandern.

»Finger weg, Major! Irgendwann ist mal Schluss.«

Jules sah ein, dass er sich einen neuen Versuch sparen konnte, denn er musste ja zur Arbeit. Also schwang er sich schweren Herzens von der Matratze und ging ins Bad. Bevor er eintrat, wandte er sich um und genoss den Blick auf den wunderschönen Körper, der auf dem

Bett drapiert war wie auf einem Gemälde. Die sonnengebräunte Haut und die sanften Formen, die nur unzureichend von der Decke verborgen wurden, zauberten einen versonnenen Ausdruck auf sein Gesicht.

An das beengte Badezimmer, in dem Wanne und Dusche eine Einheit bildeten und dessen Wände noch die Fliederfarbe seiner Vormieterin trug, musste sich Jules erst gewöhnen. Wie auch an vieles andere in dem verwinkelten Appartement, in das er vor wenigen Wochen eingezogen war. Ein glücklicher Zufall hatte ihm zu dieser Bleibe verholfen, denn nachdem seine Wohnungssuche auf offiziellen Wegen erfolglos geblieben war, hatte er die Gunst der Stunde genutzt: Bernadette, ehemalige Weinkönigin von Rebenheim, musste wegen Anstiftung zum Mord eine mehrjährige Haftstrafe verbüßen. Jules, der sie überführt und ins Gefängnis gebracht hatte, übernahm kurzerhand ihren Mietvertrag und zog ein. Sehr zum Verdruss von Clotilde, der Wirtin der *Auberge de la Cigogne*, in der er während der ersten Monate seiner Dienstzeit als Kommandant der örtlichen Gendarmerie gelebt hatte und wo er fürsorglich bemuttert worden war.

Jules dachte über die großen Veränderungen in seinem Leben nach, während er Wangen und Hals für eine dringend fällige Rasur einschäumte. Dabei betrachtete er sich im Spiegel und sah das zottelige schwarze Haar und die unruhigen dunklen Augen. Mit einem Anflug von Selbstzweifeln fragte er sich, ob er die Frau, mit der er diese wunderbare Nacht verbracht hatte, überhaupt verdiente. Die Leidenschaft, mit der sie sich zueinander hingezogen fühlten, versetzte ihn in einen permanenten Rauschzustand. Jules mochte sein Glück kaum fassen und konnte an nichts anderes denken als an sie. Ihre Liebe erschien ihm wie ein Traum, der hoffentlich nicht so bald ausgeträumt sein würde.

Nach einer gründlichen Rasur putzte sich Jules die Zähne und sprang unter die Dusche. Erst ganz heiß und dann eiskalt, so wie er es immer tat. Das weckte die Lebensgeister. Als er im Morgenmantel das Bad verließ, fand er das Bett leer vor. Die Laken waren zerwühlt und verströmten ihren Duft. Zeugen einer vollkommenen Nacht.

In der Küche, die Jules mitsamt Ausstattung inklusive geblümtem Kaffeeservice von Bernadette übernommen hatte, standen zwei dampfende Tassen *café allongé*. Schmunzelnd kam Jules näher.

»*Merci, chérie*«, sagte er, während er sich herunterbeugte, um ihr auf die Wange zu küssen.

»Bedankst du dich für den Kaffee oder für die Nacht?«

Joanna Laffargue trug eines seiner T-Shirts, das ihr viel zu weit war. Ihre Wangen waren gerötet, das kurz geschnittene blonde Haar stand in alle Richtungen ab. Jules setzte sich ihr gegenüber und nippte an seinem Kaffee. Er betrachtete die junge Frau, die er vor einem Jahr als gestrenge Untersuchungsrichterin kennen- und fürchten gelernt hatte, die sich aber schon bald einen festen Platz in seinem Herzen erobern konnte. Oder war die Initiative nicht doch eher von ihm ausgegangen? Wahrscheinlich von beiden, denn dass es zwischen ihnen knisterte, war ihnen schon bei der allerersten Begegnung aufgefallen. Nur hatte es Jules zunächst nicht wahrhaben wollen – denn es gab bereits eine Frau in seinem Leben: Lilou, seit sechs Jahren seine Partnerin, hatte in seiner Heimatstadt Royan auf seine Rückkehr gewartet. Eine Zeit lang war Jules hin- und hergerissen gewesen, taumelnd zwischen diesen beiden völlig unterschiedlichen Menschen: die eine mit südländischem Temperament gesegnet, quirlig, impulsiv, leicht aufbrausend. Die andere viel nüchterner, professionell im Beruf, bedacht im Privaten, aber auch voller Leidenschaft, wie er letzte Nacht nicht zum ersten Mal erfahren durfte.

So schwer es ihm auch gefallen war, hatte er mit seiner Lilou vor einem halben Jahr Schluss gemacht. Dafür hatte sie ihm eine Mordsszene geliefert, und für kurze Zeit hatte Jules gefürchtet, dass seine Kollegen bald in eigener Sache ermitteln müssten: Es hatte nicht viel gefehlt, und Lilou hätte ihn erschlagen. Als Wurfgeschosse dienten Schuhe, Bücher und sogar eine Vase. Doch schließlich zeigte sie ein Einsehen und akzeptierte die Trennung. Seitdem hatte Jules nichts mehr von Lilou gehört und konnte sich reinen Gewissens auf die neue Frau an seiner Seite einlassen.

Er war glücklich und zufrieden wie lange nicht mehr, auch wenn er wusste, dass seine Beziehung mit Joanna noch sehr fragil war. Während Lilou ihn als festen Partner betrachtet hatte und auf eine baldige Heirat ausgewesen war, legte Joanna großen Wert auf ihre Eigenständigkeit. Das Zusammenziehen in eine Wohnung kam für sie überhaupt nicht infrage. Sie machte auch deutlich, dass sie nicht vorhabe, Jules irgendeine Art von Rechenschaft abzulegen über das, was sie tat, wenn sie beide gerade nicht zusammen waren. In diesen sauren Apfel musste Jules beißen. Doch das tat er nicht ungern. Er mochte saure Äpfel.

Joanna trank ihren Kaffee aus und schaute auf das verschnörkelte Ziffernblatt der Küchenuhr. »Wann willst du in der Gendarmerie sein? Um halb neun? Oder reicht auch neun? Bei mir würde es genügen, wenn ich erst in einer halben Stunde losfahre. Was meinst du?«, fragte sie mit einem Lächeln, das Jules nicht anders als anzüglich bezeichnen konnte.

Er schob seinen Stuhl zurück und trat hinter sie, um ihr das T-Shirt auszuziehen. Doch das Läuten an der Wohnungstür hinderte ihn daran.

Als er öffnete, sah er sich einer korpulenten Frau im traditionellen elsässischen Trachtenkleid gegenüber, die einen Weidenholzkorb vor ihrer stattlichen Brust trug. Ihr rundliches Gesicht wurde zur Hälfte von einer Baguettestange verdeckt.

»Clotilde!«, rief er überrascht. »Was machen Sie denn hier, so früh am Morgen?«

Statt eine Antwort zu geben, zwängte sich die Wirtin der *Auberge de la Cigogne* an ihm vorbei in die Wohnung, versah Joanna mit einem schmallippigen *»Bonjour«* und stellte den Proviantkorb auf dem Küchentisch ab. Sie ließ dem Baguette einen Napf Salzbutter und einen sorgsam umwickelten Munster-Géromé folgen, den würzigen Weichkäse aus den Hochvogesen, den Jules so sehr schätzte. Anschließend tafelte sie als süße Alternative einige Gläser mit hausgemachtem Quitten- und Traubengelee auf und zauberte ein halbes Dutzend *pain au chocolat* hervor, eine weitere von Jules' Leibspeisen.

Dem gingen glatt die Augen über, als er all die Köstlichkeiten vor sich sah. Im Gegensatz zu den meisten seiner Landsleute war Jules nämlich alles andere als ein Frühstücksmuffel. Er liebte es, schon morgens zu schlemmen – je üppiger, desto besser.

»Habe ich es mir doch gedacht, dass Mademoiselle Laffargue es nicht schafft, für Sie einzukaufen«, sagte Clotilde mit einem süffisanten Grinsen. »Die jungen Leute haben ja heutzutage so viel anderes zu tun. Da kommt der Haushalt nun mal zu kurz.«

Während Jules diese Spitze in Richtung Joanna wohlweislich überhörte und sich mit Wonne über seine geliebten Schokoladenbrötchen hermachte, strafte Joanna Clotildes kulinarisches Aufgebot mit Missachtung und verließ den Raum. Kurz darauf hörte Jules die Badezimmertür knallen.

Clotilde zuckte die Schultern und ließ sich auf dem frei gewordenen Platz nieder.

»Na, wie fühlen Sie sich in Ihrer Junggesellenbude, Monsieur le Commissaire?«, fragte sie und musterte ihren ehemaligen Dauergast wie eine Mutter ihren Sohn.

»Major«, korrigierte er den Dienstrang und antwortete diplomatisch: »Ganz gut.«

Das war es natürlich nicht, was Clotilde hören wollte. In erster Linie interessierte sie sich für sein völlig umgekrempeltes Liebesleben, das ihr offenkundig nicht behagte. Während Jules noch zwischen seinen beiden Favoritinnen geschwankt hatte, hatte sich die Wirtin klar hinter Lilou gestellt. Nun wartete sie wohl auf die erste Krise in Jules' neuer Beziehung, um sich bestätigt zu sehen. Doch den Gefallen, aus dem Nähkästchen zu plaudern, tat Jules ihr nicht.

Clotilde bohrte nicht weiter nach, sondern wechselte das Thema: »Haben Sie von dem Toten gehört?

Der Deutsche, den sie aus dem Rhein gefischt haben?«, fragte sie, während sie ihm beim Kauen zusah.

Jules nickte, schluckte ein mit Munster bestrichenes Baguettestück herunter und fragte: »Von wem wissen Sie davon?«

»Man redet darüber.«

»Soso«, meinte Jules und winkte ab. »Ist nicht mein Bereich. Darum dürfen sich die Kollegen der Police nationale in Strasbourg kümmern.« Jules' Zuständigkeit endete an den Gemeindegrenzen von Rebenheim. Davon abgesehen durfte die Gendarmerie nationale, der er selbst angehörte, nicht tätig werden, wenn Tötungsdelikte politische Dimensionen annahmen, was bei einem ausländischen Staatsbürger als Opfer der Fall sein durfte.

»Offenbar hat man ihn brutal zusammengeschlagen und in den Fluss geworfen«, ging Clotilde über Jules' Einwand hinweg. »Das sind ja regelrechte Mafiamethoden! Und das in unserem beschaulichen Landstrich, unserem Elsass.«

»Ach ja? Ich habe die Sache zwar nur am Rande verfolgt, aber es ist doch noch gar nicht geklärt, ob es sich wirklich um ein Tötungsdelikt handelt. Unfall und Suizid sind zwei weitere Optionen. Und soweit ich weiß, steht nicht einmal fest, ob das Opfer auf französischer oder auf deutscher Seite ins Wasser gefallen ist. Denn dass der Fundort der Leiche auch der Tatort ist, kann nicht vorausgesetzt werden«, merkte Jules an. »Vielleicht hat das Ganze gar nichts mit dem Elsass zu tun.« Er bestrich ein weiteres Brotstück daumendick mit Käse.

»O doch!«, betonte Clotilde. »Immerhin war er Gast in meiner Pension.«

»Wer?«, fragte Jules und ließ das Brot sinken.

»Na, der Tote! Herr Jürgen Schwan.«

Jules verschlug es für einen Moment die Sprache. Die angeschwemmte Männerleiche, über die seit gestern – nicht nur – in Polizeikreisen gesprochen wurde und die es heute gewiss auch in die örtliche Presse schaffen würde, sollte in einem Bezug zu Rebenheim stehen? Jules wusste nicht, ob er diese Nachricht begrüßen oder sich darüber sorgen sollte. Ein neuer, interessanter Fall war ihm prinzipiell stets willkommen, aber dieser hier schien Ärger zu versprechen. Denn wenn es stimmte, was Clotilde gerade behauptet hatte, würden die Kollegen der Police nationale sehr bald in Rebenheim aufschlagen und sich in seinem Revier wichtigmachen. Keine angenehme Vorstellung.

»Wann hat er denn bei Ihnen gewohnt?«, fragte Jules und versuchte gleichzeitig, sein Interesse an der Sache zu zügeln. »Wann kam er an und wann reiste er wieder ab?«

»Gar nicht!« Clotilde wirkte etwas ratlos.

»Verstehe ich nicht.«

»Nun – er trug sich vor gut einer Woche in mein Gästebuch ein, hat aber nicht ausgecheckt. Seine Habseligkeiten liegen noch immer in dem Zimmer, das er gemietet hatte.« Hinter vorgehaltener Hand fügte sie hinzu: »Ich habe mich ein wenig darin umgesehen, nachdem ich gehört hatte, was passiert ist. Seine Sachen hängen noch im Schrank, auf dem Bett und dem Nachttisch liegen Bücher und Landkarten. Es sieht nicht so aus, als hätte er für seine Abreise gepackt.«

»Hm …« Jules fuhr sich mit der Spitze des Zeigefingers nachdenklich über die Lippen. Auch er hätte allzu gern einen Blick in das Pensionszimmer geworfen. Das könnte Aufschluss über die Person gegeben. Mehr als der Name und die persönlichen Daten aus dem bei der Leiche gefundenen Pass waren der Polizei nicht bekannt.

»Es wäre mir sehr recht, wenn Sie sich das Zimmer einmal vornehmen könnten, Monsieur le Commissaire, pardon, Major«, schloss Clotilde ihre Bitte an, als hätte sie Jules' Gedanken gelesen. »Sie würden mir damit einen persönlichen Gefallen tun. Denn ich muss mich absichern. Nicht dass Monsieur Schwan etwas Verbotenes bei mir aufbewahrt hat: Falschgeld, Rauschgift …«

Jules war drauf und dran, dieser Bitte zu entsprechen. Einerseits, weil er Clotilde gern helfen wollte. Andererseits aus beruflich bedingter Neugierde auf den Fall. Doch er durfte keinen Kompetenzstreit heraufbeschwören. Joanna, die unter der Dusche stand, würde das genauso sehen. Da war nichts zu machen, denn die Regularien waren eindeutig.

»Tut mir sehr leid, doch ich kann nichts tun«, sagte er mit bedauerndem Blick. »Die Angelegenheit liegt bereits in den Händen der Police nationale. Die Kollegen werden sich sehr bald mit Ihnen in Verbindung setzen. Geben Sie sich ihnen gegenüber bitte ebenso kooperativ wie mir.«

Clotilde war deutlich anzusehen, was sie von seinem Vorschlag hielt. Verschnupft räumte sie die Reste des Frühstücks zusammen und ging.

Das Klackern der Kugeln, die auf dem sandigen Boden aneinanderstießen, war schon von Weitem zu hören. Es dämmerte bereits, als Jules auf dem Bouleplatz vor der *Brasserie Georges* eintraf und sich nach einem ereignislosen Tag in der Gendarmerie auf ein kühles *bière pression* und gute Gespräche mit seinen Freunden freute. Die Männerrunde aus mehr oder weniger ambitionierten Hobbyradlern traf sich Abend für Abend an dem von zwei mächtigen Kastanien beschatteten Platz und ließ die Kugeln rollen. Jules orderte sein Bier, gesellte sich dazu und beobachtete, mit welcher Gelassenheit die Spieler zu Werke gingen. Denn das war das Wichtigste: Entspannung. Wer sich nicht lockermachte oder sich von dem einen oder anderen bissigen Kommentar der Umstehenden ablenken ließ, hatte schon verloren.

Pierre Poirier, der rotwangige Rentner, Versicherungsvertreter Jean-Paul Gardier, Apotheker Jean Marie Bovier und Feuerwehrkommandant Claude machten ihre Sache gut, fand Jules, der selbst seit Kindheitstagen leidenschaftlich gern Boule spielte. Die beste Technik und größte Zielsicherheit stellte jedoch der Älteste der Runde unter Beweis: Lino Pignières, Jules' Vorvorgänger und von vielen im Ort noch immer als eigentlicher Polizeichef geachtet. Jules konnte den knorrigen Alten gut leiden, traute ihm aber nur bis zu einem gewissen Grad über den Weg. Denn es gab einen dunklen Punkt in Linos Vergangenheit, über den dieser partout nicht sprechen wollte. Das machte eine vorbehaltlose Freundschaft für Jules unmöglich.

»*Bonsoir*, Jules«, sprach ihn Antoine Kern an, seines Zeichens Immobilienmakler, Boulespieler und ebenfalls seit Jahr und Tag leidenschaftlicher Radsportler. Seines Bierbäuchleins zum Trotz legte sich der Vierzigjährige bei ihren gemeinsamen Touren mächtig ins

Zeug und konnte mit den Jüngeren ohne Weiteres mithalten. Antoine hatte ein sonniges Gemüt und ein lockeres Auftreten. Beides verstand er vortrefflich zu kaschieren, sobald es ums Geschäft ging. Im Dienst trug er stets teure Anzüge und brachte das schwarze Haar mit Pomade in Form.

»Ich hätte dich heute gar nicht hier erwartet«, meinte Antoine verwundert.

»Warum sollte ich denn nicht kommen?«, wunderte sich Jules nicht weniger. Denn wenn es nicht gerade aus Kübeln goss, ließ er während der Sommermonate kaum eine Gelegenheit aus, zum Feierabend auf einen Absacker auf dem Bouleplatz vorbeizuschauen. »Etwa wegen Gaston?«

Auf diesen Namen hatten die Bewohner einen aufsässigen Storch getauft, der gern durch die Rebenheimer Gassen stakste und währenddessen mit Hingabe auf sein eigenes Spiegelbild einhackte, sobald er es in Fensterscheiben oder auf dunklen Motorhauben erspähte. Auf diese Weise ruinierte Problemstorch Gaston den Lack, was bereits wiederholt die Gendarmerie auf den Plan gerufen hatte.

»Gaston? Nein. Wir sind davon ausgegangen, dass ihr aus gewichtigeren Gründen Überstunden schiebt. Denn Alain hat sich auch noch nicht blicken lassen«, erklärte Antoine.

Für die Abwesenheit von Alain Lautner gab es eine andere Erklärung, wie Jules wusste: Sein Adjutant hatte schon den ganzen Tag über davon geschwärmt, dass seine Mutter ihn am Abend bekochen würde. Es sollte sein Leibgericht geben: *lentilles*, Linsen mit Schweinefleisch, ein deftiger Klassiker der Elsässer Küche. Dafür ließ Lautner bereitwillig das Boulespiel sausen. Aber wieso ging Antoine davon aus, dass sie noch Dienstliches zu erledigen hätten?

Bevor Jules ihn danach fragen konnte, hatte Lino ihn entdeckt. Er wischte sich mit einem großen Stofftaschentuch die Schweißperlen von der Stirn, strich sich anschließend durchs raspelkurze graue Haar und grinste Jules breit an: »Sieh einer an! Er ist also doch gekommen.« Dann wandte er sich dem alten Lehrer Pierre zu, der gerade eine Kugel werfen wollte, das Gewicht aber kaum in seinen arthritischen Händen halten konnte, und rief: »Ich habe die Wette gewonnen! Du schuldest mir fünfzig Franc.«

»*Mon Dieu*, ihr wettet noch in Franc?« Jules lachte, woraufhin Linos Grinsen verschwand.

»In manchen Dingen sind wir hier eben etwas konservativ. Was dagegen einzuwenden?«, fragte er bärbeißig.

»Nein, nein, durchaus nicht«, erwiderte Jules, der eher damit gerechnet hätte, dass man im grenznahen Elsass der D-Mark nachtrauerte statt der alten Nationalwährung. Aber diesen Gedanken behielt er tunlichst für sich. »Warum gehen denn alle davon aus, dass wir abends in der Wache sitzen sollten? Ist etwas passiert, von dem wir nichts wissen?«

»Aber ja!«, mischte sich nun auch Jean Marie ein. In seinem karierten Hemd und den Kniebundhosen sah er völlig anders aus als im weißen Apothekermantel, den er tagsüber trug. Nur die Designerbrille als extravagantes Markenzeichen blieb die gleiche, dachte Jules. »Der Tote aus dem Rhein! Da habt ihr sicher alle Hände voll zu tun«, nannte Jean Marie den Grund für ihre Vermutung.

»Wisst ihr schon, wer es getan hat? Seid ihr dem Mörder auf der Spur?«, interessierte sich Antoine.

Jules schmunzelte über die unverblümte Sensationsgier seiner Sportsfreunde. In diesem Punkt waren wohl alle Menschen gleich, dachte er.

»Ich muss euch enttäuschen«, entgegnete er, »aber der Rhein fällt nicht in unseren Zuständigkeitsbereich, schon gar nicht so weit nördlich. Abgesehen davon…«

»…ist der Tote Deutscher, der Fall somit politisch brisant und damit Angelegenheit der Police nationale«, führte Lino seinen Satz zu Ende. »Das habe ich euch doch gleich gesagt, ihr Schafsköpfe! Und jetzt will ich, dass du deine Wettschulden begleichst, Pierre!«

Der gebrechliche Senior zog einen zerknitterten Zehn-Euro-Schein aus seiner Westentasche und reichte ihn Lino. Dieser musterte das Geld kritisch, als hielte er den Schein für eine Blüte, und steckte ihn wortlos ein.

»Wie kommt ihr überhaupt darauf, dass die Rebenheimer Gendarmerie etwas mit diesem Fall zu tun haben könnte?«, fragte Jules in die Runde, um auszuloten, ob sich die Verbindung mit Clotildes *auberge* bereits herumgesprochen hatte. Dies war offenbar nicht der Fall, denn die anderen reagierten mit unschlüssigem Schweigen.

Schließlich meinte Lino: »Eine Wasserleiche ist ganz einfach etwas Besonderes: grauslich, aber spannend. Für so etwas interessieren sich die Leute und fangen an zu spekulieren. Dass du als Polizist keine Karten im Spiel hast, wollen sie nicht glauben.«

»Es ist aber so«, behauptete Jules und widmete sich seinem Bier.

Die anderen schienen ihre Enttäuschung bald überwunden zu haben und fanden einen neuen Gesprächsstoff. Einen, der nach Jules' Empfinden mindestens ebenso schillernd war wie ein mysteriöser Mordfall.

»Ist eigentlich bekannt, wann er kommt? In Le Claires Gazette war nichts darüber zu lesen«, meinte Jean-Paul.

»Angeblich ist er schon da«, sagte Antoine. »Hat sich in einer Nobelherberge draußen auf dem Land einquartiert. Bin neugierig, ob unsereins ihn mal zu Gesicht bekommt.«

Wie Jules staunend erfuhr, verbarg sich hinter dem lässig dahingesagten Pronomen »er« niemand anderes als der legendäre Frédéric Rocca!

»Meint ihr wirklich *den* Rocca? Den Filmstar?«, vergewisserte er sich, woraufhin alle nickten.

»Verbringt hier seinen Urlaub«, mutmaßte Jean-Paul.

Und Lautner meinte: »Will wohl mal wieder Heimatluft schnuppern.«

»Was? Heimatluft?«, fragte Jules verdutzt. Woraufhin ihm gleich von mehreren Seiten gesteckt wurde, dass Frédéric Rocca gebürtiger Rebenheimer sei.

Jules war baff. Er wusste zwar, dass das Elsass manch eine Berühmtheit hervorgebracht hatte. Der Arzt und Philosoph Albert Schweitzer war darunter, ebenso wie der geniale Illustrator und Schriftsteller Tomi Ungerer, und – was viele nicht ahnten – sogar Madame Tussaud hatte das Licht der Welt in Strasbourg erblickt. Dass sich Frédéric Rocca in die Ahnengalerie ruhmreicher Elsässer einreihte, war für ihn allerdings neu.

Frédéric Rocca, staunte Jules, ein Prominenter aus der allerersten Reihe. Jedermann als Frankreichs Filmstar Nummer eins der Achtzigerjahre ein Begriff, stand der Mann den Größen aus Hollywood in nichts nach. Zumindest aus Jules' Blickwinkel war Rocca ein Platz im Filmolymp gewiss.

Mittlerweile dürfte der Mime längst das Rentenalter erreicht haben und wollte nun offenbar in seinen Geburtsort zurückkehren. Jules verfolgte die Gespräche seiner Sportsfreunde über Roccas Heimkehrgerüchte mit größter Aufmerksamkeit, denn er war als Kind ein großer Fan des Actionstars gewesen. Rocca, dessen Name auf einer Stufe stand mit Jean Reno und Gérard Depardieu, hatte ihn durch seine handfeste Art und spritzigen Humor begeistert. Genres wie Kriminalfilm und Thriller lagen ihm ebenso wie Komödien. Ein ungemein wandlungsfähiger Schauspieler, der in seiner Frühzeit auch mit anspruchsvollen Autorenfilmen Erfolge gefeiert hatte.

»Wenn Rocca hier seine Ferien verbringt, müssen wir unsere Frauen zu Hause einsperren«, spielte Pierre auf den Ruf des Stars als Schürzenjäger an.

»Mit unseren Alten werden wir den ganz bestimmt nicht hinterm Ofen hervorlocken«, konterte ein Rentner vom Nachbartisch. »Der ist anderes gewohnt.«

»Wohl auch, was das Essen anbelangt«, meinte Jean Marie. »Bei Leuten seines Schlages muss es Haute Cuisine sein und kein Eintopf mit Sauerkraut.«

»Ich frage mich, wohin er seinen Ferrari zur Wartung bringt? Bei uns gibt es doch bloß die Peugeot-Werkstatt«, steuerte Claude seinen Teil zur Diskussion bei. »Und selbst die ist nach dem Großbrand vor einem halben Jahr noch nicht wieder voll in Betrieb.«

Während Jules den anderen zuhörte und sich seine

Erinnerungen an den Helden seiner Jugend wachrief, fragte er sich, aus welchen Gründen ein Mann mit einem solchen Renommee ins hübsche, aber unbedeutende Rebenheim kommen sollte. Sofern er wusste, hielt sich Rocca für gewöhnlich an der mondänen Côte d'Azur auf und besaß angeblich auch eine Stadtwohnung in Paris. Der Charmeur Rocca, der trotz – oder gerade wegen – seines verschlagenen Gesichtsausdrucks einen beachtlichen Erfolg bei Frauen hatte, kostete das Leben in vollen Zügen aus: Er war Gast auf jeder Party, ging in den angesagten Restaurants ein und aus und galt als regelmäßiger Besucher von Spielkasinos; nach Möglichkeit jedes Mal mit einer anderen blutjungen Schönheit an seiner Seite. Dieses Bild vom lässigen Lebemann kolportierten zumindest die Zeitungen und Magazine, die es wissen mussten: *Paris Match, L'EXPRESS*, und selbst in den Klatschspalten der seriösen Presse tauchte der Name Rocca immer mal wieder im Zusammenhang mit einem Skandälchen auf. In den letzten Jahren allerdings war es um den Altmimen deutlich ruhiger geworden. Ob ihm der ganze Trubel am Ende tatsächlich zu viel geworden war und er nun Ruhe im beschaulichen Elsass suchte? War es die Sehnsucht nach der Geborgenheit seiner alten Heimat?

Während die Männer von Frédéric Roccas Eroberungen schwärmten und wohl hofften, dass ein Teil seines Glanzes auf sie abfallen würde, blieb Lino verdächtig ruhig. Er ging auf Abstand und verzog das Gesicht, als würde er seine Kumpane für unverbesserliche Klatschtanten halten. Jules, dem das nicht entging, sprach ihn darauf an: »Du hast nicht viel übrig für Roccas Filme, was?«

»Gegen die Filme kann ich nichts einwenden«, grummelte der Angesprochene und rieb sich seine Rübennase. »Ich habe zwar keinen Einzigen davon gesehen, aber sie sollen nicht schlecht sein.«

»Was stört dich dann an dem Thema?«, wollte Jules wissen.

Linos Miene verfinsterte sich noch mehr, als er antwortete: »Frédéric Rocca und ich – wir sind ein Jahrgang. Nicht nur das, er ging in meine Klasse.«

»So, wie du das sagst, hört es sich nicht nach einer innigen Schulkameradschaft an.«

Lino schüttelte heftig den Kopf. »Kameradschaft? Ganz bestimmt nicht. Um es frei heraus zu sagen: Ich konnte ihn nicht leiden. Er war schon damals arrogant und anmaßend. Rocca ist ein *sale con,* ein Scheißkerl.«

Linos Abneigung gegenüber dem Star saß offensichtlich tief. Jules fragte sich, worin der Grund für die Antipathie liegen konnte: Ob eine Portion Neid aus Linos Worten sprach? Oder war damals gar ein Mädchen im Spiel gewesen? Die von Rocca ausgespannte Jugendliebe?

Gilles Conrad hatte die Unterhaltung der bierseligen Männergruppe von der Bar aus verfolgt. Mit wachsendem Interesse.

Während er – um den Schein zu wahren – an einem *Pastis* nippte und ab und zu einen Blick auf das Rugbyspiel im Wandfernseher warf, konzentrierte er sich auf die Gespräche nebenan, und es gefiel ihm, was er zu Ohren bekam.

Es handelte sich keineswegs um einen Zufall, dass Conrad den Abend in der *Brasserie Georges* verbrachte.

Kaum war er nach Rebenheim gekommen, hatte er sich umgehört, wo sich denn hier die Einheimischen trafen. Denn für ihn war es wichtig zu erfahren, wie die Leute tickten und mit welchen Themen sie sich gerade befassten. Dies zu wissen, war Grundlage seines Geschäftsmodells.

Conrad musste schmunzeln, als ihm dieses Wort in den Sinn kam: »Geschäftsmodell«. Ziemlich hochtrabend für jemanden, den andere schlicht als Kriminellen bezeichnen würden. Für die meisten gleichbedeutend mit einem Aussätzigen. Doch Conrad stand über solchen Dingen. Er verstieß gegen das Gesetz, weil er nichts anderes gelernt hatte, um seinen Lebensunterhalt zu bestreiten. Es war für ihn das Normalste von der Welt, er kannte es ja nur so.

Und seine Methode war erprobt. Bevor er tätig wurde, bereitete er sich gründlich vor, indem er Erkundigungen einzog. Heute Abend zum Beispiel hatte er erfahren, dass er es mit keinem sonderlich ambitionierten Gegenspieler zu tun bekommen würde. Der örtliche Gendarmeriekommandant schien um Verbrechen einen großen Bogen zu machen. Für den Toten aus dem Rhein fühlte er sich nicht zuständig. Ein solches Desinteresse kam Conrad gut zupass.

Noch wichtiger war die Information über Frédéric Rocca. Wenn es stimmte, über was die Männer spekulierten, hielt sich ganz in der Nähe ein weithin bekannter Star auf, den seine Filmerfolge zum Multimillionär gemacht hatten. Ein lohnenderes Opfer für seinen nächsten Coup hätte sich Conrad selbst in seinen kühnsten Träumen nicht wünschen können. Dieser Mann roch förmlich nach Geld, und wahrscheinlich wurde er von einer Frau begleitet, deren Schmuck ebenfalls einen Blick wert war. Fette Klunker, vielleicht auch ein paar hochkarätige Glitzersteinchen.

Conrad wurde von der Vorahnung eines Anglers erfasst, der kurz vor dem großen Fang stand. Profi, der er war, würde er seine Chance zu nutzen wissen: Da sich Rocca nicht in einem seiner durch Alarmanlagen geschützten Domizile aufhielt, sondern im Hotel, würde der Zugriff auf seine Wertsachen wesentlich leichter vonstattengehen. Also würde sich Conrad einen Schlachtplan zurechtlegen und zeitnah zuschlagen.

Ein bombensicheres Ding – solange er sich am Riemen riss und die Gewalt aus dem Spiel ließ. Denn eines war ihm klar: Keinesfalls durfte sich wiederholen, was schon einmal geschehen war, als die Gäule mit ihm durchgegangen waren.

Mit einem weiteren Mord würde er Kopf und Kragen riskieren.

DER ZWEITE TAG

Francis Jouffroy saß an seinem monumentalen Schreibtisch, den er nahezu mittig in seinem großen Büro platziert hatte, umgeben von Insignien des gediegenen Wohlstands und der Macht. An den holzvertäfelten Wänden, die die düster getragene Atmosphäre des Raums ebenso betonten wie der dunkelblaue Teppich und die schweren Vorhänge, hingen gerahmte Fotografien, die Jouffroy an der Seite zahlloser bekannter Politiker zeigten: François Hollande, Nicolas Sarkozy, Jacques Chirac … Hinzu kamen Auszeichnungen und Würdigungen aller Art. Eigentlicher Blickfang waren die beiden direkt hinter seinem Arbeitsplatz aufgestellten Standarten: einmal die Trikolore, daneben gelbweiße Streifen vor rotem Hintergrund, versehen mit stilisierten Kronen und Lothringerkreuzen – die elsässische Fahne.

Jouffroy war heute ausgesprochen schlecht gelaunt, und das lag nicht allein daran, dass er mal wieder vom Sodbrennen geplagt wurde. Der beleibte Präfekt, dessen aristokratische Gesichtszüge und kunstvoll aufgetürmte Resthaarfrisur ebenso zu seinen Markenzeichen gehörten wie seine Vorliebe für teure, maßgeschneiderte Anzüge, hatte Sorgen. Ernsthafte Sorgen.

Während er sich bei Firmenjubiläen oder Jubilarfeiern gern in den Blitzlichtern der Journalisten sonnte, sich zu Weinfesten einladen ließ oder anlässlich der Erweiterung des Radwegenetzes pressewirksam Flatterbänder durchschnitt, hasste er es, sich mit den Schattenseiten seines Berufs zu befassen. Schon gar nicht jetzt, da sich seine letzte Amtszeit allmählich ihrem Ende zuneigte. Er hatte vor, einen ruhmreichen Abgang ohne jeden Makel zu inszenieren, und war deshalb darauf bedacht, jedes potenzielle Störfeuer im Keim zu ersticken. Besonders in der Übergangszeit vom Spätsommer in den Frühherbst, da sich das Augenmerk Abertausender Touristen auf das Elsass richtete und ein jeder nur Wein, Flammkuchen und Folklore im Sinn hatte, durfte nichts und niemand den Frieden stören.

Erst recht keine Wasserleiche, noch dazu eine mit deutscher Herkunft!

Francis Jouffroy meinte die Mentalität der deutschen Nachbarn, die einen wesentlichen Teil der besonders finanzstarken Touristen stellten, sehr wohl zu kennen. Was die vorwiegend gutbürgerlichen Besucher im gesetzteren Alter von einer Elsassreise erwarteten, waren Ruhe und Beständigkeit, keinesfalls aber eine böse Überraschung. Jouffroy malte schwarz: Wenn die Nachricht über ihren toten Landsmann größere Kreise ziehen würde, könnte das auf den Fremdenverkehr ähnliche Auswirkungen haben wie ein Terroranschlag in irgendeinem Urlaubsland in Nordafrika. Und sollte die Zahl der Übernachtungsgäste in nächster Zeit messbar zurückgehen, würde dies nicht nur dem Tourismusverband angelastet, sondern auch seinen eigenen Glanz trüben. Eine Vorstellung, die ihm ganz und gar nicht behagte.

Noch weniger gefiel ihm die Vorstellung, dass der

Fall aufgrund der Fundstelle der Leiche nicht mehr in den Zuständigkeitsbereich der Polizei von Colmar fiel, sondern in den von Strasbourg. Jouffroy wusste aus leidiger Erfahrung, dass die Menschen in der Elsässer Metropole anders tickten: Neben dem Tourismus gab es zahlreiche weitere Felder, die die Nachbarn im Norden bestellen konnten, an erster Stelle die Europapolitik mit all den Geldern, die in diesem Zusammenhang flossen. Ein toter Mann im Rhein genoss aus Strasbourger Sicht gewiss nicht die höchste Priorität, und so würde es Jouffroy nicht wundern, wenn die Ermittlungsgruppe der Police nationale den Fall weniger druckvoll angehen würde, als er sich das wünschte.

Einen weiteren Dämpfer verpasste ihm die miserable Kommunikation zwischen den Dienststellen. Denn Strasbourg und Colmar könnten ebenso gut zwei voneinander getrennte Staaten sein, ein jeder mit einer eigenen Ordnungsmacht. Es wäre also nicht verwunderlich, wenn die wesentlichen Informationen über den Untersuchungsverlauf niemals in seinem Büro ankämen.

Doch Jouffroy wäre nicht Jouffroy, wenn er sich tatenlos dem Fatalismus hingeben würde. Er würde handeln und alle Hebel in Bewegung setzen, um die drohende Negativwerbung für sein geliebtes Elsass abzuwenden! Bloß – welche Hebel sollte er bedienen? Was er jetzt brauchte, war ein guter Rat, und er wusste, von wem er diesen bekommen würde.

»Louanne!«, rief er laut, nachdem er seinen dicken Daumen auf die Freisprechtaste seines Haustelefons gepresst hatte. »Ich will Kaffee! Schwarz! Stark! Sofort!«

Als hätte sie seinen Wunsch geahnt und den Kaffee bereits eingegossen, erschien die Vorzimmerdame einen Augenblick später in der Flügeltür, auf den Händen ein Silbertablett mit Porzellanservice. Louanne, eine ebenso dezent wie elegant gekleidete Lothringer Schönheit mit schulterlangem, nussbraunem Haar, stellte das Tablett am Rand der Schreibtischplatte ab und blieb mit kerzengeradem Rücken stehen. Die Neununddreißigjährige, seit fast fünfzehn Jahren in Diensten des Präfekten, betrachtete ihren Vorgesetzten aus wachen, klugen Augen.

»Kann ich sonst noch etwas für Sie tun?«, fragte sie ohne jede Spur von Aufdringlichkeit.

Statt eine Antwort zu geben, wedelte Jouffroy mit seinen wurstförmigen Fingern und bedeutete ihr damit, sich auf den Stuhl ihm gegenüber zu setzen.

Louanne tat, wie ihr geheißen, zupfte ihren marineblauen Rock zurecht und wartete auf die nächste Anweisung.

Damit tat sich Jouffroy schwer und holte erst einmal weitschweifig aus. Er kam auf die Aufgaben einer Präfektur zu sprechen, die Louanne natürlich hinlänglich bekannt waren: dass es sich um einen Amtsbezirk handele und er, Jouffroy, der oberste Verwaltungsbeamte mit einer Fülle von Befugnissen und Aufgaben sei, was wiederum eine große Aufopferungsbereitschaft von ihm abverlangte. Auf seinen Schultern laste eine ungeheure, nahezu unzumutbare Verantwortung, wofür er mitunter Napoleon Bonaparte verfluche, denn der sei es ja gewesen, der die Verwaltungseinheit der *préfecture* eingeführt habe und an deren Zuständigkeiten sich im Prinzip bis heute nichts verändert habe.

»Napoleon ist also schuld«, rekapitulierte Louanne mit einem bedauernden Blick, in den sich allerdings ein winziges Lächeln zu schmuggeln schien.

Jouffroy nippte an seinem Kaffee und räusperte sich: »Zur Sache, Sie haben von dem Deutschen gehört? Der, dessen Leiche vor zwei Tagen am Rheinufer angeschwemmt worden ist?«

Louanne wusste sofort Bescheid. »Man sagt, dass der Mann erschlagen und anschließend in den Fluss geworfen worden sei. Ob auf der deutschen Seite der Grenze oder auf französischer, ist offenbar nicht bekannt.«

»Das spielt auch keine Rolle«, dröhnte Jouffroy mit wegwerfender Geste. »Da der Tote auf französischer Seite geborgen wurde, muss sich unsere Polizei damit befassen. Und wenn sie dabei nicht allzu plump vorgehen würde, ließe sich die Angelegenheit regeln, ohne dass dieser Tote allzu große Wellen schlägt.« Jouffroy unterbrach sich und fragte: »Warum schmunzeln Sie?«

»Verzeihung, Monsieur. Aber eine Wasserleiche, die Wellen schlägt ...«

Eine strenge Furche bildete sich zwischen Jouffroys Brauen. »Jedenfalls steht zu befürchten, dass sie es vermasseln. Die Sache fällt in die Zuständigkeit der Police nationale in Strasbourg, und zum ermittelnden Commissaire wurde ausgerechnet Albert Hervé bestellt. Sie wissen, was ich von ihm halte? Genauso wenig wie von seinem obersten Dienstherrn, dem Innenminister.«

»Darf ich darauf hinweisen, dass auch Sie dem *ministère de l'Intérieur* unterstehen?«, warf Louanne forsch ein.

Daraufhin sah sie der Präfekt mit einem Blick an, der besagte, dass er sein eigener Herr sei und sich niemandem unterordnen werde. »Ich traue diesem Verein nun einmal nichts zu, und die Erfahrung gibt mir recht. Auch diesmal wird es nicht anders laufen. Wenn Hervé die Sache verpfuscht, sind die Deutschen zur Stelle und reißen die Sache über Europol an sich. Und dann stehen Tor und Tür offen für die Negativpresse aller großen Boulevardblätter!« Er legte eine Kunstpause ein und sammelte sich, indem er die Hände faltete. »Sie wissen um meine enge Verbundenheit mit dem Verteidigungsminister?«

»Sie sind regelmäßiger Gast im *ministère de la Défense*«, bestätigte Louanne.

Jouffroy senkte den Blick und heuchelte Bescheidenheit, als er sagte: »Jean-Yves ist ein wahrer Freund. Er weiß meine Dienste für unsere Heimat zu schätzen. Nicht weniger wertschätze ich seine Arbeit. Er hat seinen Laden im Griff.«

Louanne ging in sich, um aus den wenig konkreten Andeutungen ihres Vorgesetzten Rückschlüsse auf ihre Aufgabe zu ziehen. »Sie suchen also einen Weg, um die Prozesse zu beschleunigen und damit einen Kollateralschaden für den Tourismus zu vermeiden?«

»Genau!«, rief Jouffroy mit leuchtenden Augen aus. »Besser hätte selbst ich es nicht formulieren können.«

Mit kokettem Augenaufschlag präsentierte Louanne ihm wenige Momente später ihren Vorschlag für eine dezente Lösung des Problems. »Wenn Sie der Truppe Ihres Freundes Jean-Yves mehr zutrauen, lassen Sie doch einen Gendarmen ermitteln. Die Gendarmerie nationale ist dem Verteidigungsministerium angeschlossen, was Ihren Ansprüchen entgegenkommen dürfte. Selbstverständlich müssten diese Ermittlungen inoffiziell erfolgen, denn Sie wollen es sich wohl kaum mit dem Innenminister verscherzen.«

Der Präfekt musterte seine Assistentin mit wohlwollendem Interesse. »Inoffizielle Ermittlungen…«, griff er ihren Gedanken auf. »Haben Sie auch schon eine Vorstellung davon, wen man mit einer derartigen Aufgabe betrauen könnte?«

Louanne zog einen Trumpf aus dem Ärmel, indem sie verkündete: »Sagt Ihnen der Name Gabin etwas? Der Neuzugang in der Dienststelle Rebenheim?« Da der Präfekt nicht gleich schaltete, half sie seinem Gedächtnis auf die Sprünge. »Der Major, der im Frühjahr der Serie von Brandanschlägen ein Ende gesetzt hat und nebenbei zwei Morde aufklärte.«

»Ach ja!« Jouffroy tippte sich mit der Hand auf die Stirn. »Aber natürlich! Ein guter Mann. Und die Presse soll er in seinem Bezirk auch recht gut im Griff haben.« Jouffroys Laune besserte sich merklich. Er erhob sich und wandte sich einem Bücherregal mit eingelassenem Schränkchen zu, der Hausbar. Dieser entnahm er eine Flasche und zwei kleine Kristallgläser. »Einen Cognac?«, fragte er überschwänglich. Dank Louannes Idee schien eine tonnenschwere Last von seinen Schultern genommen worden zu sein.

»*Non merci*. Nicht um diese Zeit.«

»Für einen anständigen Cognac ist es nie zu früh.« Der Präfekt schenkte sich selbst ein. Sehr großzügig. »Ein wahrhaft intelligenter Vorschlag! Dieser Gabin ist der perfekte Kandidat dafür, denn als Neuling ist er noch nicht allzu sehr verhaftet in unserer Gesellschaft und kann loslegen, ohne dass es großartig auffällt und die Leute misstrauisch werden.«

»Da ist noch etwas«, merkte Louanne an. »Wie man hört, war der Tote zuletzt Gast in einer Rebenheimer Pension gewesen. Major Gabin soll die Wirtin recht gut kennen. Es müsste ein Leichtes für ihn sein, bald mehr über den Verstorbenen in Erfahrung zu bringen.«

Jouffroy fand diese Information dermaßen brillant, dass er sich sogleich nachschenkte. »Auf Ihr Wohl!«, sagte er begeistert, um dann etwas nachdenklicher anzuknüpfen: »Ja, so sollte es funktionieren – vorausgesetzt, dieser Gabin spielt mit. Aber ihm bleibt nicht viel Zeit. Es kann nicht lange dauern, bis sich die Police nationale das Pensionszimmer des Toten vornimmt, dort alles auf den Kopf stellt und aus schierer Unfähigkeit Spuren verwischt, anstatt sie zu sichern. Wenn sie es nicht schon getan hat. Gabin muss sich also sputen. Wir müssen ihn unverzüglich in Trab setzen.«

»Sehr wohl«, entgegnete Louanne, tippte eine Nummer ins Telefon und reichte Jouffroy den Hörer.

Jules' Gedanken waren bei Joanna, mit der er eine weitere zauberhafte Nacht verbracht hatte, als er das Corps de Garde betrat. Der trutzige, zentral am Place Turenne gelegene Prachtbau aus dem 16. Jahrhundert wirkte auf ihn heute längst nicht so Respekt einflößend wie sonst. Das kantige Sandsteingebäude, das die Lieblichkeit der umstehenden farbenfroh gestrichenen Fachwerkhäuser vermissen ließ, schien ihn willkommen zu heißen.

Pfeifend und bester Dinge spurtete er die Treppe in den ersten Stock hinauf, wo die Büros der Gendarmerie untergebracht waren. Er erhoffte sich nicht allzu viel Arbeit, denn die schon am Morgen zweistelligen

Temperaturen deuteten auf einen sonnenreichen Tag hin. Beste Voraussetzungen für eine ausgedehnte Radtour, die er gleich nach einem vorgezogenen Dienstschluss plante.

Die unerwartete Unruhe, die auf der Wache herrschte, machte seiner Tagesplanung allerdings einen Strich durch die Rechnung. Die Anspannung, die in der Luft lag, war fast mit Händen zu greifen und ging keineswegs vom Publikum auf dem Wartebänkchen im Flur aus, den üblichen Verdächtigen: Madame Flambeau, die sich wahrscheinlich wieder über die Hinterlassenschaften der Nachbarskatze in ihrem Gemüsebeet beschweren wollte, und der kleine Yves, ein notorischer Schulschwänzer, den man vor der örtlichen Spielhalle oder dem Süßwarenladen aufgegriffen hatte wie schon so oft. Nein, es musste einen anderen Grund für die untypische Hektik geben, die Jules entgegenschlug wie ein heftiger Windzug.

Kaum war er eingetreten, stürmte die hochnervöse Charlotte Regnier auf ihn zu. Die schlanke, gerade mal einen Meter sechzig große Verwaltungskraft mit brünettem Pagenschnitt streckte ihm ihre Hände entgegen, so als wollte sie ihn an der Uniformjacke zu fassen kriegen und hinter sich herziehen.

»Kommen Sie, Major, *au plus vite*!«, rief sie ihm zu.

»Ich bin doch schon hier«, sagte Jules in dem Bemühen, seine völlig aufgelöst wirkende Mitarbeiterin zu beruhigen.

»In Ihr Büro! Bitte beeilen Sie sich!«

»Warum denn diese Hektik? Ist etwas passiert?«

»Der Präfekt!«

»Der Präfekt? Was ist mit dem Präfekten?«

»Er ist am Telefon. Höchstpersönlich! Er möchte Sie sprechen, Major.«

Keine halbe Minute später hatte Charlotte Jules dort, wo sie ihn haben wollte: Er saß mit dem Hörer am Ohr an seinem Schreibtisch, umlagert von seinen neugierig blickenden Mitarbeitern. Neben Charlotte hatten sich Adjutant Alain Lautner und Gendarm François Kieffer dazugesellt.

Jules meldete sich förmlich, woraufhin tatsächlich die sonore, leicht ins Arrogante schwingende Stimme von Francis Jouffroy ertönte. Jules war ziemlich baff, denn der ausgeprägte Standesdünkel des Präfekten war allgemein bekannt. Dass sich Jouffroy dazu herabließ, sich mit einem vergleichsweise niederrangigen Vertreter der Exekutive – noch dazu der Gendarmerie – abzugeben, ließ ihn stutzen.

»*Bonjour*, Monsieur Gabin«, eröffnete Jouffroy das Gespräch. »Können wir ungestört reden? Sind Sie allein?«

»Einen Moment, bitte.« Jules gab seinen Mitarbeitern ein Zeichen, woraufhin sie mit sichtlichem Widerwillen das Büro verließen.

»Tür zu!«, zischte Jules ihnen nach, weil Lautner die Tür lediglich angelehnt hatte. Wohl in der Hoffnung, einen Fetzen vom Gespräch seines Vorgesetzten und des Präfekten aufzuschnappen.

»Ich wäre jetzt so weit, *Monsieur le préfet*«, sagte Jules und hörte sich mit wachsendem Erstaunen an, was Jouffroy ihm mitzuteilen hatte. Er sollte in die Ermittlungen im Fall des toten Deutschen einsteigen. Jedoch nicht in Form einer Amtshilfe für die

Strasbourger Kollegen, sondern im Alleingang und noch dazu ohne jede offizielle Legitimation.

Nachdem der Präfekt wiederholt den Ernst der Lage betont und Jules' absolute Diskretion eingefordert hatte, gab er ihm nicht viel Zeit zum Nachdenken, sondern bestand auf einer sofortigen Antwort. »Kann ich auf Sie zählen, Major?«

Jules holte tief Luft. Er wusste nur zu gut, dass es einem nie zum Vorteil gereichte, wenn man einer hochstehenden Persönlichkeit widersprach. Doch was blieb ihm anderes übrig?

»Leider muss ich ablehnen«, sagte er. Diese Worte kamen ihm nicht leicht über die Lippen. »Ich bin neu hier. Von daher bezweifele ich, dass ich der geeignete Kandidat für das bin, was Sie vorhaben.«

Daraufhin hörte Jules ein unwilliges Schnauben. Eine Hand legte sich auf den Hörer, sodass er die folgende lebhafte Diskussion nicht verstehen konnte. Das Gespräch fand offensichtlich zwischen dem Präfekten und einer Frau statt, denn eine der Stimmen war viel heller und klarer. Schließlich meldete sich Jouffroy wieder.

»Doch, Sie sind der geeignete Kandidat, Major Gabin. Gerade weil Sie neu sind!«, sagte er resolut. »Wissen Sie, hier bei uns im ländlichen Raum kennt fast jeder jeden. Eine eingeschworene Gemeinschaft, in der kein Geheimnis lange eines bleibt. Bei Ihnen dagegen können wir auf Verschwiegenheit zählen, da Sie sich nicht verpflichtet fühlen müssen, jemand anderen ins Vertrauen zu ziehen. Was meinen Sie, Major? Ich warte noch immer auf Ihre Entscheidung.«

»Ich habe mich bereits entschieden«, blieb Jules beharrlich.

»Dann entscheiden Sie sich um! Es dient dem Wohle der ganzen Region und damit auch dem von Rebenheim, wenn Sie sich einsetzen.«

»Leider…«

»Ich weiß, dass Sie das hinkriegen.«

»Aber…« Jules' Protest wurde schwächer.

Nochmals wurde eine Hand auf den Hörer gelegt, und erneut meinte Jules eine Frauenstimme im Hintergrund zu hören. Als Jouffroy wieder zu ihm sprach, schien Jules' Zustimmung für ihn eine ausgemachte Sache zu sein: »Ihr Aber werte ich als Zustimmung. Sie werden sehen, Ihre Bedenken lassen sich zerstreuen, sobald Sie sich ans Werk gemacht haben. Fangen Sie am besten sofort an.«

Der Vertrag war unterschrieben, jetzt ging es ums Kleingedruckte, dachte sich Jules.

»Was die Diskretion anbelangt, mein guter Gabin, diese gilt übrigens auch und gerade gegenüber Madame Laffargue. Es stimmt doch, dass Sie und unsere geschätzte Untersuchungsrichterin sich gut verstehen? Tun Sie uns den Gefallen und bewahren Sie ihr gegenüber vorläufig Stillschweigen über unser Gespräch. Madame Laffargue macht ihre Sache zweifelsohne gut, nimmt es mit der Paragrafentreue mitunter jedoch zu genau. Dies hier ist eine Sache zwischen Ihnen und mir. Und je eher der leidliche Fall vom Tisch ist, desto früher dürfen Sie sich wieder Ihrer eigentlichen Aufgabe widmen.« Nach einer Kunstpause setzte der Präfekt zum Finale an: »Es freut mich, dass ich auf Sie zählen kann. Es soll Ihr Schaden nicht sein. Meine Verbindungen nach Paris sind vorzüglich.«

Jules schluckte. Jouffroy war ihm weder vorgesetzt noch weisungsbefugt. Gleichwohl wusste Jules sehr genau, dass der Präfekt sein Nein nicht akzeptieren würde. Jouffroys heißer Draht in höchste Kreise der Regierung war bekannt. Dieser Draht konnte zum Glühen gebracht werden, um Jules zu protegieren, ebenso gut aber dafür verwendet werden, seiner Karriere einen empfindlichen Dämpfer zu verpassen. Insofern interpretierte Jules den letzten Satz des Präfekten als verklausulierte Warnung und gab seinen Widerstand auf.

»Wie soll ich vorgehen, *Monsieur le préfet?*«, rang er sich ab.

Das Bild, das sich Gilles Conrad von seinem Zielobjekt gemacht hatte, entsprach in etwa seinen Erwartungen: Frédéric Rocca hatte sich standesgemäß im ersten Haus am Platze niedergelassen, genauer gesagt in einem mondänen Schlosshotel vor den Toren Rebenheims. Das vornehme Anwesen lag erhöht über den in dieser Gegend allgegenwärtigen Weinbergen und war somit verhältnismäßig leicht auszuspähen. Für seine erste Erkundungstour hatte sich Conrad als Wanderer kostümiert, mit Kniebundhosen, kariertem Hemd und Schirmmütze. Sogar seinen Bart hatte er gestutzt, damit er nicht ganz so düster aussah und etwas weniger dem Klischeebild eines korsischen Banditen entsprach.

Unbehelligt konnte er das weit geöffnete gusseiserne Tor passieren, wobei er es vermied, sein Gesicht in Richtung der Überwachungskamera – ein Modell älteren Baujahrs – zu halten. Wie ein argloser Tourist schlenderte er die Zufahrt zur strahlend weißen Nobelherberge entlang, pfiff dabei ein Liedchen und schoss so unauffällig wie möglich einige Handyfotos. Er passierte einen Parkplatz, der vorwiegend mit Limousinen belegt war, und strich ehrfürchtig über den Kotflügel eines Porsche Panamera.

In gebührendem Abstand zum Hauptportal umrundete er das imposante, von mittelalterlich wirkenden Türmen beschützte Zentralgebäude, um anschließend die Seitentrakte in Augenschein zu nehmen. Dabei kamen ihm die vielen sorgsam gepflegten Büsche und Bäume zugute, die eine ausgezeichnete Deckung boten.

Auf Höhe eines Salons mit ovaler Fensterfront, wo sich ihm ein Blick auf frühstückende Hotelgäste bot, blieb er stehen. Soweit er sehen konnte, war den feinen Herrschaften das Beste gerade gut genug. Am reichhaltigen Büfett, hinter dem Kellnerinnen und Kellner stocksteif und mit eingemeißeltem Lächeln parat standen, lockten kalte und warme Speisen von erlesener Qualität. Dazu wurde Crémant in verschwenderischen Mengen ausgeschenkt, eisgekühlt in Kristallgläsern.

Da sich Conrad nicht näher heranwagte, nahm er sein Fernglas zur Hand. Ein klappbares, kompaktes Exemplar mit nur geringer Vergrößerung. Doch es sollte reichen, um Frédéric Rocca unter den Gästen zu identifizieren.

Systematisch suchte er Tisch für Tisch ab, rückte einen kahlköpfigen Krawattenträger und eine üppige Dame mit wallenden Haaren und einer ebensolchen Figur in den Fokus. Dann ein jugendliches Paar, das sich mit Blicken zu verschlingen schien. Gleich daneben zwei gealterte Eheleute, die sich offenbar nichts mehr zu sagen hatten. Einen Tisch weiter wurde er fündig. Da saß er, Rocca, wie er leibte und lebte! Unverkennbar das zerknautschte Boxergesicht, ebenso wie die Körperhaltung: voller Energie, die Arme ständig in Bewegung. Ihm gegenüber eine Frau – wie nicht anders zu erwarten um etliche Jahrzehnte jünger als der Star. Rank und schlank, das zierliche Näschen trug sie hoch. Conrad taufte sie auf den Namen *renarde*, Füchsin, ihrer roten Haare wegen.

Conrad war gerade dabei, ihren tiefen Ausschnitt nach einem Collier abzusuchen, als er ein Räuspern hinter sich hörte.

Verdammt, dachte er, erwischt! Genau das hatte er vermeiden wollen. Er holte tief Luft und drehte sich um.

Zu seiner Erleichterung stand ihm keiner der Pagen oder gar ein Wachmann gegenüber, sondern bloß ein Gärtner. Ein knorriger Kerl in grünen Latzhosen, der sich auf den Stiel seiner Harke stützte.

»Was machen Sie hier?«, fragte der Mann mit kratziger Stimme. »Sie sind doch kein Gast, oder?«

»Wanderer«, sagte Conrad so unbedarft wie möglich und ließ sein kleines Fernglas hinter dem Rücken verschwinden. »Kam zufällig vorbei und dachte mir: klasse Hotel! Muss ich mir mal ansehen.«

Sein Gegenüber musterte ihn verkniffen. »So was haben wir nicht gern. Privatgrund, verstehen Sie?«

»Schon klar. Ich verschwinde wieder.« Conrad bemühte sich darum, freundlich zu schauen, was ihm angesichts der ruppigen Art des Gärtners schwerfiel.

»Ja, sehen Sie zu, dass Sie wegkommen!«, blaffte ihn der Mann an.

Conrad tippte sich an den Schirm seiner Kopfbedeckung. Bloß schnell fort von hier, dachte er sich. Er wollte keinen Ärger haben.

Kaum hatte er drei Schritte getan, als ihn der Gärtner einholte und grob am Arm zu fassen bekam.

»Falsche Richtung, Meister!«, rüffelte er ihn. »Zum Tor geht's da lang!«

Conrad merkte, wie ihm der Atem stockte. Gleichzeitig schoss das Adrenalin in seine Adern. Sein Puls pochte in den Schläfen, jeder Muskel und jede Sehne in seinem Körper spannte sich an. Er stand kurz davor zu explodieren. Noch ein einziges Wort aus dem Mund des unverschämten Kerls, und er würde sich wieder einmal vergessen. Dann könnte er für nichts mehr garantieren.

Der Gärtner schien zu merken, wie geladen Conrad war. Plötzlich ließ er von ihm ab und trat einen Meter zurück. Conrad schnaufte durch und spürte, wie der Druck von ihm abfiel.

Zügig entfernte er sich in Richtung Ausgang und dachte: Glück gehabt! Glück für den Gärtner…

Was hatte er sich da bloß angetan? Bei der Wahl zwischen Pest und Cholera waren seine Optionen äußerst beschränkt gewesen. Und trotzdem: Mit seinem Ja zu Jouffroys konspirativer Beauftragung brachte Jules sich in eine prekäre Lage. Er sollte den Kollegen ins Handwerk pfuschen und einen Mordfall aufklären, für den er eigentlich nicht zuständig war. Mit seiner Verpflichtung zur Verschwiegenheit blieb er auf sich allein gestellt, konnte weder die Unterstützung seiner Leute in Anspruch nehmen noch den Rat von Joanna einholen. Eine wahrlich undankbare Aufgabe.

Doch mit Jammern allein kam er nicht weiter. Also schluckte Jules seine Bedenken herunter und dachte über die bestmögliche Vorgehensweise nach. Zunächst musste er sich fragen, wie weit die Sonderkommission aus Strasbourg mittlerweile gekommen sein mochte. Drei Tage waren seit dem Fund der Leiche vergangen, ohne dass viel mehr als die Identität nach außen gedrungen war. Standen die Kollegen der Police nationale also noch ganz am Anfang der Ermittlungsarbeit?

Ohne lange Erklärungen abzugeben, verließ Jules die Gendarmerie und nahm den direkten Weg zu Clotildes *Auberge*. Unterwegs versuchte er sich gedanklich in den Fall einzuarbeiten, zu dem er gekommen war wie die Jungfrau zum Kind, und er fragte sich erneut, was er über die Wasserleiche aus dem Rhein überhaupt wusste. Verflucht wenig! Denn mangels Zuständigkeit befand er sich ungefähr auf dem gleichen Informationsstand wie jeder normale Zivilist. Ihm blieb nichts anderes übrig, als sich den aktuellen Stand der Dinge aus wenigen bekannten Anhaltspunkten zusammenzureimen und dabei die Erfahrungswerte zu nutzen, die er sich während seiner Jahre im Polizeidienst angeeignet hatte.

Spaziergänger hatten Schwans leblosen Körper am Flussufer in Höhe des Ortes Erstein im Arrondissement Sélestat-Erstein gefunden und die Polizei alarmiert. Wie in solchen Fällen üblich, war zunächst eine uniformierte Streife vor Ort gewesen, die wiederum einen Arzt hinzugezogen hatte. Dieser stellte einen unnatürlichen Tod mit nicht eindeutiger Todesursache fest, was die Kriminalpolizei auf den Plan rief. Da in der Tasche des Toten in Deutschland ausgestellte Ausweispapiere steckten, ging der Fall direkt an einen Kommissar der Police nationale: Albert Hervé, den Jules zwar noch nicht persönlich kennengelernt, aber über den er schon viel Abträgliches gehört hatte. Ein Untersuchungsrichter aus Strasbourg ordnete die Obduktion des Leichnams zur Klärung der Todesursache an, was nach Jules' Erfahrung bei einem Toten aus dem Fluss höchst schwierig sein konnte. Denn Wasserleichen hatten die unschöne Angewohnheit, zunächst abzusinken, bevor ihnen die Körpergase Auftrieb verschafften und sie zurück an die Oberfläche trieben. Der von den Wellen umspülte Körper war der Willkür der Strömung ausgesetzt, schlug gegen Ufersteine, Äste oder sogar Schiffsrümpfe. Dem Gerichtsmediziner wurde einiges abverlangt, um die Vielzahl der Verletzungen richtig zuzuordnen, und er musste sich fragen: Waren sie dem Opfer vor oder nach dem Tod zugefügt worden? Immerhin gab es eine Möglichkeit zum Unterscheiden, wie Jules wusste: Sollte der Tod vor dem Sturz ins Wasser eingetreten sein, wäre der Blutkreislauf zum Erliegen gekommen. Nachträglich, durch das Treiben im Fluss beigebrachte Wunden hätten nicht mehr ausbluten können. Ein Unterschied, der sich bei der Leichenbeschau feststellen ließe.

Aber war Schwan denn überhaupt durch den Rhein getrieben? Oder war der Fundort der Leiche doch identisch mit dem Tatort? Auch darüber konnte Jules nur Mutmaßungen anstellen, weil er nicht vor Ort gewesen war und ohne ein offizielles Gesuch keinen Einblick in die Resultate der Kollegen aus Strasbourg erhalten würde. Vom Bauchgefühl und gesunden Menschenverstand her ging er aber nicht davon aus, sondern nahm vielmehr an, dass Schwan ein ganzes Stück weiter flussaufwärts in den Rhein gefallen oder gestoßen worden war. Denn ein potenzieller Täter hätte alles daran gesetzt, den Tatort als Quelle für Spuren jeder Art verborgen zu halten.

So sehr war Jules in seinen Abwägungen verhaftet, dass er beinahe mit einem Herrn zusammenstieß, der unvermittelt vor ihm stehen geblieben war. Der Mann in halblangen Hosen und kariertem Hemd hielt einen Fotoapparat nach oben, und die Frau neben ihm betrachtete verzückt das Fotomotiv ihres Gatten.

Jules folgte dem Blick der Touristin und schalt sich dafür, wie achtlos er mittlerweile durch sein neues Heimatstädtchen hetzte. Schon nach wenigen Monaten drohte ihm der Sinn für den lieblichen Reiz dieses besonderen Landstrichs abhandenzukommen. Dadurch entgingen ihm Augenweiden wie das soeben abgelichtete Gerberhaus, dessen Fassade so krumm war, als würde es unter der eigenen Last zusammenbrechen. Doch es hielt sich wacker und verkraftete sogar die Blumenkästen, die von Geranien überquollen, und das ausladende Nest eines Storchenpaares, das auf den verwegen verzweigten Dächern nistete. Jules schmunzelte. Er verlangsamte seinen Gang und nahm sich vor, seine Umgebung wieder bewusster wahrzunehmen. Und zwar mit allen Sinnen: Während er durch die gasthausgesäumten Gassen schlenderte, stieg ihm der typische Duft dieser Gegend in die Nase: dampfendes Sauerkraut!

Die *Auberge de la Cigogne*, ein nicht minder windschiefes Fachwerkhaus, schmiegte sich an einen der beiden Rebenheimer Stadttürme. Die Herberge verfügte über die charakteristischen Butzenscheiben ebenso wie über diverse fantasievoll geschnitzte Figuren im Gebälk. Jules freute sich, einen Grund gefunden zu haben, um mal wieder vorbeizuschauen. Immerhin war die *auberge* einige Monate lang sein – äußerst komfortables – Quartier gewesen.

Er traf Clotilde in der Winstub an, wo sie gerade für den Mittagstisch eindeckte: weißes Porzellan, daneben in Würde gealtertes Silberbesteck auf sorgsam gebügelten Stoffservietten. Als Clotilde ihn bemerkte, schien sich ihr Gesichtsausdruck nicht zwischen Freude und Enttäuschung entscheiden zu können.

»*Monsieur le Commissaire!* Schön, Sie zu sehen, aber wären Sie doch nur etwas früher gekommen!« Die dralle Wirtin, die wie üblich ein trachtenähnliches Kleid und darüber eine Schürze trug, begrüßte Jules mit vertraulichen Wangenküssen, bevor sie erklärte, dass sie erst vor einer Stunde mit der Police nationale telefoniert habe. »Ich hatte ja immer noch die Hoffnung, dass Sie es sich überlegen und den Fall selbst in die Hand nehmen. Aber da Sie sich nicht rührten und mir ja gesagt hatten, ich müsste es den zuständigen Stellen melden, bin ich meiner Bürgerpflicht nachgekommen.«

»Schon gut, Clotilde, Sie haben alles richtig gemacht«, erwiderte Jules mit einem gewinnenden Lächeln. »Vor einer Stunde haben Sie die Kollegen informiert, sagten Sie?«

»Ja, in etwa.«

Jules sah auf seine Armbanduhr und überschlug die Fahrzeit von Strasbourg bis hierher. »Dann haben wir noch etwas Zeit«, stellte er fest. »Was können Sie mir über Ihren verstorbenen Gast sagen?«

Clotildes Blick wanderte zur Decke, während sie angestrengt nachdachte. »Jürgen Schwan hieß er. Mittelgroß, Bauchansatz, aber insgesamt wirkte er sportlich. Laut Eintrag ins Gästebuch war er sechsunddreißig. Alleinreisender. Er hatte das Zimmer für zwei Wochen gebucht. Gut die Hälfte davon ist rum. Keine Besucher, während er hier war. Aber er hatte ja auch wenig Zeit, jemanden zu empfangen, weil er immer zu tun hatte. Mitunter blieb er stundenlang auf seinem Zimmer, anstatt in die Winstub zu kommen und unser gutes Essen zu genießen. Aber nein! Er wollte nicht gestört werden, sondern schloss sich ein, um über seiner Arbeit zu brüten. Ich konnte ihn nicht mal mit meinem *sürkrüt* locken: feinstes Kraut, in Gänsefett gegart, mit Zwiebeln, Knoblauch, Gewürznelken, Wacholderbeeren, Koriander, Lorbeerblättern, Gemüsebouillon, Elsässer Riesling…«

Jules hob die Hand. »Ich weiß Ihr formidables Sauerkraut sehr wohl zu schätzen, mich brauchen Sie nicht zu überzeugen«, sagte er amüsiert. »Sie sagen, dass Schwan hier nicht nur wohnte, sondern auch arbeitete? Das heißt, er hat sein Zimmer als eine Art Büro benutzt. Wo es ein Büro gibt, muss es auch Unterlagen geben. Akten, Briefe, Notizen und so weiter. Alles Dinge, die Informationen enthalten könnten.«

Jules bat Clotilde darum, sich in Schwans Zimmer umsehen zu dürfen, woraufhin diese ihn anstrahlte. »Sie haben sich also wirklich umentschieden?« Ohne seine Beweggründe zu hinterfragen, eilte sie ihrer Leibesfülle zum Trotz wieselflink zum Schlüsselbrett hinter dem Empfangstresen. Sie führte Jules über knarzende Holzdielen hinweg zu einem Raum am Ende des Gangs im zweiten Stockwerk und sperrte auf.

Zunächst blieb Jules auf der Schwelle stehen und spähte hinein. Das rustikal eingerichtete Zimmer sah bewohnt aus. Über einer Stuhllehne hingen eine Hose und ein Hemd, auf dem Nachttisch lag ein aufgeklapptes Buch, ein Paar tannengrüner Gummistiefel war auf einer auseinandergefalteten Zeitung abgestellt worden.

»Haben Sie hier irgendetwas angefasst?«, erkundigte sich Jules und betrat langsam den Raum, dicht gefolgt von Clotilde.

»Aber nein!«, versicherte sie.

Jules wandte sich zu ihr um. »Wirklich nicht?«

»Nun ja, ich habe das Bad gereinigt, das Bett gemacht und ein paar Socken vom Boden aufgelesen. Aber ansonsten habe ich nichts berührt.«

Jules beschloss, ihr Glauben zu schenken, und sah sich in dem schmalen Zimmer, das von tief liegenden Deckenbalken überdacht wurde, genau um. Auch er vermied es, mit einem Möbelstück oder Gegenstand in Kontakt zu kommen, sondern beschränkte sich einzig auf seine optische Analyse. Das musste reichen, denn er durfte es nicht riskieren, potenzielle Spuren zu verwischen oder selbst neue zu hinterlassen.

»Ist Ihnen beim Bettenmachen etwas Besonderes aufgefallen?«, fragte er. »Etwas, das Sie stutzig gemacht hat?«

»Nein«, meinte Clotilde nach längerem Nachdenken. »Nicht dass ich wüsste.«

Jules hatte inzwischen die Stiefel inspiziert, von denen getrockneter Matsch abbröckelte. Nun richtete er seine Aufmerksamkeit auf das Buch auf dem Nachttisch: ein Wanderführer mit Routenvorschlägen für die Vogesen.

»Erzählen Sie mir ein wenig mehr über Monsieur Schwan«, bat er Clotilde, während er in die Knie ging, um unter das Bett zu gucken. »Was war er für ein Mensch? War er nett, kam man gut mit ihm aus?«

»Wenn Sie mich so fragen: nein!«, antwortete Clotilde sehr offen. Sie habe ihn für recht schroff gehalten, beinahe arrogant. Kaum einen Brocken Französisch habe er mit ihr gesprochen, sondern vorausgesetzt, dass im Elsass ein jeder auch Deutsch könne. Aber da sei er an die Falsche geraten, denn sie habe sich stur gestellt und so getan, als würde sie ihn nicht verstehen, obwohl sie des Deutschen durchaus mächtig sei.

Jules forderte sie auf, mehr über Schwan zu berichten, während er sich weiter im Zimmer umschaute.

Schwan sei tagsüber oft unterwegs gewesen, wusste sie zu sagen. »Zum Wandern, bevor er sich zum Arbeiten hierher zurückzog.«

»Wo ist er gewandert? Hat er etwas über seine Touren erzählt?«

»Er interessierte sich hauptsächlich für die Vogesen und muss sich dort irgendwo abseits der Wege aufgehalten haben. Seine Stiefel haben nachmittags, wenn er zurückkam, meinen ganzen Flur verdreckt. Überall Erde und Tannennadeln.«

Jules durchsuchte mit Blicken die Ablage eines schmalbrüstigen Schreibtisches vorm Fenster. Dabei entdeckte er neben einem weiteren Elsassführer und Landkarten auch Fachliteratur über Geologie.

»Wissen Sie, was Schwan beruflich gemacht hat?«, fragte Jules, der keinen Hinweis darüber in Le Claires Zeitung gefunden und auch aus dem Kollegenkreis nichts erfahren hatte.

»Nein, darüber hat er nichts gesagt«, antwortete

Clotilde und fügte etwas eingeschnappt hinzu: »Er hat sich ohnehin kaum dazu herabgelassen, mit mir zu sprechen, weil sein Französisch miserabel war. Nur das Nötigste. Guten Morgen, guten Abend. Auf Deutsch natürlich.«

Jules wollte sich erkundigen, ob Clotilde beim Saubermachen eventuell auf eine so ergiebige Informationsquelle wie ein Handy oder ein Laptop gestoßen sei, als von unten Geräusche durch den Flur drangen – das Trampeln schwerer Schuhe, Männerstimmen.

Die Klingel an der Rezeption wurde betätigt, kurz darauf waren Schritte auf der Treppe zu hören.

Jules wusste sofort, was das zu bedeuten hatte. Hervé hatte seine Truppe schneller in Bewegung gesetzt als gedacht. Nun galt es, das Beste aus der Situation zu machen und Ärger möglichst schon im Keim zu ersticken. Bemüht, die letzten Momente bis zu seiner Entdeckung zu nutzen, ging Jules neben dem stark verschmutzen Stiefelpaar in die Hocke, umwickelte einige Erdkrumen mit einem Papiertaschentuch und steckte es ein. Dann eilte er zum kleinen Schreibtisch und zog ein als Lesezeichen verwendetes Werbeblättchen eines Restaurants aus dem Fachbuch für Geologie. Ohne es anzusehen, ließ er es in seiner Jackentasche verschwinden. Keine Sekunde zu früh, denn in diesem Augenblick trat die Police nationale auf den Plan.

An ihrer Spitze Albert Hervé, ein Mann von gedrungener Statur. Auf einem kurzen Hals saß ein viereckiger Schädel mit schwarzen, misstrauisch blinzelnden Knopfaugen. Hervé trug die dunkle Uniform eines Commissaire de police, verziert mit blank geputzten Silberknöpfen, Schulterstücken und Kordel. Die dazugehörende Schirmmütze hielt er in der Armbeuge. Begleitet wurde er von drei weiteren Uniformierten, darunter eine Frau. Die anderen waren gute zehn Jahre jünger als Hervé, hatten sich aber schon dessen argwöhnischen Blick antrainiert.

Die Truppe um Kommissar Hervé war abrupt stehen geblieben, kaum dass sie Jules erspäht hatte. Dieser konnte sich sehr wohl denken, was in den Köpfen der Kollegen vorging. Daher kam Hervés ruppig vorgebrachte Frage nicht unerwartet.

»Was tun Sie hier?« Er schielte nach Jules' Rangabzeichen. »Dieses Zimmer ist Bestandteil einer polizeilichen Ermittlung, Major.« Hervé strahlte die selbstherrliche Sturheit eines Mannes aus, der zu sehr daran gewöhnt war, dass man ihm gehorchte.

»Ich weiß«, sagte Jules ganz offen, um dem Kommissar den Wind aus den Segeln zu nehmen. »Die Wirtin hat mich darüber in Kenntnis gesetzt, dass sie die Police nationale informiert hat. Da hielt ich es für geboten, den Raum bis zu Ihrem Eintreffen zu sichern.«

»Ja, das stimmt, was Major Gabin sagt!«, bekräftigte Clotilde. »So ist es gewesen.«

Hervé schien ihnen beiden kein Wort zu glauben. Als würde er die Konkurrenz, die ihm durch Jules erwachsen könnte, instinktiv spüren, wirkte er nun noch zugeknöpfter. »Ich gehe davon aus, dass Sie der Leiter der hiesigen Gendarmerie sind.«

»Ja, das ist richtig«, antwortete Clotilde an Jules' Stelle, was Hervé mit einem missgünstigen Blick quittierte.

»Dann möchte ich Ihnen danken, dass Sie die Stellung gehalten haben«, fuhr Hervé an Jules gerichtet fort. »Ab jetzt ist Ihre Anwesenheit nicht mehr erforderlich. Sie können sich nun wieder Ihren eigentlichen Aufgaben widmen.«

Fehlte bloß noch, dass er als Beispiel das Fangen von Hühnerdieben oder Zechprellern anführte, ärgerte sich Jules im Stillen über die anmaßende Art des Kommissars. Das ließ er sich jedoch nicht anmerken, sondern tat so, als würde er das Feld räumen. Er trat beiseite und machte Hervés kleiner Ermittlungsgruppe Platz. Statt wirklich zu gehen, blieb er jedoch im Türrahmen stehen und sah den Kollegen bei der Arbeit zu. Wie beiläufig sagte er: »Dieser Fall ist bestimmt eine harte Nuss. Bei so einer Wasserleiche kann man ja überhaupt nicht wissen, wie lange sie schon im Fluss trieb.«

Hervé, der den lästigen Gendarmen gedanklich schon abgeschrieben zu haben schien und sich forschend in dem Pensionszimmer umsah, antwortete geistesabwesend: »So schwer ist das nun auch nicht. Wir schauen natürlich, wie viel Fischfraß es an der Leiche gab. Daraus folgt, dass der Körper höchstens zwei Tage im Wasser lag. Und wir wissen, dass der Mann schon vorher tot war, keine Flüssigkeit in der Lunge.«

»Dann war es vielleicht doch nur ein Unfall«, mimte Jules den Ahnungslosen. »Womöglich ist der Mann beim Angeln ausgerutscht. Es kann ja niemand verlangen, dass man das nach zwei Tagen im Rhein noch herausfinden kann?«

Hervés ganze Aufmerksamkeit galt dem kleinen Schreibtisch, den er mit behandschuhten Händen zu durchsuchen begann. Seine Antwort sagte er dahin, während er sich weiter auf den Tisch konzentrierte.

»Bei der Kopfverletzung muss das eine verdammt große Angel gewesen sein. Sieht eher so aus, als hätte ihm jemand mit einem stumpfen Gegenstand eins übergezogen. Der Leichnam wies eine Schädeldeckenfraktur auf, die zur Einblutung ins Gehirn und damit zum Tod geführt hat.«

Bingo, dachte sich Jules und freute sich darüber, dass er einige der wichtigsten Punkte so reibungslos hatte klären können. Nun galt es, am Ball zu bleiben, ohne den Argwohn des selbstgefälligen Chefermittlers zu erregen.

»Wenn das so ist, werden Sie sicherlich DNA-Spuren suchen, um dem Täter auf die Schliche zu kommen«, merkte Jules an, während Hervé sich einem Notizblock widmete, den er in einer Schublade gefunden hatte.

»Ich bitte Sie, Kollege«, gab Hervé mit spöttisch verzogenem Mund von sich. »Sie haben doch eben selbst die Wirkung des Wassers erwähnt. Der Körper war der Strömung ausgesetzt. Der ist porentief rein gespült wie nach einem Vollwaschgang. Mit so etwas wie Gentechnik brauchen wir also gar nicht erst anzufangen. Aber keine Sorge, es geht auch ohne.«

»Ohne DNA – dann wird es schwer. Wenn man wenigstens den Tatort kennen würde, wo er den Schlag verpasst bekommen hat. Aber das ist ja bei einem Fluss mit dermaßen hohen Fließgeschwindigkeiten und Verwirbelungen nahezu unmöglich herauszufinden. Ich frage mich, wie Sie die richtige Stelle finden wollen? Sie kann sich flussaufwärts ja überall befinden, und der Rhein ist lang …«

»Ich habe ein hydrodynamisches Gutachten in Auftrag gegeben«, sagte Hervé und schob als Übersetzung für den gewiss begriffsstutzigen Landgendarmen nach: »Eine Untersuchung nach dem Prinzip eines Strömungssimulationsverfahrens.«

Ein sinnvolles Vorgehen, allerdings auch ein langwieriges Verfahren, dachte sich Jules. Gutachten erwiesen sich nach seinen Kenntnissen allzu oft als Zeitfresser und zogen Ermittlungen in die Länge.

»Zu dumm, dass das Opfer ein Deutscher war«, meinte er wie beiläufig. »Es würfelt die ganze Routine durcheinander: Das Umfeld des Toten zu beleuchten wird schwierig. Eine Befragung der Angehörigen scheidet ja wohl aus.«

Hervé blickte von dem Schreibblock auf und sah Jules schräg an. »Wo soll das Problem sein? Wir werden mit den deutschen Behörden zusammenarbeiten, um die Befragungen durchzuführen.«

Ein weiterer Zeitfresser, stellte Jules fest. Denn diese Zusammenarbeit würde so aussehen, dass Hervé ein Amtshilfegesuch einreichen und die zu befragenden Personen benennen musste. Sollte sein Antrag genehmigt werden, würde ihn die deutsche Polizei an der Landesgrenze bei Kehl in Empfang nehmen und zu den Angehörigen begleiten. Dort dürfte Hervé seine Fragen stellen, hätte aber keinerlei weitergehende Befugnisse, von der sprachlichen Barriere einmal ganz abgesehen.

Jules brannten weitere Fragen unter den Nägeln, aber Hervé machte nicht den Eindruck, als würde er diese beantworten. »Major Gabin«, sagte er mit verkniffenem Gesicht. »Es war nett, Sie kennenzulernen. Doch nun ist es genug, meinen Sie nicht auch? Ich bin sicher, dass Sie in Ihrer Gendarmerie schon sehnlichst erwartet werden.« Er gab seiner Mitarbeiterin einen Wink, woraufhin diese Jules die Tür vor der Nase zuschlug.

Jules' Ärger darüber hielt sich in Grenzen. Denn er hatte während der letzten Minuten weit mehr in Erfahrung bringen können, als er es sich erhoffen durfte. Und: Er wusste schon nach diesem relativ kurzen Gespräch mit Hervé, dass er den Job besser, effektiver und weitaus schneller erledigen konnte als der aufgeblasene Kommissar aus Strasbourg.

Als Jules in die Gendarmerie zurückkam, herrschte dort erneut rege Betriebsamkeit – was ganz und gar nicht üblich war. Katzenhasserin Madame Flambeau und der kleine Yves waren nicht mehr da, aber seine Leute wirkten auch gänzlich ohne »Kundschaft« wie aus dem Häuschen. Adjutant Lautner und Gendarm Kieffer diskutierten gestenreich mit Charlotte Regnier, deren Wangen in einem kräftigen Rosa glühten. Leider konnte Jules die Ursache für die Unruhe nicht ergründen, denn von der lebhaften Unterhaltung der anderen verstand er keine Silbe. Ob Problemstorch Gaston wieder zugeschlagen und einige Autos beschädigt hatte?

»Hatten wir uns nicht darauf geeinigt, dass Elsässisch auf der Wache tabu ist?«, fragte er, woraufhin das Gespräch erstarb und sich seine drei Mitarbeiter nach ihm umschauten. Offenbar waren sie so sehr in ihrer Diskussion verfangen gewesen, dass sie Jules' Ankunft gar nicht mitbekommen hatten.

Kieffer, der ja gern mal den kleinen Revoluzzer herauskehrte, streckte sein Doppelkinn nach vorn und wagte den Widerspruch: »Warum eigentlich? Das Elsässische darf nicht unterdrückt werden. Das Gleiche gilt fürs Bretonische, Okzitanische, Baskische und Korsische. Wir haben ein Recht auf unsere Regionalsprachen!«

»Ein Recht?«, fragte Jules, den Kieffers Ausbruch von Heimatstolz eher erheiterte als ärgerte.

»Ja, ein Recht!«, beharrte dieser. »Im Jahr 2008 hat das Pariser Parlament beschlossen, die französischen Nationalsprachen in die Verfassung aufzunehmen, da sie zum Erbe Frankreichs gehören. So nachzulesen in Artikel 75!«

Jules grinste sein pummeliges Gegenüber an und hielt mit einer anderen Rechtsnorm dagegen: »Die Sprache der Republik ist und bleibt das Französische. Das steht in Artikel 2.«

»Aber...«

»Kein Aber. In der Gendarmerie wird Französisch gesprochen, und dabei bleibt's«, stellte Jules klar und wollte nun endlich wissen, um was es ging.

Die Antwort lieferte eine äußerst energische Frauenstimme, die er nur zu gut kannte. Diese gehörte zu der stets resolut auftretenden Leiterin des *office de tourisme*, die gerade die Wache betreten hatte und sich nicht mit langen Vorreden aufhielt, um ihr Anliegen vorzubringen. »Es gibt heute doch nur ein Thema von Belang: Es handelt sich selbstverständlich um Frédéric Rocca!«, rief Isabelle Cantalloube und schwebte herein wie eine überdrehte Diva mit Vorliebe für extravagante Kleidung. Am liebsten trug sie wallende Seide, ergänzt durch nicht minder auffällige Halstücher. Bei ihr musste es flattern und wehen, und das in Farben, so schrill, dass es beinahe wehtat. Dazu kamen Ketten und Armreife, gern auch auffällige Spangen im welligen Haar. Nicht zu vergessen der knallige Lippenstift und ein Parfüm, dessen Fliederduft meist schon von Weitem zu riechen war.

»Sie müssen etwas unternehmen, Major!«, forderte Isabelle Cantalloube mit bestimmendem Ton. »Veranlassen Sie alles Nötige! Und zwar unverzüglich.«

Da Jules noch immer nicht recht verstand, weshalb alle so außer Rand und Band waren, versuchte es Charlotte Regnier mit einer Erklärung. Neben der aufgetakelten Isabelle Cantalloube wirkte Charlotte in ihrem braven Kostüm wie eine graue Maus, dachte Jules und war gespannt, was seine Assistentin zu sagen hatte.

»Frédéric Rocca logiert im *Château de Rebenheim* und hat wohl vor, eine Weile bei uns zu bleiben.«

Château de Rebenheim – dieser Name erzeugte auf Anhieb Bilder in Jules' Kopf. Er sah das Schlosshotel vor sich, das über den mit Weinreben überzogenen Hügeln thronte. Die vornehm weiß leuchtende Fassade, die von Zypressen gesäumte Einfahrt, großzügige Wiesen und ein riesiger Pool. Das herrschaftliche Gemäuer wurde von zwei historischen Wehrtürmen flankiert, wohingegen das Interieur nagelneu und exquisit sein sollte, wie man hörte. Das *Château* war gewiss keine Absteige für Durchschnittstouristen, sondern ein Nobelquartier, das ausschließlich betuchten Gästen vorbehalten blieb. Diese durften über seidig schimmerndes Parkett flanieren und in Salons unter Kristalllüster dinieren.

»Aber soweit ich weiß, ist das *Château* nur eine Zwischenstation für ihn«, warf Lautner ein, was die

Tourismusamtsleiterin mit einem scheltenden Blick quittierte.

»Das *Château de Rebenheim* ist alles, doch sicher keine Zwischenstation«, echauffierte sich Isabelle Cantalloube. »Das Schloss ist Mitglied der *Grandes Étapes Françaises*, einer Vereinigung handverlesener Hotels mit großer Tradition und noch mehr Komfort. Monsieur Rocca wird weit und breit keine andere adäquate Adresse finden, um seine Ferien bei uns zu verbringen. Damit er anschließend nur positiv von seinem Urlaub im Elsass berichtet, müssen wir dafür Sorge tragen, dass er von Anhängern und Schwärmern unbehelligt bleibt. Und genau das ist Ihre Aufgabe, Major Gabin!«

»Es geht ja gar nicht bloß um einen Urlaub«, wandte Lautner ein. »Frédéric Rocca verbringt in Rebenheim nicht seine Ferien – er möchte bleiben. Auf Dauer.«

Ein Raunen ging durch den Raum. Jules sah in die Runde, registrierte Überraschung und Freude ebenso wie Erkenntnis und Kalkül. Letzteres las er aus der Mimik von Isabelle Cantalloube, bekannt dafür, den richtigen Riecher für tourismusfördernde Maßnahmen zu haben. In dieser besonderen Gabe, der Rebenheims prosperierender Fremdenverkehr sehr viel zu verdanken hatte, lag der Grund dafür, dass Isabelle Cantalloube überhaupt noch in Amt und Würden war. Denn um ein Haar wäre sie diesen Job losgeworden, weil sie sich auf dubiose Geschäfte mit dem später als Mörder verurteilten Weinbauern Moreau eingelassen hatte. Nur wegen ihres Talents für ihr Fachgebiet hatte die Stadtverwaltung Milde walten lassen. Auch Jules war für sie in die Bresche gesprungen, denn für ihn bestand an ihrer Unschuld kein Zweifel.

All das ging ihm durch den Kopf, während er die Tourismusamtsleiterin beobachtete und darauf wartete, welchen Vorteil für die Region sie aus den unerwarteten Plänen des Filmstars schlagen würde.

»Wenn sich Rocca nicht nur bei uns erholt, sondern dauerhaft bleiben will, sieht die Sache natürlich völlig anders aus. Dann ist er für uns eine neue Ressource, ergänzend zum Wein und zur Elsässer Küche.«

»Bitte?«, wunderte sich Lautner.

»Wir machen Frédéric Rocca zu unserem Aushängeschild!«, rief Isabelle Cantalloube begeistert aus.

»Wie wollen Sie das denn anstellen? Sie können ihn ja schlecht in einen Zoo stecken und Eintritt verlangen«, warf Kieffer ein.

»Natürlich nicht. Was wir brauchen, ist ein *petit train*!«, schlug Isabelle Cantalloube nach kurzer Bedenkzeit vor. »Eine Minibahn, die Touristen an Roccas künftiger Villa vorbeifährt. Ganz so, wie sie es auch in Hollywood und Beverly Hills veranstalten. Und dann gibt es die Möglichkeit zur individuellen Besichtigung seiner Räumlichkeiten, inklusive einem kurzen Gespräch und Autogrammstunde. Selbstverständlich nur für ausgewählte Besuchergruppen.«

»Also doch eine Art Zoo«, meinte Kieffer.

»Bevor Sie Roccas Luxushaus bei den Touris anpreisen, müsste er erst einmal eines finden«, bremste Lautner den Elan der Tourismusleiterin. »Soviel ich weiß, tut er sich mit der Suche schwer.«

»Ganz genau!«, sprang Kieffer dem Kollegen bei. »Deshalb ist er nämlich persönlich hier und überlässt die Suche keiner Immobilienagentur.«

»Aber ganz ohne Makler wird er kaum zurechtkommen«, grübelte Charlotte Regnier. »Zumal er ja nicht selbst durch unsere Straßen laufen und suchen kann. Die Fans würden ihn bestürmen, da käme er keine zehn Meter weit.«

»Sie sagen es, meine Liebe«, ging Isabelle Cantalloube auf sie ein. »Damit wären wir beim eigentlichen Grund meines Kommens angelangt: Ich möchte Polizeischutz beantragen.« Mit Nachdruck brachte sie ihre Forderung vor. »Ich will, dass Sie Frédéric Rocca absichern. Dass Sie ihn vor seinen stürmischen Verehrerinnen abschirmen!«

Jules konnte nicht anders und lachte auf. »Dass Frédéric Rocca immer noch rote Rosen und BHs zugeworfen werden, wage ich zu bezweifeln. Der Mann ist Mitte siebzig.«

»Für eine Persönlichkeit wie ihn spielt das Alter keine Rolle«, entgegnete sie ohne jeden Sinn für Humor. »Denken Sie an den großen Delon. Der ist über achtzig – aber würden Sie ihn deshalb als unattraktiv bezeichnen?«

»Das würde ich nie wagen«, sagte Jules. »Dennoch sehe ich keinen Anlass, Personal für Roccas Schutz abzustellen. Ich erkenne keine konkrete Gefährdungslage. Sie etwa?«

So schnell gab sich eine Isabelle Cantalloube nicht geschlagen. »Auch wenn ich mich wiederholen muss, sollte Frédéric Rocca tatsächlich in Rebenheim bleiben, wäre er eines unserer höchsten Güter. Für den Fremdenverkehr noch besser zu bewerben als Burgruinen und Flammkuchen zusammen.«

»Keine Sorge, Madame Cantalloube«, sagte Jules, fasste sie behutsam am Arm und dirigierte sie mit sanftem Druck nach draußen. »In unserem friedliebenden Rebenheim wird Ihrem Star niemand ein Haar krümmen. Auch ohne Polizeischutz.«

Kaum war er sie losgeworden, wandte er sich wieder seinen Leuten zu. »Wenn Rocca ernsthaft mit dem Gedanken spielen sollte, sich hier niederzulassen, frage ich mich, wo er unterkommen will.«

»Sein Elternhaus in der Rue des Vosges dürfte seinen gehobenen Ansprüchen kaum genügen, wenn es denn überhaupt noch in Familienbesitz ist. Und ansonsten ist der Wohnungsmarkt leer gefegt«, pflichtete Lautner ihm bei.

»Antoine wird schon ein Plätzchen für ihn finden«, war sich Kieffer sicher. »Wie ich ihn kenne, hat er sich längst an Rocca drangehängt. Nicht umsonst ist Antoine der führende Makler in der Stadt.«

»Nicht nur der führende, sondern auch der einzige«, stellte Jules klar und fügte verärgert hinzu: »Mir konnte er ein Jahr lang nichts anbieten. Frédéric Rocca aber schon?«

Die anderen sahen ihn mit unbewegten Mienen an und zuckten die Schultern.

Bevor sich ein jeder wieder an seine Arbeit machen konnte, zog Jules wie beiläufig den Restaurantprospekt, den er in Schwans Pensionszimmer eingesteckt hatte, aus seiner Hosentasche. »Kennt zufällig jemand diese Adresse? Ist das Lokal zu empfehlen?« Er fragte so nebenbei, dass die anderen denken mussten, er würde nach einer netten Ausgehmöglichkeit für sich und Joanna suchen.

Gendarm Kieffer schnappte sich das Werbeblättchen, warf einen prüfenden Blick darauf und reichte es an Jules zurück. »Restaurant *Les Trois Châteaux* – piekfeine Adresse nahe Bergheim. Haute Cuisine für dicke Geldbeutel.« Mit einem Anflug von Neid fügte er hinzu: »So etwas können sich Normalsterbliche in meiner Gehaltsklasse allerhöchstens mal zu einem runden Geburtstag leisten.«

»Hervorragende Fischküche, aber die Preise sind jenseits von Gut und Böse«, stimmte Charlotte Regnier dem Kollegen zu.

»Zander, Aal, Hecht, Schleie und Forelle werden von den besten Fischern der Gegend geliefert«, steuerte Lautner bei. »Die *matelote* soll ein Gedicht sein. In den Fischtopf kommen mindestens vier im Grand Ried beheimatete Fischarten. Möchte ich allzu gern probieren, aber dann würde mich meine Mutter für verrückt erklären – bei dem Vermögen, das die dort verlangen.«

»Wenn das so ist, werde ich mich wohl nach einer Alternative umsehen müssen«, sagte Jules mit vorgetäuschtem Seufzer und fügte mit einem Auge auf Kieffer hinzu: »Haben Sie eine Empfehlung für eine Gaststätte, die dem schmalen Salär eines Majors entspricht?«

Unverzüglich prasselten die Vorschläge auf ihn ein: das *Côté Cour* in Colmar mit seiner frischen, leichten Küche, das *Restaurant au Cerf* in Molsheim mit seinen köstlichen *kasknepfle* an Pilzsoße oder die Winstub *La Dîme* in Obernai mit ihren riesigen Portionen Hausmannskost, all das zu moderaten Preisen.

»Danke, danke!« Jules hob beide Hände, um die Empfehlungsflut einzudämmen. Nun sah er die Möglichkeit, seine verdeckte Ermittlung voranzutreiben und einen weiteren Aspekt abzuklopfen, ohne den

Argwohn der anderen zu erregen. »Eigentlich sollte das Essen ja gar nicht im Vordergrund stehen. Ich dachte vielmehr an einen ausgedehnten Wanderausflug mit anschließender Mahlzeit.«

»Wandern zwischen den Weinbergen?«, wollte Kieffer wissen.

»Eher in den richtigen Bergen. Joanna und ich wollen es sportlich angehen«, antwortete Jules mit vermeintlich unschuldigem Lächeln. »Kennen Sie jemanden, der mit den Vogesen vertraut ist? Einen, von dem man echte Geheimtipps bekommen kann?«

Seine drei Mitarbeiter mussten nicht lange überlegen und schienen sich ohne große Diskussion einig zu sein, dass es auf Jules' Frage nur eine Antwort geben konnte: »Bernard Dubois!«, benannte Lautner den heimischen Vogesenexperten schlechthin. »An Dubois kommt niemand vorbei, der den Bergen ihre Geheimnisse entlocken will.«

»Ein etwas schrulliger, aber ungemein kompetenter Heimatforscher. Er versteht sich übrigens auch sehr gut auf geologische Fragen, falls Sie für so etwas Interesse haben«, meinte Charlotte Regnier.

Lautner schloss sich an mit der Nennung einiger Berggasthöfe, typisch für die Hautes Vosges d'Alsace. »Sie sind eine Besonderheit: meistens ehemalige Sennereien, auf denen früher Kuhhirten und Schäfer mit den Wanderern ihre Mahlzeit teilten. Dort können Sie einkehren und sich stärken. So ein Melkermenü ist allerdings ziemlich rustikal: Gemüsesuppe, Räucherfleisch, Bratkartoffeln. Wenn Sie Glück haben, erwischen Sie einen Blaubeerkuchen zum Dessert.«

»Blaubeerkuchen? Klingt verlockend«, meinte Jules

mit einem Schmunzeln und hatte angesichts dieser Hilfsbereitschaft ein schlechtes Gewissen, weil er die anderen mit seinem vorgeblich privaten Interesse an der Nase herumführte.

Jules war gewarnt und darauf gefasst, den Abend mit einer gepfefferten Rechnung zu beschließen. Dennoch kannte er nur einen Weg, sich möglichst unauffällig im Restaurant *Les Trois Châteaux* umzuhören, um herauszufinden, wie Jürgen Schwan an den Prospekt gekommen war. Er musste sich als Gast ausgeben und an Joannas Seite in dem Nobellokal einkehren. Diese hatte sich über die ebenso kurzfristige wie unverhoffte Einladung zum gemeinsamen Diner zwar zunächst gewundert, sich jedoch nicht lange bitten lassen.

»*Quelle surprise, mon amour*«, waren ihre Worte gewesen, als Jules sie gefragt hatte, gefolgt von einem ausgiebigen Kuss. Anschließend hatte sie sich in Schale geschmissen und ihr geschäftsmäßiges Kostüm gegen ein schwarzes Kleid getauscht, das so eng anlag wie eine zweite Haut. Schwarze Pumps und eine silberne Halskette als einziges zusätzliches Accessoire brachten ihre schlichte Eleganz zur Geltung und machten sie in Jules' Augen ungemein sexy.

Ihr Ziel, keine zwanzig Autominuten von Rebenheim entfernt, entpuppte sich als bewusst gesetzter Kontrapunkt zur gepflegten Fachwerkidylle der meisten anderen Gastwirtschaften. Das Gebäude war geradezu provokant modern, und auch bei der Innenarchitektur hatte man auf jedweden folkloristischen Ansatz verzichtet. Jules, der ihren Besuch telefonisch avisiert hatte, ließ sich in dem vor lauter Nüchternheit etwas unterkühlt wirkenden Gastraum zu einem Tisch am Fenster führen. Statt durch das ortsübliche milchige Bleiglas blickten Joanna und er von hier aus durch eine bodentiefe Panoramascheibe auf die Hügel des Weinlandes, die sich im Dämmerlicht in romantischen Rottönen färbten.

»Habe ich irgendetwas verpasst?«, fragte Joanna, fasste nach Jules' Hand und drückte sie sanft. »Mitten in der Woche so fein auszugehen – da muss doch etwas dahinterstecken. Lass mich raten: Habe ich deinen Geburtstag vergessen, bist du befördert worden, oder willst du mir einen Heiratsantrag machen?«

Jules ging mit einem vielsagenden Lächeln, das alles oder nichts bedeuten konnte, über ihre Anspielung hinweg und sagte bloß: »Einfach so.«

»Einfach so?« Joanna beugte sich über den Tisch und gab ihm einen Kuss. »Dann bohre ich nicht weiter nach – vorerst.« Sie lehnte sich wieder zurück und fragte: »Ist in deiner Einladung ein Aperitif eingeschlossen?«

»Selbstverständlich«, sagte er heiter. »Wähl du aus.«

»Mit Vergnügen!«, sagte sie mit einem schnellen Blick in die Getränkekarte. »Lass uns den Trimbach nehmen, einen Gewürztraminer. Blumig, würzig, vollmundig. Wird gern als Appetitanreger genommen.«

Jules rümpfte die Nase. »Du weißt, was ich von Weißweinen halte. Aber wenn du darauf bestehst…«

»Tu ich. Du wirst dir deine Vorliebe für die schweren Weine und Liköre aus dem Süden schon noch abgewöhnen, wenn du dich erst einmal richtig bei uns akklimatisiert hast.« Mit kecker Geste strich sie zwei blonde Strähnchen aus der Stirn.

Ein vornehm auftretender Kellner reichte ihnen die gut gekühlten Gläser, und Jules musste nach dem ersten zaghaften Nippen feststellen, dass der ausdrucksstarke Tropfen seinem Gaumen durchaus zu schmeicheln verstand.

Nun widmete er sich dem auf eine erlesene Essenz reduzierten Menü, das die Wahl zwischen drei Varianten mit jeweils vier Gängen ließ. Nachdem Jules den Schreck über das Fehlen jeglicher Preisangaben überwunden hatte, tendierte er zu einer Rahmsuppe von der Bachforelle, anschließend Limonenrisotto mit roh mariniertem Saibling, gefolgt von gedünstetem Lachsfilet an einem Sößchen aus Apfelmeerrettich, dargereicht mit einem leichten Gratin, und zum krönenden Abschluss einer Crème brûlée unter einer Tannenzapfen-Karamellkruste.

Joanna schloss sich seiner Wahl an und ließ es Jules durchgehen, dass er sich als Begleiter dazu keinen weiteren regionalen Wein bestellte. In wonnevollem Schweigen genossen beide das exquisite Amuse-Gueule, bevor Joanna erneut Jules' Hand und das Wort ergriff: »Vermisst du sie?«

Jules wusste sofort, von wem die Rede war, vermied es aber, Lilous Namen auszusprechen. Er sagte nur: »Hin und wieder.«

Joanna sah ihn intensiv an. »Hast du es schon bereut?«

»Nein! Keine Sekunde lang.«

Joanna schien zufrieden und gab sich wieder ganz der Schlemmerei hin.

Jules tat es ihr gleich und war versucht, den eigentlichen Grund seines Aufenthalts in dem elitären Gourmettempel zu verdrängen. Doch dann sah er sich um, registrierte all die feinen Herrschaften: Snobs wie Industriellensöhnchen und reiche Witwen. Mit einem Mal fühlte er sich fehl am Platz. Dies war kein Ort für einen einfachen Staatsdiener, und auch wenn Joanna überhaupt keine Probleme mit dieser Klientel zu haben schien, dämpfte das Gefühl, deplatziert zu sein, seine Freude an dem Abend.

Also besann er sich seiner Aufgabe, gab vor, die Toilette aufsuchen zu müssen, und erhob sich von seinem Platz. Am Tisch eines älteren Paares, das seinen Jaguar-Schlüssel wenig dezent offen liegen ließ, stieß er auf den steifen Kellner, der sie vorhin bedient hatte. Jules wartete ab, bis er bei den Senioren fertig war, und folgte ihm. Nachdem er sich davon überzeugt hatte, dass Joanna sie von ihrem Platz aus nicht sehen konnte, sprach er ihn an.

»Verzeihung!«

»Monsieur?« Der Kellner blickte ihn mit aufgesetzter Höflichkeit an. Sein ins Stoische tendierender Gesichtsausdruck änderte sich erst, als Jules seinen Dienstausweis aus der einen Tasche und das Zeitungsfoto mit Jürgen Schwan aus der anderen zog. Es zeigte das Porträt eines Mannes mit rundlichem Kopf, kleinem Mund und hellblonden Haaren, die mit viel Pomade zurückgekämmt waren.

»Ist Ihnen dieser Herr bekannt? War er kürzlich Gast in Ihrem Lokal?«

Der Kellner verneinte.

»Schauen Sie bitte genau hin«, forderte Jules ihn auf. »Es ist wichtig für die polizeilichen Ermittlungen.«

Das Stichwort »Polizei« wurde von einer Kolle-

gin des nun noch verspannter wirkenden Kellners aufgeschnappt. Die junge Frau, ebenfalls eine makellose
Erscheinung, aber um Längen pfiffiger wirkend, gesellte
sich zu ihnen.

»Um was geht es denn? Kann ich behilflich sein?«

»Möglicherweise ja«, sagte Jules, stellte sich ihr vor
und reichte den Zeitungsausschnitt mit Schwans Porträt an sie weiter.

Sie sah aufmerksam hin und brauchte nur Sekunden,
um sich zu erinnern. »Ja, der Herr hat hier gespeist.
Vergangene Woche erst.«

»Sind Sie sicher?«, vergewisserte sich Jules.

»Ja«, nickte die Kellnerin und schaute ihn aus
wachen Augen an. »Er ist mir in Erinnerung geblieben,
weil er Streit mit seiner Begleiterin hatte.«

»Béatrice!«, ging der ältere Kollegen dazwischen.
»So sprechen wir nicht über unsere Kundschaft.«

»Pardon«, sagte sie und hielt sich die schmalen Finger vor den Mund.

Jules machte beide darauf aufmerksam, dass sie die
Etikette ihres Hauses in diesem speziellen Fall außer
Acht lassen durften. Es gelte, eine Straftat aufzuklären,
da sei jeder Hinweis wichtig, selbst wenn es sich um
Indiskretionen handeln sollte.

»Also gut«, meinte Béatrice, die sich in ihrer Offen-
heit bestätigt fühlte. »Dieser Mann…«

»Jürgen Schwan, ein deutscher Tourist oder Ge-
schäftsreisender«, ergänzte Jules.

»Ja, Monsieur Schwan war in Begleitung einer Dame
gekommen. Beide haben gespeist, ihre Wahl fiel auf
unser teuerstes Menü: marinierte Rote Bete zu Zie-
genfrischkäsecreme, Maronenravioli mit brauner But-

ter und Steinpilzen, Zander an Herbsttrompeten und Rosenköhlchen, ein Soufflé von ....«

Jules schluckte. »Und weiter?«

»Zunächst dachte ich, ein nettes Paar. Er Deutscher, sie Französin, beide recht gut aussehend und sympathisch, eine Spur extravagant.«

»Sie war Französin?«, fasste Jules nach.

»Gewiss! Sie war es ja, die mit mir gesprochen hat und die Bestellung aufgab. Untereinander haben sie sich auf Englisch verständigt. Kurios, wenn man bedenkt, dass die Sprachgrenze zwischen dem Französischen und dem Deutschen nur wenige Kilometer von hier entfernt ist.«

»Hatten Sie den Eindruck, dass die beiden ein Liebespaar waren?«

»Monsieur, ich muss doch sehr bitten«, protestierte der Kellner, ohne den Ton zu heben. Schließlich sollten die anderen Gäste ja nichts mitbekommen.

»Fahren Sie fort«, forderte Jules Béatrice auf.

Diese warf ihrem Kollegen einen feixenden Blick zu und sagte: »Ein Liebespaar? Nein. Ich glaube nicht.«

»Woran machen Sie das fest?«

»Es fehlte die Vertraulichkeit. Kein Flirten, kein Händchenhalten.«

»Auf was du alles achtest«, meinte der Kellner verdrießlich.

»Frauen sehen die Welt mit anderen Augen, Alfons!«, belehrte sie ihn.

»Kommen wir zurück auf den Streit zwischen den beiden«, bestimmte Jules und hoffte, dass er Joanna nicht zu lange warten lassen und ihr Misstrauen erregen würde. Ansonsten würde auch er sich einem Streit aussetzen müssen, denn dass er sie bloß als Mittel zum

Zweck missbrauchte, würde ihr bestimmt nicht gefallen. »Haben die beiden sich von Anfang an nicht verstanden? Oder gerieten sie erst im Laufe des Abends aneinander?«

Béatrice dachte kurz nach. »In die Haare gekriegt haben sie sich erst nach dem Essen. Aber ich hatte den Eindruck, dass die Stimmung an ihrem Tisch schon vorher nicht sonderlich gut war.«

»Eine Ahnung, worum es bei dem Streit gegangen sein könnte?«

»Wir belauschen die Unterhaltungen unserer Gäste nicht«, betonte Kellner Alfons.

Béatrice war inzwischen mutig genug, um trotzdem zu antworten: »Worum es ging, weiß ich nicht. Denn sobald ich bei denen am Tisch aufkreuzte, haben sie aufgehört zu reden. Außerdem sind meine Englischkenntnisse nicht so toll. Aber klar war, dass die Frau die Kämpferische von den beiden war. Sie hat dem Typ ganz schön Druck gemacht.«

Alfons hielt sich die Hand vors Gesicht. »Deine Ausdrucksweise, Béatrice…«

»Mit anderen Worten: Die Unbekannte hat etwas von Schwan gewollt, es jedoch nicht bekommen«, folgerte Jules. »Eine Information vielleicht?«

Die auskunftsfreudige Kellnerin zuckte die Schultern. »Keine Ahnung, tut mir leid.«

»Das muss Ihnen nicht leidtun. Sie sind mir auch so eine große Hilfe gewesen«, erwiderte Jules. »Könnten Sie mir die Frau beschreiben? Erinnern Sie sich an ihr Aussehen?«

»Du liebe Güte, ja! So was kann man ja nicht einfach vergessen. Sie war ungewöhnlich hübsch. Ich sehe viele schöne Gesichter, jeden Tag. Aber sie war etwas Besonderes. Anfang dreißig, schätze ich. Etwa eins fünfundsiebzig groß, gute Figur. Sie hatte große, ausdrucksstarke Augen. Sie muss wohlhabend sein. Das Kostüm, das sie trug, hat gut und gern tausend Euro gekostet, wahrscheinlich deutlich mehr. Louis Vuitton, wenn mich nicht alles täuscht.«

Jules, der sich Notizen in einem kleinen Block gemacht hatte, den er stets in der Hosentasche mit sich führte, wartete auf weitere Details. Doch die blieb Béatrice ihm schuldig. »Sonst ist Ihnen nichts aufgefallen?«, fragte er.

»Nein... das heißt: doch! Über eines habe ich mich sehr gewundert.«

»Ich höre.«

»Am Ende hat nicht er die Rechnung beglichen, sondern sie.« Béatrice sah Jules erwartungsvoll an. »Sie kennen ja unsere Preise, Major. Und Emanzipation hin oder her, es kommt in unserem Hause nicht oft vor, dass die Dame zahlt.«

Jules stieß einen Pfiff aus und witterte Morgenluft. »Hervorragend, Béatrice! Sie sind eine ausgezeichnete Beobachterin.«

Alfons ließ ein missbilligendes Husten hören, was Jules geflissentlich missachtete.

»Dürfte ich die Kreditkartenabrechnung sehen? Dann habe ich den Namen von Schwans spendabler Partnerin.«

Béatrice war anzusehen, wie schwer es ihr fiel, diesmal passen zu müssen. »Sie hat bar bezahlt«, teilte sie Jules bedauernd mit.

»Wer hat was bar bezahlt?« Die Stimme, die das

fragte, kam wie aus dem Nichts. Plötzlich stand Joanna neben ihnen und sah Jules forschend an.

»Ach, nichts weiter«, versuchte er die Sache abzutun, woraufhin Béatrice und Alfons sofort schalteten und sich mit einer angedeuteten Verbeugung trollten.

»Falls die Kosten dieses Abends dein Budget übersteigen, kann ich einspringen«, triezte Joanna Jules. »Oder ging es eben gar nicht um unser Essen?«

Jules winkte ab. »Vergiss es, mein Schatz. Lass uns zurück an unseren Tisch gehen und den Abend entspannt ausklingen lassen. Immerhin erwartet uns noch das Dessert. Ich freue mich schon auf die Crème brûlée. Besonders neugierig bin ich auf die Tannenzapfenkruste.«

Joanna ließ sich von ihm unterhaken und zu ihrem Platz geleiten. Doch auch wenn sie nichts mehr dazu sagte, sprachen ihre Augen Bände: Der Argwohn war geweckt.

Die Gendarmerie war verwaist. Nach dem überpünktlichen Feierabend von Adjutant Lautner und Gendarm Kieffer hatte wenig später auch Charlotte Regnier die Wache verlassen. Gegen achtzehn Uhr kamen die Putzleute, leerten die Mülleimer und wischten den Boden. Nach einer knappen Stunde waren auch sie fertig. Danach kehrte Ruhe ein im altehrwürdigen Corps de Garde.

Es war kurz nach zwanzig Uhr, als die Stille durch das Pfeifen und Piepen des Faxgerätes durchbrochen wurde. Kurz darauf begann der betagte Apparat zu rattern und spuckte ein bedrucktes Blatt Papier aus. Es zeigte das Foto eines Mannes mit dichtem schwarzem

Haar, durchdringendem Blick und dem Schatten eines Dreitagebartes um das Kinn. Es folgten Angaben zur Person, verbunden mit dem dringenden Aufruf, nach diesem Mann zu fahnden.

Der Steckbrief lautete auf den Namen Gilles Conrad.

DER DRITTE TAG

Der gestrige Tag schien sich zu wiederholen. Als Jules am Morgen die Gendarmerie betrat, fand er seine Mitarbeiter aufgelöst plappernd vor, was ganz und gar nicht ihrem Naturell entsprach. Dabei beobachtet wurden sie von Schulschwänzer Yves, der es sich mit seinem Smartphone auf dem Büßerbänkchen bequem gemacht hatte.

Dass es einen vierten Diskussionsteilnehmer gab, bemerkte Jules erst, als er näher trat. Umlagert von den anderen stand Antoine Kern, den man – klein von Statur – gern mal übersah. Der Immobilienmakler beteiligte sich rege an der kontroversen Unterhaltung, schien sogar der Wortführer zu sein. Wie die aufgescheuchten Hühner, dachte Jules und verschaffte sich Gehör, indem er sich räusperte.

»Darf man fragen, worum es geht?«

Die anderen, mitten aus ihrem lebhaften Gedankenaustausch gerissen, sahen ihn an wie einen Eindringling und Spielverderber. Charlotte war es, die die veränderte Lage als Erste begriff und ihrem Vorgesetzten berichtete: »Rocca! Es geht wieder einmal um Frédéric Rocca.«

»Er verlässt das Hotel und hat seinen Besuch in Rebenheim angekündigt – schon für heute!«, ergänzte Adjutant Lautner.

»Er möchte verschiedene Objekte besichtigen, die ich ihm angeboten habe«, sagte Antoine und rückte sich nervös die Brille zurecht. »Dafür brauche ich natürlich ausreichend Schutz.«

»Schutz?« Jules kräuselte die Stirn. »Schutz vor wem?«

»Um die Neugierigen fernzuhalten«, meinte Kieffer und schien sich darüber zu wundern, dass sein Boss nicht von allein darauf kam. »Dasselbe hat Madame Cantalloube uns doch gestern schon vorgeschlagen.«

»Vor allem geht es mir um die Presse«, präzisierte Antoine. »Vincent Le Claire hat Wind davon bekommen und rückt mir auf die Pelle. Hat sich an mich drangehängt und lässt mich nicht mehr aus den Augen. Und das, obwohl ich ihm klar und deutlich zu verstehen gegeben habe, dass meine Kunden einen Anspruch auf Diskretion haben.«

Jules ging ans Fenster, das auf die Place Turenne hinaus zeigte. Dort, am großen Brunnen, lehnte der schlaksige Reporter der Zeitung *Les Nouvelles du Haut-Rhin* und rauchte eine Zigarette. Als er Jules am Fenster erblickte, schnippte er seine Gauloises auf den Boden und winkte ihm zu.

Jules verzichtete darauf, den Gruß zu erwidern, sondern wandte sich wieder den anderen zu. »Also gut. Ich sehe ein, dass ein Prominenter mit Roccas Status für ein gewisses Maß an öffentlicher Unruhe sorgen könnte.«

»Du stellst also jemanden für meine Unterstützung ab?« Hoffnung glomm in Antoines Augen.

Daraufhin baute sich Jules vor den deutlich kleineren Makler und setzte ihm den Zeigefinger auf die

Brust. »Zunächst einmal möchte ich wissen, weshalb du Rocca auf Anhieb gleich mehrere Immobilien vorführen kannst, während du für mich über Monate nicht mal ein kleines Kämmerchen auftreiben konntest?«

Antoine druckste herum und zog fadenscheinige Ausreden heran, nur um Jules nicht ins Gesicht sagen zu müssen, dass der alte Filmstar schlicht und einfach das dickere Portemonnaie besaß.

Jules ließ ihn eine Weile zappeln, bevor er seine Zusage bestätigte. »Wir werden ein Auge auf Rocca haben und Le Claire auf Abstand halten.«

»Danke, Jules«, sagte Antoine erleichtert und blickte sich nach Gendarm Kieffer um. Der nahm bereits eine Uniformjacke vom Haken, als ihn Jules ausbremste.

»Moment! Wenn Roccas Besuch von euch allen so hoch aufgehängt wird, will ich mir selbst ein Bild machen. Ich übernehme das persönlich.«

»Sie selbst?«, fragte Kieffer verblüfft.

»Ja«, bestätigte Jules und zwinkerte Charlotte Regnier zu, die ebenfalls etwas enttäuscht wirkte. »Sie begleiten mich, Charlotte. Schließlich wird Frédéric Rocca nachgesagt, dass er sich in der Nähe attraktiver junger Damen besonders geborgen fühlt.«

Charlotte akzeptierte diese Erklärung mit einem verlegenen Lächeln und schloss sich ihm an.

»Darf ich auch mit?«, rief der kleine Yves von der Bank. »Ich steh zwar mehr auf Omar Sy und Vincent Cassel, aber der alte Rocca soll es ja auch noch draufhaben.«

»Du gehst in die Schule und sonst nirgends hin«, fuhr ihn Kieffer an und packte den Jungen am Schlafittchen.

Der Star fuhr in einer standesgemäßen Limousine vor: einem schwarzen Citroën C6, eines der letzten Oberklassemodelle aus einer Produktionsstätte der Grande Nation, fast fünf Meter lang und dank Fließheck und charakterstarker Frontscheinwerfer bestechend schön, wie Jules fand. Dem Kennzeichen nach handelte es sich um das Fahrzeug einer Autovermietung in Strasbourg, die ihre Luxusschlitten mitsamt Chauffeur anbot.

Jules wartete, bis der große Wagen vor einem mondänen Bungalow im Feine-Leute-Viertel der Rebenheimer Neustadt zum Stillstand gekommen war. Neben ihm zappelten Charlotte und Antoine wie zwei Teenager vorm Zusammentreffen mit ihren Popidolen. Aber auch er selbst konnte eine gewisse Nervosität nicht leugnen, würde er doch jeden Moment dem Helden seiner Jugend gegenüberstehen, den er an ungezählten Sonntagnachmittagen auf der Kinoleinwand bewundert hatte. Noch konnte man den Superstar des französischen Actionfilms nur erahnen, denn die hinteren Fenster des Citroën waren dunkel getönt. Doch dann öffnete sich die Fahrertür, woraufhin sich erwartungsvolle Unruhe wie eine Welle über die Umstehenden ausbreitete: Neben Jules, Charlotte und Antoine waren dies Reporter Le Claire – unverkennbar in seiner Schlaghose und gestreiftem Hemd im Stil der Siebzigerjahre – sowie eine Handvoll Neugieriger aus der Umgebung und eine Schar von Kindern.

Ein stiernackiger Chauffeur, dessen Sakko über seinen muskelbepackten Armen spannte, stieg aus und öffnete die Tür zu den Rücksitzen. Ein Raunen ging durch die Menge, als jemand den Fond des Luxusschlittens verließ. Charlotte reckte den Hals, auch

Jules sah genau hin. Aber es war nicht Rocca, der sich aus dem weichen Ledersitz erhoben hatte, sondern eine Frau.

Noch bevor sie sich zu den Umstehenden umdrehte, bemerkte Jules ihre sportliche Figur, die sie mit einem eng anliegenden kirschroten Kostüm zur Geltung brachte. Ihre gebräunten schlanken Beine führten seinen Blick hinunter zu gefährlich hohen Pumps, die den mutigen Farbton des Kleides aufgriffen. Ebenso wie ihre Frisur, deren rötlicher Glanz ihr etwas blasses Gesicht betonte. In den Haaren, die ihr lässig über die Schultern fielen, steckte eine Sonnenbrille mit großen Gläsern. Die Frau musste Mitte zwanzig sein, höchstens dreißig. Mal wieder eine junge Affäre des alten Weiberhelden? Oder ob sie seine Agentin war, fragte sich Jules.

Die Hintertür wurde geschlossen, und Jules merkte, wie Antoine sich aus der Reihe der Zuschauer löste und auf die Frau zuging. Mit unterwürfiger Geste versuchte er, ihr einen Folianten zu überreichen, den er seiner Aktentasche entnahm. Doch die Dame in Rot wollte ihn nicht annehmen, sondern strebte geradewegs auf den Bungalow zu. Antoine lief ihr hinterher und belegte sie mit einem Wortschwall, von dem Jules aus der Ferne zwar nichts verstand, er sich jedoch denken konnte, dass es sich um Lobhudeleien über den todschicken Flachbau handeln würde.

Jules musste nicht lange über die Identität der attraktiven Erscheinung nachsinnen, denn Vincent Le Claire brachte ihn auf den neusten Stand. »Hübsch, was? Die Dame in Rot ist Roccas rechte Hand, seine Managerin. Ihr Name ist so schön wie sie selbst: Melodie.«

Kaum hatte er das gesagt, verfinsterte sich seine Miene. »Wenn sie mit Antoine verhandelt, bedeutet das, dass wir Rocca nicht zu Gesicht bekommen werden. Der bleibt im Auto hocken und überlässt Melodie das leidige Maklergespräch. So ein Mist!«

»Tja, dann gehen Ihre Leser wohl leer aus. Kein Foto, keine Story«, meinte Jules, darum bemüht, sich seine eigene Enttäuschung über Roccas Zurückhaltung nicht anmerken zu lassen.

»Was soll's. Es ergibt sich bestimmt eine andere Schlagzeile«, fand der Journalist zu seinem Optimismus zurück. »Zum Beispiel eine über Jürgen Schwan – der Tote aus dem Rhein.« Er sah Jules vielsagend an. »Man munkelt, dass sich dieser Deutsche kurz vor seinem Tod ganz in der Nähe aufgehalten haben soll.«

»So? Munkelt man das?«, mimte Jules den Unwissenden.

Le Claire schielte über den chromglänzenden Rand seiner Retrobrille hinweg. »Angeblich hat man Schwan in Rebenheim gesichtet. Es gibt Leute, die behaupten, er hätte ein Zimmer in der *Auberge de la Cigogne* bewohnt.«

»Wenn das so ist, haben Sie sicher schon mit Clotilde darüber gesprochen«, ließ sich Jules nicht aus der Reserve locken. »Hat sie es Ihnen bestätigt?«

»Natürlich nicht«, gab Le Claire eingeschnappt zurück. »Sie kennen doch Clotilde. Selbst wenn der Mord mitten in ihrer Pension begangen worden wäre, wäre ich der Letzte, dem sie es verraten würde.«

»Wenn Clotilde nichts weiß, wird wohl nichts dran sein an den Gerüchten«, wollte Jules die Sache abtun.

»Sie weiß etwas«, blieb Le Claire beharrlich. »Und Sie wissen es auch.«

»Tut mir leid, ich kann Ihnen nicht helfen.«

»Können oder wollen?« Der hartnäckige Reporter ließ nicht locker. »Können Sie mir wenigstens Schwans Beruf bestätigen? Dass er Mineraloge war und als Lagerstättenkundler gearbeitet hatte?«

Jules horchte auf. Ohne es zu wollen, hatte Le Claire ihm eine Information gegeben, an die er selbst noch nicht herangekommen war. Die Tätigkeit als Gesteinsforscher erklärte Schwans Interesse an der Geologie der Vogesen und seine Vorliebe für Ausflüge abseits befestigter Wege. Am liebsten hätte er Le Claire für diesen unbeabsichtigten Tipp dankend umarmt. Stattdessen behielt er sein Pokergesicht bei und ließ den Reporter abtropfen. »Keine Chance, Le Claire. Versuchen Sie es beim Kollegen Hervé von der Police nationale. Das ist der zuständige Mann.«

»Der rückt mit keinerlei Neuigkeiten raus.«

»Ich auch nicht.«

Charlotte sprang ihrem Vorgesetzten zur Seite, indem sie dem Reporter zurief: »Schau da rüber, Vincent, sie sind schon fertig!«

Tatsächlich schien die Hausbesichtigung bereits vorüber zu sein. Roccas Managerin stolzierte schnellen Schrittes zurück zum Wagen, während der rotwangige Antoine ihr hinterherhechelte und mit Engelszungen auf sie einzureden versuchte. Doch ihre Körpersprache war eindeutig: Das von Antoine ausgewählte Objekt gefiel ihr nicht, da half all sein Süßholzraspeln nichts. Jules beobachtete das amüsante Schauspiel und stellte fest, dass die schöne Melodie bei aller Grazie die harte Ausstrahlung und das Selbstvertrauen einer Frau besaß, die sich in der von Männern dominierten Filmbranche durchzusetzen verstand.

Während er dem forschen Auftreten der Managerin durchaus etwas abgewinnen konnte, fällte Charlotte ein gänzlich anderes Urteil. »Die typische Pariser Hochnäsigkeit«, sagte sie abschätzig. »Eine höchst unsympathische Person.«

Jules ließ dies unkommentiert stehen und sah zu, wie der Fahrer die Wagentür hinter Melodie schloss und den um Fassung ringenden Antoine wie ein Möbelstück zur Seite schob. Dann setzte er sich hinters Steuer und brachte den Citroën mit vornehmem Brummen zum Rollen. Als die Limousine auf Jules' Höhe vorbeiglitt, bemerkte er, dass die hintere Scheibe einen Spalt weit offen stand. Er beugte sich vor und erhaschte doch noch einen Blick auf den Helden seiner Kindheit. Er sah Roccas legendäres Profil mit aufgeworfenen Lippen und Boxernase.

Jules spürte, wie vor lauter Ergriffenheit eine Gänsehaut über seinen Nacken zog.

Jules fand es an der Zeit, sich wieder seinem Geheimauftrag zuzuwenden und das Gespräch mit Heimatforscher Dubois zu suchen. Nicht jedoch, bevor er sich eine kleine Stärkung gegönnt haben würde. Denn der ganze Trubel um Roccas Rebenheimreise hatte ihn hungrig gemacht.

Nachdem er sich von Charlotte Regnier getrennt hatte, führte ihn sein Weg geradewegs in die *Brasserie Georges*, die bekanntermaßen einen kleinen, aber feinen Mittagstisch bot. Da ihm das Tagesgericht, frittierter Munsterkäse mit Bratkartoffeln und Salat, zu mächtig erschien, wählte er ein Stück der Kartoffelquiche, die Georges mit drei Esslöffeln Joghurt verfeinert und mit Thymian abgeschmeckt hatte. Kaum hatte sich Jules auf der Terrasse seines Stammlokals mit Blick auf den Bouleplatz niedergelassen, gesellte sich Lino zu ihm, der bis eben an der Seite des alten Pierre die Kugel geworfen hatte.

»Ich habe dich gerade vermisst«, leitete Jules das Gespräch mit seinem Vorvorgänger ein.

»Vermisst? Wobei?«, fragte der untersetzte Rentner, dem das Boulen winzige Schweißperlen auf die Stirn getrieben hatte.

»Rocca war in der Stadt. Ich nahm an, dich dort zu sehen. Dachte mir, du würdest deinem ehemaligen Schulkameraden mal wieder die Hand schütteln wollen. Oder war euer Pennälerstreit wirklich so heftig, dass er bis heute vorhält?«

Lino fegte einige Krümel vom Tisch. »Rocca die Hand reichen? So weit kommt's noch! Der kann mir gestohlen bleiben.«

»Na, na, na. Warum denn so feindselig?«, fragte Jules, woraufhin sich Lino ebenso geringschätzig über den Altstar äußerte wie bereits beim letzten Mal.

»Rocca mag ein guter Schauspieler sein, das macht ihn nicht automatisch zum guten Menschen.«

»Wie willst du das beurteilen, wenn du ihn jahrzehntelang nicht mehr gesprochen hast?«

»Leute wie Rocca ändern sich nicht«, beharrte Lino stoisch. Da er keinerlei Anstalten machte, Näheres über Roccas angeblich so verdorbenen Charakter herauszurücken, fühlte sich Jules in seiner Annahme bestätigt, dass ein gebrochenes Herz im Spiel sein musste. Ob Lino einst ein Mädchen an den legendären Schürzenjäger verloren hatte?

Der alte Gendarm, dem nicht an einer Fortsetzung dieser Unterhaltung gelegen zu sein schien, erspähte eine Notiz in Jules' aufgeschlagenem Block. »Lese ich da den Namen Dubois?«, ließ er seiner Neugierde freien Lauf. »Bernard Dubois?«

»Stimmt«, antwortete Jules und klappte den Schreibblock schnell wieder zu.

»Hat er etwas ausgefressen? Oder gibt es einen anderen Anlass dafür, dass du dir seinen Namen notiert hast?«, fragte Lino, wobei man seinen unruhig rollenden Augen ansah, dass er über den Grund des Treffens spekulierte.

Jules mied seinen Blick, indem er sich auf seine Quiche konzentrierte. »Ich möchte mir ein paar Ausflugstipps holen. In den Vogesen kenne ich mich bisher ja so gut wie gar nicht aus.«

»Ausflugstipps? Wer's glaubt, wird selig. Einem altgedienten Flic wie mir machst du nichts vor, mein Junge.«

Doch Jules blieb bei seiner Version und gab nichts preis.

»Wie willst du überhaupt hinkommen, wenn du dich nicht auskennst?«, fragte Lino. »Bernard Dubois wohnt ziemlich abgelegen.«

»Ich habe seine Adresse und ein Navi.«

»Dein Navi kannst du vergessen. Dubois' Haus liegt abseits des öffentlichen Straßennetzes. Du wirst dich hoffnungslos verfransen, wenn du die richtige Abzweigung verpasst.«

»Also gut«, gab Jules seinen Widerstand auf und schob den Teller beiseite. »Was willst du mit deiner Stichelei erreichen?«

Lino wirkte zufrieden. »Dabei sein«, sagte er ganz offen. »Und vielleicht ein bisschen mehr von dem erfahren, was du gerade so treibst.«

»Hast du das Fax gesehen? Es muss schon gestern Abend reingekommen sein«, sagte Charlotte Regnier, nachdem sie das Blatt mit dem Steckbrief kurz nach ihrer Rückkehr in die Gendarmerie entdeckt hatte.

»Fax? Wer schickt denn heute noch Faxe?«, fragte Kieffer, ohne sich im Geringsten dafür zu interessieren.

Charlotte las den Absender, dann überflog sie den Inhalt. »Es kommt aus Mulhouse. Vielleicht hatten die Kollegen unsere E-Mail-Adresse nicht, und im Telefonbuch steht ja nur unsere Zentral- und eben die Faxnummer.«

»Um was geht es denn?«, rief Lautner von seinem Schreibtisch herüber.

»Ist ein Fahndungsaufruf. Die suchen nach einem gewissen Gilles Conrad.«

»Nie gehört«, sagte Kieffer und wickelte ein mit Pastete bestrichenes Baguettestück aus einem Streifen Frischhaltefolie aus. »Was hat er angestellt?«, fragte er und verschlang das halbe Brot mit einem Bissen.

»Hier steht, dass er gegen seine Bewährungsauflagen verstoßen und sich nicht bei seinem Bewährungshelfer zurückgemeldet hat.«

»Mit anderen Worten, er ist den Kollegen aus Mulhouse durchgegangen«, folgerte Kieffer kauend. »Und

die Kameraden glauben nun, dass er bei uns untergetaucht ist?«

»Das geht aus dem Fax nicht hervor«, sagte Charlotte. »Möglich, dass es auch an andere Dienststellen in
der Umgebung verschickt worden ist.«

»Zeig mal das Bild!«, forderte Kieffer sie auf, woraufhin Charlotte das Fahndungsfoto in die Höhe hielt.
»Ein ziemlich finsterer Geselle«, urteilte Kieffer und
verputzte den Rest seiner Zwischenmahlzeit. »Wofür
ist er verurteilt worden?«

»Steht hier nicht. Nur dass wir gleich Bescheid
geben sollen, falls er bei uns gesichtet wird.«

»Ich schau nach«, sagte Lautner und tippte auf die
Tastatur seines PCs ein. »Mal sehen, was die Polizei-
datenbank über ihn hergibt. Wie war der Name? Conrad?«

»Conrad, ja. Gilles Conrad«, bestätigte Charlotte.

Lautners Finger flitzten über das Tastenfeld. Schließlich wurde er fündig. »Donnerwetter!«, rief er aus.

»Ein schwerer Junge?«, ahnte Kieffer, dessen Hemd
voller Brotkrumen war.

»Allerdings! Conrad ist mehrfach vorbestraft, unter anderem dreimal wegen Diebstahls, zweimal wegen
Nötigung und einmal wegen Körperverletzung. Aber
das ist nicht alles.«

»Nicht? Was hat er denn noch auf dem Kerbholz?«

»Zuletzt saß er acht Jahre wegen Totschlags im Bau.
Er ist erst seit zwei Wochen wieder draußen.«

»Seit zwei Wochen?« Nun wirkte auch Kieffer
ernsthaft interessiert. »Ohne sich beim Bewährungshelfer gemeldet zu haben?«

»Ja«, sagte Lautner. »So sieht es aus.«

»Zwei Wochen …«, sinnierte Kieffer. »Genügend Zeit, um rückfällig zu werden.«

Im Tal war das Wetter nicht mehr sommerlich, doch durchaus angenehm gewesen. Nun verschlechterte es sich mit jeder Kurve, die sich der Renault Mégane der Gendarmerie in die Gebirgslandschaft emporschraubte.

Während Jules den Wagen gemäß den Anweisungen von Beifahrer Lino steuerte, erhaschte er einige Eindrücke der sich rasch verändernden Umgebung. Statt weiter durch Weinstöcke auf sanft geschwungenen Hügeln zu kutschieren, waren sie bald von dichtem Wald umgeben. Das dunkle Grün, das sie nun von beiden Seiten umfasst hatte, zeigte nur wenige Lücken. Und wenn doch, blitzten Felsnasen auf, rau und abweisend. Das unwirtliche Gehölz, durch das sich die schmaler werdende Straße den steilen Berg hinaufschlängelte, erinnerte Jules an die Wälder in Kindermärchen. Genau wie in den Erzählbänden von damals könnten hinter den eng beieinanderstehenden Tannen, in denen sich rauschend der Wind verfing, Kobolde und Hexen lauern, verborgen im frühherbstlichen Dunst. In den bewaldeten Zonen der Vogesen herrschte eine mystisch-unheimliche Atmosphäre, gänzlich anders als im lieblichen Weinland. Jules spürte, dass es ihn fröstelte.

»Ist es noch weit?«, fragte er.

»Ja.«

Zahllos waren die Serpentinen, die sie tiefer und tiefer in die Vogesen brachten. Der Wald wurde lichter und machte Platz für mächtige, wie Bauklötze aufeinandergeschichtete Felsquader. Mit dickem Moos überwachsen sahen sie aus wie Reste verfallener Burgen.

Eine unübersichtliche Kurve reihte sich an die nächste. Das Fahren erforderte Jules' ganze Konzentration. Bald verließen sie die Straße und bogen auf einen Seitenweg in schlechtem Zustand ein, der das Auto kräftig durchschüttelte. Zu allem Überfluss stieg Nebel auf und verdichtete sich. Ab jetzt kamen sie nur noch im Schritttempo voran, und Jules fragte sich, ob der Besuch des Heimatforschers wirklich eine gute Idee gewesen war.

Endlich erreichten sie Dubois' Grundstück. Uralte Buchen wuchsen im Schutz der dicken Gartenmauern. Die marode Zufahrt führte sie zu einem Einsiedlerhaus: Halb Herrengut, halb Jägerhütte, tauchte es plötzlich aus den Nebelschwaden auf. Die düstere Fassade mit ihren vergitterten Fenstern wirkte wenig einladend. Jules hielt den Renault an und stieg aus, Lino tat es ihm gleich. Die Luft war klamm und roch würzig nach Waldboden und Pilzen. Über allem lag eine unheimliche Stille. Jules fiel auf, dass nicht ein einziger Vogel zwitscherte.

Ein schmaler Saumpfad führte zu den abschüssigen Treppenstufen der Haustür, die aus nachgedunkeltem Eichenholz bestand. Lino betätigte eine Zugglocke, die ebenso altertümlich anmutete wie das ganze Anwesen.

»Hoffentlich ist er zu Hause. Wir hätten vorher anrufen sollen.«

Ja, das hätten sie, dachte Jules. Denn wenn die ganze Kurverei umsonst gewesen sein sollte, würde er sich sehr ärgern. Andererseits hatte er ja bewusst auf eine Anmeldung verzichtet, denn es konnte nicht in seinem

Sinne sein, Dubois schon vorher argwöhnisch zu stimmen und somit kopfscheu zu machen.

Sie hatten Glück, kurz nach ihrem Läuten hörten sie Schritte. Dann wurde die Tür geöffnet, die – entgegen Jules' Erwartung angesichts der gruseligen Atmosphäre – nicht quietschte. Ein schmächtiger Mann von etwa sechzig Jahren stand ihnen gegenüber und sah sie durch verschmierte Brillengläser an. Sein graues Haar schrie nach einem Friseur, genau wie seine Bartstoppeln nach einer überfälligen Rasur. Auch die Kleidung des Mannes – ausgewaschene Jeans und Holzfällerhemd mit Flicken an den Ärmel – verriet Jules, dass sich Dubois nur selten auf den beschwerlichen Weg ins Tal machte, um sich unter Menschen zu begeben. Wahrlich ein Einsiedler.

»*Salut*, Bernard!« Lino drängte sich an dem überrascht und unschlüssig wirkenden Dubois vorbei in den Flur, Jules folgte. »Wir kommen dich besuchen. Du hast doch nichts dagegen?« Als wäre er ein Zauberkünstler, zog Lino eine etikettenlose Flasche mit einer wasserklaren Flüssigkeit unter seiner Jacke hervor, die Jules zuvor nicht zu Gesicht bekommen hatte. »Kleines Mitbringsel«, sagte er und drückte Dubois die Flasche in die Hand. »Selbst gebrannter Schlehengeist.«

Die hochprozentige Gabe stimmte den Hausherrn wohlgesinnter, von einem herzlichen Empfang konnte aber nach wie vor nicht die Rede sein. Vielleicht, so nahm Jules an, lag es an der Uniform. Diese schüchterte bekanntermaßen viele Menschen ein. Hätte er besser in Zivil auftreten sollen?

An Dubois' Seite gelangten sie in eine Art Salon, der durch dunkle Tapeten und schwere Vorhänge den düsteren Charakter des Hauses aufgriff. Jules fiel die Vielzahl von Gesteinsproben auf, die in Vitrinen, auf Kommoden und über mehrere Tischchen verteilt waren. Kaum eine Abstellfläche, die nicht mit Fundstücken in Kristallform, schwefelgelben Brocken oder blau schimmernden Kuben belegt war.

»Darf ich bekannt machen? Das ist Jules, mein Nachfolger bei der Gendarmerie«, übernahm Lino die Vorstellungsrunde. »Wie du bestimmt schon gemerkt hast, ist er keiner von uns. Kommt aus dem Süden. Bordeaux.«

»Royan«, korrigierte Jules ihn.

»Jedenfalls von weit her«, ging Lino darüber hinweg. »Trinkt gern Rotwein. *Quelle honte!* Und er kennt sich noch nicht besonders gut aus in der Gegend. Von den Bergen hat er keinen blassen Schimmer.«

»Ganz so ist es nicht. Ich bin passionierter Radfahrer und komme viel herum.«

Wieder ignorierte Lino seinen Einwurf. »Er möchte überall gern mitreden, aber es fehlt ihm am Wissen über Land und Leute. Deswegen ist dein Rat gefragt, Bernard! Die Vogesen sind dein Steckenpferd. Erzähl ihm etwas darüber!« Lino legte seinen Arm um die Schulter des schrulligen Heimatforschers. »Wie war das noch mit den tektonischen Kräften, mit denen du uns so gern in den Ohren liegst? Ist doch wichtig, wenn man verstehen will, weshalb es hier so bergig ist.«

Endlich schien der scheue Dubois etwas aufzutauen, denn mit dünner Fistelstimme begann er zu sprechen: »Monsieur interessiert sich für erdgeschichtliche Prozesse? Dann hat Lino recht, Sie sind bei mir an der richtigen Adresse.«

Jules zeigte sich offen für Neues und bat Dubois, ihn an seinen Kenntnissen teilhaben zu lassen.

Der legte sogleich los. »Bis vor fünfzig Millionen Jahren waren das nördliche Frankreich und der Süden Deutschlands ein einheitlicher Raum. Es gab weder den Schwarzwald noch die Vogesen. Ein völlig anderes Landschaftsbild, als wir es heute kennen. Doch tief im Inneren bauten sich gewaltige Kräfte auf. Sie müssen wissen, die Rheinebene ist eine Schwachstelle im Erdmantel, es kommt immer wieder zu Dehnungen und Zerrungen. Im Laufe von Jahrmillionen bildete sich eine ausgeprägte Senke, an deren Flanken die beiden Mittelgebirge in die Höhe wuchsen. Dabei wurden einzelne Teile der Erdkruste vertikal gegeneinandergeschoben, wodurch verschiedenste Sedimentschichten an die Oberfläche gelangten.«

»Das erklärt die Vielfältigkeit der Gesteinsarten, die man bei uns findet«, nahm Lino den Faden auf.

»Und es ist noch nicht vorbei«, erklärte Dubois. »Der Rheingraben ist wie eine Naht, an der die Erdoberfläche immer weiter aufreißt und die beiden Erdplatten auseinanderdriften lässt. Nach den Regeln der Plattentektonik werden das Elsass und Baden eines fernen Tages durch ein Meer voneinander getrennt sein.«

Jules hielt das Gespräch zunächst weiter allgemein, gab sein Interesse für die vielen Exponate aus Dubois' Steinsammlung vor und erkundigte sich nach besonderen mineralogischen Vorkommen. Dabei taute ihr Gastgeber zwar etwas auf, wirkte aber immer noch verhalten und misstrauisch, obwohl auch Lino ihre Unterhaltung mit launigen Bemerkungen aufzulockern versuchte.

Angespornt durch Dubois' eigentümliches Verhalten, ließ Jules schließlich einen Testballon steigen und zog das Zeitungsfoto des Toten aus der Tasche. Jules und Lino wechselten fragende Blicke, als sie Dubois' Reaktion bemerkten: plötzliche Blässe, pures Erschrecken!

Dubois merkte es selbst und versuchte gar nicht erst zu leugnen, dass er den Verstorbenen gekannt hatte. »Herr Schwan aus Deutschland, richtig? Er hat mir einen Besuch abgestattet. Es ist gar nicht lange her. Von seinem Tod habe ich im Radio gehört.«

»Schwan hat Sie besucht?«, fragte Jules. »Heißt das, dass Sie mit ihm befreundet waren?«

»Überhaupt nicht«, beeilte sich Dubois zu sagen. »Er kam auf Empfehlung zu mir, wie es immer mal wieder vorkommt. Mein Wissen als Heimatforscher ist nach wie vor sehr gefragt.«

»Schwan hat Sie also aufgesucht, um von Ihrem Sachverstand zu profitieren«, hielt Jules fest. »Was genau wollte er denn durch Sie in Erfahrung bringen?«

Dubois schnappte nach Luft. Die Befragung in Zusammenhang mit dem Verstorbenen behagte ihm offenkundig überhaupt nicht. »Er war überaus interessiert an unseren landschaftlichen Gegebenheiten, vor allem die Geologie hatte es ihm angetan.«

»Davon gehe ich aus, denn er war Geologe.«

Dubois hob die Brauen. »So? War er das? Seltsam...«

»Warum seltsam?«

»Nun, er hatte einige Gesteinsproben mitgebracht, von denen er meinte, dass sie etwas Besonderes seien.«

»Und? Waren sie es?«

»Natürlich nicht. Es handelte sich um Schwefelkies, auch Katzengold genannt. Ein häufig vorkommendes Mineral aus der Klasse der Sulfide und Sulfosalze. Wenn er wirklich Geologe gewesen sein sollte, hätte er es selbst erkennen müssen.«

Jules wunderte sich. »Was hatte er denn angenommen, was es sein sollte? Etwa echtes Gold?«

Dubios war mehr und mehr anzumerken, wie unwohl er sich in seiner Haut fühlte. »Ich hatte den Eindruck, dass er darauf aus war, ja. Dass er ernsthaft glaubte, er würde in unserer Gegend auf ein Vorkommen stoßen.«

Jules suchte den Blickkontakt mit Lino, der allerdings nur ratlos die Schultern hob. Darauf wandte er sich wieder an Dubois: »Kann ich die Proben sehen?«

»Ähm, nein.« Dubois fuhr sich nervös mit der Hand ums Kinn. »Ich habe sie weggeworfen.«

»Das ist bedauerlich. Haben Sie eine Ahnung, wo Schwan die Mineralien aufgesammelt haben könnte?«

»Nein, das hat er nicht gesagt.«

»Gibt es kein bestimmtes Gebiet, das für Katzengoldfunde bekannt ist?«

»Dafür kämen mehrere infrage.«

»Vielleicht hilft Ihnen das ja weiter«, sagte Jules und hielt Dubois einen Klarsichtbeutel hin, in dem die Erdkrumen von Schwans Stiefeln steckten. »Diesen verkrusteten Schlamm haben wir an den Schuhen des Toten sichergestellt. Anzunehmen, dass der Dreck von einer seiner Exkursionen in den Bergen stammt, vermutlich irgendwo im Wald. Können Sie aus der Zusammensetzung des Bodens irgendwelche Schlüsse ziehen?«

Dubois nahm ihm den Beutel zögerlich ab und hielt ihn dicht vor seine Augen. Er sah sehr genau hin und wendete die Tüte dabei mehrmals.

»Und? Was meinen Sie?«, fragte Jules.

»Ich kann nirgends Nadeln entdecken oder die Schuppen von Tannenzapfen. Das ist kein Waldboden.«

»Sondern?«

»Das torfige Braun spricht dafür, dass es sich um humusreiche, fruchtbare Erde handelt.« Er tippte mit dem Zeigefinger auf einen dunklen, fast schwarzen, faserigen Brocken. »Und das hier scheint mir ein Stück von einem Fladen zu sein.«

»Fladen? Meinen Sie etwa einen Kuhfladen?«, wunderte sich Jules. »Wollen Sie mir sagen, Schwan sei zuletzt gar nicht in den Vogesen gewesen, sondern über eine Rinderweide spaziert?«

»Das eine muss das andere nicht ausschließen«, sagte Lino. »Schwan kann sich auf einem unserer Berghöfe aufgehalten haben.«

»Durchaus möglich«, meinte auch Dubois.

»Liegt einer dieser Höfe in der Nähe von hier?«, erkundigte sich Jules. »Halten Sie es für möglich, dass Schwan nach dem Gespräch mit Ihnen dort gewesen ist?«

Dubois wirkte nun wieder äußerst reserviert, so als wollte er sich davor verwahren, dass seine Ratschläge etwas mit Schwans weiteren Schritten und letztlich mit seinem Tod zu tun haben könnten. Doch gegen Jules' Beharrlichkeit kam er nicht an und lenkte ein: »Schwan hatte den Namen eines der Höfe erwähnt. Den von Maurice Broust.«

»Gibt es einen bestimmten Grund dafür, weshalb er gerade dieses Gut besuchen wollte?«

»Nun … es mag wohl an dem Stollen liegen«, druckste Dubois herum.

Jules sah ihn ungläubig an. »Einem Bergwerksstollen? Gibt es die denn noch in dieser Gegend?«

»Ihnen ist sicherlich bekannt, dass die Vogesen über Jahrhunderte bergmännisch genutzt wurden. Man hat hier so gut wie jedes bekannte Metall gefördert. Vor allem in großen Schachtanlagen, beispielsweise rund um Sainte-Marie-aux-Mines. Aber auch in etlichen kleinen Suchgräben, die man teilweise mit primitivsten Mitteln in die Tiefe getrieben hat.«

»Für was für eine Art von Stollen hat sich Schwan interessiert? Was ist das Besondere daran?«, fragte Jules.

Die Worte kamen Dubois nur schwer über die Lippen: »Im Volksmund nennt man ihn den ›Goldstollen‹.«

Lino pfiff durch die Zähne. »Ja, davon habe ich gehört. Muss früher einmal recht ergiebig gewesen sein.«

Jules sah sich auf der richtigen Spur. »Ist er in Betrieb? Ich meine, wird dort auch heute noch Gold gefördert?«

»Es handelt sich um einen sehr kleinen, historischen Stollen. Meines Wissens nach ist er schon Anfang des neunzehnten Jahrhunderts stillgelegt worden«, nahm Dubois ihm die Illusion.

»Trotzdem könnte sich ein Besuch lohnen«, fand Jules. »Kennst du den Weg, Lino?«

»Ich war seit Ewigkeiten nicht mehr in dieser

Gegend. Den Bauernhof würde ich wohl finden, aber wo genau der Stollen sein soll, weiß ich nicht.«

»Schon gut«, sagte Jules und wandte sich Dubois zu: »Können Sie mir sagen, wo genau ich diesen Goldstollen suchen kann?«

Dubois rang sich ein Lächeln ab. »Aber sicher. Wenn Sie mich in mein Arbeitszimmer begleiten, werde ich ihn Ihnen auf der Karte zeigen.«

Jules willigte ein, woraufhin Lino und er dem ältlichen Heimatforscher in ein hoch aufragendes Treppenhaus folgten, dessen Buntglasfenster kaum Licht einließen.

»Es ist oben«, erklärte Dubois und schnaufte beim Erklimmen der steilen Stufen. Linos Lunge pfiff nicht weniger, als er seinen massigen Körper ins Dachgeschoss beförderte.

»Ein wenig mehr Bewegung würde dir guttun«, raunte Jules dem alten Gendarmen zu.

»Im Radfahren hänge ich dich im Zweifel locker ab«, verwahrte sich Lino gegen diese Bevormundung.

Das holzvertäfelte Arbeitszimmer war in einer Art Turmzimmer untergebracht. Auch hier erwartete sie ein Sammelsurium an Steinen, ergänzt durch Dutzende Bücher.

Dubois bat Jules und Lino hinein und führte sie zu einem Beistelltischchen, auf dem ein Stapel Landkarten lag. Er nahm mehrere zur Hand und legte sie wieder beiseite. Schließlich drehte er sich zu ihnen um und verkündete: »Ich brauche Kartenmaterial in einem größeren Maßstab, um euch den genauen Standort zeigen zu können. Wartet bitte einen Moment. Ich werde nachsehen, ob ich die Passende finde.«

»Danke für Ihre Mühe«, sagte Jules. Er nahm wohlwollend zur Kenntnis, dass der kauzige Heimatforscher seine Scheu abgelegt zu haben schien und nun bereit war, ihnen zu helfen. Doch kaum dass Jules mit Lino allein im Raum war und sein Blick über die Mineraliensammlung wanderte, hörte er es krachen.

Gleichzeitig mit Lino sah er auf und wunderte sich, warum Dubois die Tür zugeschlagen hatte. Zunächst dachte Jules sich nichts dabei, weil er annahm, dass ein Windstoß die Tür ins Schloss geworfen hatte. Erst als er das Klimpern eines Schlüsselbundes vernahm, begann er zu begreifen. Sofort ging Jules die zwei Schritte zurück zum Eingang und drückte die Klinke. Zu spät. Dubois hatte bereits von außen abgesperrt.

»*Putain!*«, fluchte Jules.

»*Merde!*«, schloss sich ihm Lino an.

Die Überrumpelten rüttelten abermals an der Klinke und hieben mit der Faust gegen das Türblatt.

»Soll das ein Scherz sein, Bernard?«, rief Lino.

Keine Antwort.

»Also gut. Hahaha. Wir haben darüber gelacht. Jetzt kannst du wieder aufschließen.«

Stille.

Nun wurde es Jules zu bunt. »Dubois! Machen Sie auf. Sofort!«, befahl er.

Endlich folgte eine Reaktion. »Nein. Das kann ich nicht tun«, klang es dumpf von draußen.

»Ich sage es noch einmal, Bernard. Wenn das ein Witz sein soll, finden wir ihn nicht besonders lustig. Hör auf mit dem Unsinn!«, forderte Lino ihn auf.

»Nein. Kein Scherz. Ich werde euch nicht hinauslassen. Und versucht gar nicht erst, die Tür aufzubrechen. Viel zu stabil. Ihr brecht höchstens die Klinke ab.«

Jules sah sich Tür und Rahmen an und gab Dubois im Stillen recht. »Warum tun Sie das?«, rief er höchst verärgert. »Es kommt Sie teuer zu stehen, wenn Sie sich mit der Polizei anlegen!«

»Mit der Polizei? Mag sein. Aber mit euch beiden...«

»Na hören Sie mal! Sie haben es mit dem Leiter der Gendarmerie zu tun!«

»Das behaupten Sie jedenfalls.«

Jules mochte kaum glauben, was er da gerade hörte. »Ich trage Uniform, draußen steht unser Polizeiauto. Wenn Sie aufsperren, zeige ich Ihnen auch gern meinen Ausweis.«

»Ich traue Ihnen nicht, weil ich Ihre wahren Absichten nicht kenne. Ich habe...«

»Was haben Sie?«

»Angst. Ich habe große Angst.«

Jules und Lino sahen sich ratlos an. »Wovor haben Sie denn Angst?«, rief Jules durch den Türspalt.

»Sie wissen selbst am besten, was mit Herrn Schwan passiert ist. Das war, kurz nachdem er bei mir gewesen ist, mir seine Gesteinsproben gezeigt und sich nach dem Goldstollen erkundigt hat. Jetzt tauchen Sie auf und stellen ganz ähnliche Fragen. Soll ich etwa der nächste Tote sein?«

Was für ein verqueres Denken! Jules hätte den eigenwilligen Heimatforscher am liebsten gepackt und geschüttelt. Aber das ging nicht, denn zwischen ihnen standen mehrere Zentimeter festes Eichenholz.

Er versuchte seinen Tonfall zu mäßigen, als er an

den anderen appellierte: »Glauben Sie uns, Monsieur Dubois, wir gehören zu den Guten und möchten Ihnen helfen.«

Jules' Aufruf zur Vernunft verpuffte, denn Dubois vertrat die Ansicht, dass man niemandem trauen könnte, wenn es um so viel Geld gehe. »Im Fernsehen berichten sie immer wieder über korrupte *flics*«, behauptete er, woraus Jules folgerte, dass Schwans Gesteinsproben womöglich doch mehr wert gewesen waren, als Dubois ihnen weiszumachen versucht hatte.

Lino dachte offensichtlich in die gleiche Richtung: »Was hatte Schwan dabei, als er dich besuchte?«, rief er. »Das war nicht bloß Katzengold, oder?«

Dubois ließ durchklingen, dass es sich um echte Goldnuggets gehandelt habe, und schimpfte: »Das wisst ihr doch längst selbst und seid scharf darauf, es in die Hände zu bekommen. Bei Ihnen, Major, wundert mich das nicht. Ein Fremder aus dem Süden – dort sind sie doch alle Ganoven. Aber von dir bin ich enttäuscht, Lino. Dass du dich auf so etwas einlässt.«

Jules und Lino erhoben lautstark Protest und malträtierten mit Fäusten und Schuhen die Tür. Daraufhin überzog Dubois sie mit weiteren Vorhaltungen. »Jetzt zeigt ihr euer wahres Gesicht! Gauner, alle beide!« Er stieß diverse Beleidigungen aus, während er sich von dem Turmzimmer entfernte. Jules und Lino hörten, wie er die knarrenden Stufen nach unten nahm.

Ratlos und verstört angesichts von Dubois' Respektlosigkeit und Dreistigkeit blieben Jules und Lino zurück.

Was nun?

Lino nahm sich noch einmal die Tür vor, tastete den

Rahmen ab und suchte nach einer Lücke, in der man zur Not einen Hebel ansetzen konnte. Derweil sah sich Jules nach einem alternativen Ausweg um. Er durchquerte das Zimmer und machte sich an den verwinkelt angeordneten Fenstern zu schaffen. Als er eines geöffnet hatte, tauchte Lino an seiner Seite auf. Gemeinsam lehnten sie sich hinaus und mussten feststellen, dass das Turmzimmer seinem Namen alle Ehre machte. Ein Sprung aus einer solchen Höhe würde bestenfalls mit einem Beinbruch enden. Jules streckte seine Hand aus und riss am Efeu, von dem das Gemäuer umschlungen war. Die Triebe der Kletterpflanze waren dicht verflochten und hafteten fest am Stein – doch würden sie das Gewicht eines erwachsenen Mannes tragen, wenn er sich daran herabhangeln wollte?

Ihm kamen unweigerlich alte Filmszenen mit Frédéric Rocca in den Sinn. Schmunzelnd sagte er: »Für Rocca wäre das überhaupt kein Problem. Der wäre an einem Regenrohr runtergerutscht oder von Fenstersims zu Fenstersims gesprungen.«

»Pff!«, machte Lino und verzog das Gesicht. »Beim Film wird doch bloß getrickst und gedoubelt.«

»Nicht bei denen von Rocca«, huldigte Jules seinem einstigen Idol. »Der hat selbst den Kopf hingehalten, wenn es hart auf hart kam.«

»Legenden. Nichts als Legenden.«

Während sie hinaussahen, hörten sie Motorengeräusch. Kurz darauf fuhr unter ihren Augen ein himmelblauer Renault 4 über die schlaglochübersäte Auffahrt.

»Er geht stiften«, fasste Lino das Offensichtliche in Worte.

»Na toll!«

Für Jules war klar, dass sie Gefangene ohne Ausweg waren und sie das Zimmer nicht ohne fremde Hilfe verlassen konnten. Obwohl er sich die Peinlichkeit gern erspart hätte, sah er keine andere Möglichkeit, als sein Handy zur Hand zu nehmen und bei der Gendarmerie anzurufen. Er würde Charlotte bitten, Lautner oder Kieffer mit jemandem vom Schlüsseldienst vorbeizuschicken. Er gab die Kurzwahlnummer für das Revier ein, bekam jedoch keinen Anschluss.

»Ich habe kein Netz«, stellte er fest und hielt sein Smartphone nach oben, obwohl er sich denken konnte, dass das nichts brachte.

»Ich auch nicht«, sagte Lino, der ebenfalls sein Handy gezückt hatte. »Ein typisches Vogesen-Funkloch«, meinte er lakonisch.

Jules steckte das Gerät weg und sah sich in dem Raum nach einem Telefonapparat um. Auf dem Schreibtisch, einer wuchtigen Antiquität aus matt schimmerndem Nussbaumholz, stand keines. Auch in den Regalen und auf einer Kommode konnte Jules nichts finden außer Mineralien in allen Größen, Formen und Farben.

»So ein Mist. Jetzt sind wir aufgeschmissen«, musste er einsehen, nachdem er jeden Winkel des Turmzimmers abgesucht hatte. »Uns bleibt nichts anderes übrig als zu warten, bis unsere Abwesenheit auffällt und man uns suchen kommt. Oder darauf, dass es sich Dubois anders überlegt.«

»Sieht ganz so aus«, pflichtete Lino ihm bei. »Aber es gibt einen Trost.« Auch er hatte sich an der Suche beteiligt, war im Gegensatz zu Jules jedoch fündig geworden: Vor einem klapprigen Teewagen mit angelaufenen, ehemals silbernen Beinen blieb er stehen und wies auf eine leicht angestaubte Flasche. »Die wird uns die Wartezeit verkürzen«, sagte er mit einem wonnevollen Lächeln, als er das Behältnis liebevoll in den Händen wiegte. »Das ist ein Marc, ein Elsässer Obstler. Weit besser als der Fusel, den ich Dubois zum Geschenk gemacht habe.« Lino nahm zwei kelchförmige Kristallgläser von der unteren Etage des Teewagens und wollte sich ans Einschenken machen. Doch die Flasche war fast leer und gab bloß noch ein paar Tropfen her. Enttäuscht stellte er sie zurück.

Jules formte stöhnend ein Hohlkreuz und richtete seinen Blick auf die waldgrün gestrichene Decke. »Es kann ewig dauern, bis die auf die Idee kommen, nach uns zu suchen«, sagte er frustriert.

Wortlos deutete Lino auf zwei ausgesessene Ledersessel im Erker. Beide Männer ließen sich darin nieder und hingen mit grimmigen Blicken ihren Gedanken nach.

Während Gendarm Kieffer seine Aufmerksamkeit längst wieder auf – für ihn – wichtigere Dinge verlagert hatte und sich einem *Patience*-Spiel auf seinem PC widmete, ließ Gilles Conrads Steckbrief zumindest Charlotte keine Ruhe.

»Was ist, wenn sich der Mann wirklich in unserer Stadt aufhält?« Ihre Frage richtete sie an Alain Lautner, der über einer neuen Meldung bezüglich Gaston brütete. Der Problemstorch hatte nämlich schon wieder ein Auto malträtiert und unschöne Kratzer hinterlassen. Der Besitzer des betroffenen Pkw hatte Anzeige gegen Unbekannt erstattet, was ihm nach Lautners Ansicht wenig helfen würde. Denn wen sollte die Polizei für Gastons Taten zur Rechenschaft ziehen? Etwa die Besitzer des Hauses, auf dessen Dachfirst der Jungstorch aus seinem Ei geschlüpft war?

»Hörst du mir eigentlich zu, Alain?«, fragte Charlotte, die sich jedes Mal wieder durch die Ignoranz ihrer Kollegen herabgesetzt fühlte.

»Bitte, was?« Lautner schreckte auf. »Von welchem Mann sprichst du?«

»Von Gilles Conrad, dem untergetauchten Freigänger. Sollten wir nicht Maßnahmen ergreifen, um ihn zu finden? Und die Bevölkerung informieren, dass sich möglicherweise ein gefährlicher Straftäter in der Nähe aufhält? Wir könnten Vincent bitten, das Fahndungsbild in seiner Zeitung abzudrucken.«

»Nur kein übertriebener Aktionismus«, mahnte Lautner zur Besonnenheit. »Wir warten erst einmal ab, was der Major dazu meint.«

»Aber Major Gabin ist doch nicht im Haus«, wandte Charlotte ein. »Es ist nicht gesagt, ob er heute überhaupt noch auf die Wache kommt.«

»Ach ja«, kam es aus dem Hintergrund von Kieffers Platz. »Der Boss verbindet ja mal wieder Dienstliches mit Privatem. Ist in den Vogesen unterwegs, um mit dem alten Dubois zu plaudern. Wahrscheinlich tauschen sie sich über die bestens Pilzgebiete aus. So ein Leben möchte ich auch mal führen...«

Die beiden anderen ignorierten diesen illoyalen Beitrag. »Hast du es mal über Funk versucht?«, fragte Lautner.

»Ja, mehrfach«, antwortete Charlotte. »Der Major meldet sich nicht. Er sitzt wohl gerade nicht im Wagen.«

»Handy?«

»Fehlanzeige.«

»Das liegt an den Funklöchern!«, rief Kieffer aus seiner Ecke. »In den Vogesen hat das Netz mehr Löcher als eine zehnmal getragene Strumpfhose.«

»Als ob du dich mit Strumpfhosen auskennen würdest«, spottete Charlotte.

Lautner hob und senkte die Schultern. »Dann müssen wir eben warten, bis sich der Major zurückmeldet.«

»Und einen Totschläger unbehelligt durch Rebenheim laufen lassen?«, fragte sie streng.

»Es ist nicht bewiesen, dass sich Conrad in Rebenheim aufhält«, wiegelte Lautner ab. »Mir ist auch nichts von einem neuen Verbrechen bekannt, für das man ihn verantwortlich machen könnte.«

»Ach nein?« Charlotte schob ihr Gesicht dicht vor Lautners Kopf, sodass er ihrem Blick nicht ausweichen konnte. »Wie sieht es zum Beispiel mit Jürgen Schwan aus, dem Toten aus dem Rhein? Soviel ich weiß, sucht die Police nationale nach seinem Mörder. Was, wenn es sich dabei um Gilles Conrad handelt?«

»Ach was!« Lautner versuchte auf Abstand zu gehen, was Charlotte ihm nicht leicht machte. »Das eine hat mit dem anderen rein gar nichts zu tun. Das ist ein zufälliges Zusammentreffen zweier Ereignisse: ein Todesfall und die Suche nach einem ehemaligen Straftäter, der auf Bewährung frei ist.«

»Und wenn es kein Zufall ist?«, blieb sie beharrlich.

Kieffer, der sein digitales Kartenspiel beendet hatte, tauchte neben ihr auf und sagte mit gekräuselter Miene: »Zeitlich würde es hinhauen. Als Schwan am Rheinufer antrieb, war Conrad schon einige Tage überfällig.«

Lautner konnte sich dem Drängen der Kollegen nicht länger entziehen. Er ließ seine geballte Faust auf die Schreibtischplatte sausen und rief: »Verflucht!« Dabei ließ er offen, ob er das auf die Möglichkeit bezog, dass sich in Rebenheim womöglich ein potenzieller Mörder herumtreiben könnte, oder auf die Störung seiner Ruhe.

»Versuch noch einmal, Funkkontakt mit dem Major aufzunehmen«, wies er Charlotte an. »Und sag ihm, dass wir ihn hier brauchen. Dringend.«

»Irgendwo muss er doch seinen Schnaps versteckt haben!«

Lino kauerte vor einer Kommode und durchsuchte sie gründlich. »Als ich Dubois das letzte Mal besucht habe, goss er mir einen ganz besonderen Tropfen aus einer kleinen Destille ein: naturtrüber Birnenbrand, rund im Geschmack, ein echter Geheimtipp.«

Jules hätte nichts dagegen einzuwenden gehabt, sich den unfreiwilligen Aufenthalt in Dubois' Turmzimmer mit ein oder zwei Gläschen Obstler zu versüßen. Ganz ähnlich, wie Lino und er es vor einem Jahr getan hatten, als beide in einer vergleichbaren Situation im Weinkeller des kriminellen Winzers Moreau gefangen gehalten worden waren. Damals hatten sie aus dem Vollen schöpfen können und sich ausgiebig in Moreaus Kabinett bedient. Hier und heute saßen sie dagegen auf dem Trockenen.

Da sie nun alle Zeit der Welt zu haben schienen und ihnen weder ein Schach- oder Mühlespiel noch eine sonstige Möglichkeit der Zerstreuung zur Verfügung stand, sah Jules die Gelegenheit für eine längst überfällige Aussprache gekommen.

Ohne es zu wollen, lieferte ihm Lino das Stichwort für den Einstieg. Er setzte sich wieder zu Jules in den Erker und sagte: »Du bist also wieder auf Mördersuche«, stellte Lino fest. »Möchtest der Police nationale ein Schnippchen schlagen und den Täter vor ihnen fangen. Wie willst du das anstellen?«

»Wie ich das anstellen will? Hm. Weißt du, manchmal muss man, um einen Fall zu lösen, erst einen anderen abschließen«, antwortete Jules salomonisch und weckte Linos Neugierde.

»Du hast noch einen Fall? Einen neuen?«, fragte Lino aufmerksam.

»Nein, einen alten. Einen sehr alten.«

Jetzt wusste Lino, was die Stunde geschlagen hatte. Unruhig rutschte er auf dem Sessel herum und kratzte sich mit der Hand im Nacken. »Ach, das meinst du.«

»Ja, das meine ich«, sagte Jules und ließ ihn nicht aus den Augen. Er hatte das traurige Schicksal der kleinen Tochter aus dem Hause Hauenstein im Sinn. Der Fall, mit dem Jules schon kurz nach seiner Ankunft in Rebenheim erstmals in Berührung gekommen war – und der ihn wieder und wieder beschäftigte.

Das Mädchen war kurz nach Ende des Zweiten Weltkriegs tot auf dem Weingut der deutschstämmigen Eltern aufgefunden worden. Offenbar erschlagen. Der Schuldige konnte nie gefunden werden, aber ganz offensichtlich war Linos Familie in irgendeiner Weise in den Fall verstrickt. Zwar hatte Joanna Jules einen Stapel Verhörprotokolle aus jener Zeit zugeschanzt, doch hatten sich diese als wenig aussagekräftig erwiesen. Das Ganze blieb ein Rätsel, und Jules war fest davon überzeugt, dass nur Lino es auflösen konnte. »Es wird Zeit, endlich reinen Tisch zu machen!« Jules ließ keinen Zweifel an seiner Entschlossenheit aufkommen.

Lino machte große Augen. Offenkundig zerbrach er sich den Kopf darüber, wie er seinem inzwischen so vertrauten Freund ein weiteres Mal ausweichen und sein Geheimnis für sich behalten könnte. Aber selbst einem Dickschädel wie Lino musste es irgendwann einmal dämmern, dass man nicht sein Leben lang vor der Wahrheit davonlaufen kann.

Der alte Gendarm quälte sich sichtlich, um zu einem Entschluss zu kommen. Schließlich rang er sich durch, sein Schweigen zu brechen. »Also gut«, stieß er von einem tiefen Seufzer begleitet aus. »Ich will es dir sagen.«

Jules beugte sich vor und stützte sein Kinn auf die gefalteten Hände. »Ich bin ganz Ohr.«

»Das ganze Unheil begann mit dem ›Unternehmen Nordwind‹«, leitete er ein. Lino berichtete von heftigen Kampfhandlungen im Winter 1944/45, bei denen die deutsche Wehrmacht zu ihrer letzten großen Offensive weit ins Elsass und nach Lothringen vorgedrungen war. Zu einem Zeitpunkt, als der Kriegsausgang längst feststand, die Deutschen in den Ardennen unterlagen und die Rote Armee Ostpreußen überrannte, errichteten die feindlichen Streitkräfte einen Brückenkopf am Oberrhein. Sie drängten die amerikanischen Truppen bis hinter Hagenau im Norden ab und setzten sich fest. Erst durch hartnäckige Gegenattacken und letztlich auch aufgrund von Nachschubmangel schlug das Pendel Ende Januar 1945 zurück. Die Heeresgruppen unter dem Kommando von Generaloberst Johannes Blaskowitz wurden aufgerieben, das letzte große Aufbegehren der deutschen Truppen im Westen endete mit einer blutigen Niederlage.

»Die beiden Monate dieser neuerlichen Besetzung durch die Deutschen waren eine Zäsur für uns Elsässer«, erklärte Lino mit gedämpfter Stimme. »Man hatte geglaubt, die Zeit der Fremdherrschaft überwunden zu haben. Viele hielten den Krieg in Frankreich bereits für beendet und waren völlig überrascht zu sehen, wie die deutschen Panzer abermals über unsere Felder rollten. Es gab viele Tote. Mindestens zehntausend gefallene Soldaten auf beiden Seiten, dazu etliche zivile Opfer. Zwar war der Spuk Ende Januar vorbei, doch das Trauma blieb.« Linos Augen wurden glasig, als er die Erinnerungen an damals wachrief. »Im Winter 1945 hatte sich das ganze Dorf als Kollektiv gegen die Eindringlinge verschworen. Dieser Hass, der ganz Rebenheim vereinte, hielt nach dem Abzug der Besatzer an und übertrug sich auf Mitbürger mit deutschen Wurzeln. So wollte man auch die Hauensteins als Landsleute der verabscheuten Kriegstreiber loswerden. Als der öffentliche Bruch und der Boykott ihrer Waren nicht fruchteten, entschlossen sich einige Männer zu einer Abschreckungstat. Man wollte die kleine Tochter der Hauensteins entführen und für ein paar Tage gefangen halten. Als Warnschuss.«

So ähnlich hatte es sich Jules bereits gedacht. Nun war er gespannt auf weitere Details. Lino hustete und brauchte eine Weile, bevor er weiterreden konnte.

»Die Sache ging schief. Als sich die Männer die Kleine schnappen wollten, wehrte sie sich nach Leibeskräften und schrie laut um Hilfe. Daraufhin verlor einer der Männer die Nerven und schüttelte sie. Sie fiel unglücklich hin und schlug mit dem Kopf auf einen Stein auf.«

Jules, der sich in diese schwere Zeit hineinzuversetzen versuchte, nickte bedächtig. Mit der Frage, die er Lino nun stellen würde, tat er sich schwer. »Ist es dein Vater gewesen, der das Kind gestoßen hat?«

»Nein«, sagte Lino und sah ihn aus rot geäderten Augen an. »Er hatte sich dem Mob nicht angeschlossen. Und trotzdem hat er sich schuldig gemacht.«

Lino berichtete, dass sein Vater, damals junger Gendarm, sehr schnell herausgefunden habe, was sich abgespielt hatte. Auch der Täter und seine Helfer waren bald identifiziert. Doch sei er von allen Seiten gedrängt worden, beide Augen zuzudrücken. Dieses Wegschauen, von dem Lino als Heranwachsender erfuhr, habe er seinem Vater nie verziehen und schäme sich bis heute für dessen Fehlverhalten.

»Er war zu schwach, um seiner Pflicht nachzukommen und sich gegen den öffentlichen Druck durchzusetzen«, bekannte er mit brüchiger Stimme.

Lino bezeichnete es als eine Familienschande, die er gern ungeschehen machen würde, aber natürlich nicht könne. Denn der Täter von einst sei schon 1959 verstorben. Er sei mit seinem Traktor über einen unbeschrankten Bahnübergang gefahren und von einem Zug erfasst worden.

»Manche haben das für eine Strafe Gottes gehalten«, sagte Lino. »Ich für einen Zufall.«

Jules ließ die Worte auf sich wirken und kam bald zu einem Schluss: Er stufte die Geschichte als glaubwürdig ein und entschied sich dafür, den alten Fall nun ruhen zu lassen. Denn es gab niemanden mehr zu richten.

Nachdem Lino ihm sein Vertrauen geschenkt und ihm sein Familiengeheimnis offenbart hatte, wollte Jules sich erkenntlich zeigen. Er sah es an der Zeit, Lino in seinen vertraulichen Auftrag des Präfekten einzuweihen.

»Diese Sache mit Jürgen Schwan …«, setzte er an.

»… die eigentlich ureigenste Aufgabe der Police nationale ist«, warf Lino ein.

»Ja. Eigentlich«, pflichtete Jules ihm bei.

»Lass mich raten, man hat dich als eine Art Maulwurf eingesetzt, weil die Inkompetenz des Kollegen Albert Hervé landauf, landab bekannt ist.«

Jules konnte sich ein Lächeln nicht verkneifen. »So in der Art, ja.«

»Kam der Auftrag aus der Präfektur?«, traf Lino ins Schwarze. »Würde mich nicht wundern, denn Francis Jouffroy kann Hervé nicht ausstehen.«

»Ja, ich handele inoffiziell. Das bedeutet, dass ich mit meinen Ermittlungen auf mich allein gestellt bin.«

»Ab sofort nicht mehr!« Lino schoss in die Höhe und salutierte. »Du darfst mich als Hilfssheriff rekrutieren.« Nach einem Moment des Innehaltens erkundigte er sich: »Was unternehmen wir jetzt wegen des Goldstollens?«

Jules wusste eine bessere Frage. »Wie sollen wir ihn ohne Dubois' Karte überhaupt finden?«

Lino winkte ab. »Wenn es nicht anders geht, kriegen wir das schon hin. Ich kenne ja den Hof von Maurice Broust. Bin früher ab und zu dort gewesen, um mir frische Milch zu holen. Ist weitaus gehaltvoller als das sterile Zeug, das man sonst so bekommt. Wir fahren hin und fragen Maurice nach diesem Stollen. Denn der muss ganz in der Nähe seines Hofes liegen.«

»Gute Idee«, stimmte Jules freudig zu, um gedämpft fortzufahren: »Voraussetzung dafür ist allerdings, dass wir hier jemals wieder herauskommen.« Ein Blick auf sein Handy verriet ihm, dass er noch immer kein Netz hatte. Also bestand weiterhin keine Chance, Hilfe zu rufen.

Lino nahm diese Erkenntnis mit Gelassenheit hin und setzte seine obsessive Suche nach einer möglichen Alkoholquelle fort. In der Hoffnung, doch noch auf eine Flasche zu stoßen, die es sich zu öffnen lohnte. Vergebens.

Während der folgenden zwei Stunden wechselten beide kaum noch ein Wort, sondern dösten mehr oder weniger apathisch vor sich hin. Dann kam Lino auf die Idee, Elsässer Volkslieder anzustimmen. Doch Jules gab ihm zu verstehen, ruhig zu sein. Denn er hatte etwas gehört!

»Sei still! Da tut sich etwas.«

»Was tut sich denn? Kommt endlich der Getränkedienst?«

»Pst!«

Jules meinte, Geräusche aufgeschnappt zu haben, die von unten zu ihnen durchgedrungen waren. Und tatsächlich: erst ein Klingeln, dann ein Klopfen. Kurz darauf ein berstendes Krachen, gefolgt von Rufen mehrerer Männerstimmen.

Jules und Lino sahen sich an und riefen wie aus einer Kehle: »Hier sind wir! Ganz oben! Im Turmzimmer!«

Nun hörten sie das Trampeln schwerer Stiefel. Kurz darauf benutzte jemand den Schlüssel, den Dubois offenbar von außen stecken gelassen hatte. Die Tür wurde aufgerissen.

Jules und Lino sahen sich fünf Beamten der Police nationale gegenüber, an erster Stelle der wenig begeisterte Albert Hervé.

»Sie?«, rief er sichtlich überrascht, als er Jules erblickte.

»Ja, wir«, sagte Jules, der dem Kollegen dankbar für die Rettung war, jedoch nicht vorhatte, ihm mehr anzuvertrauen als unbedingt nötig.

»Wir wollten zu Monsieur Dubois, aber niemand hat geöffnet.« Hervé reckte seinen Hals, um über Jules hinwegsehen zu können. »Ist er hier?«

»Nein«, antwortete Jules. »Dubois hat es vorgezogen, uns einzuschließen und das Weite zu suchen. Wir haben keine Ahnung, wo er nun steckt.«

»Wirklich«, pflichtete Lino ihm bei. »Keinen blassen Schimmer.«

Der Kommissar schüttelte verächtlich den Kopf. »Wir haben in den Hinterlassenschaften des Toten einen Kalender gefunden, in dem Schwan einen Termin mit Dubois eingetragen hatte«, erklärte er ihr Auftauchen und beobachtete Jules' Reaktion. »Deshalb hätten wir gern ein paar Worte mit Dubois gewechselt, denn offenbar war er einer der Letzten, die Schwan lebend zu Gesicht bekommen haben. Aus welchem Grund sind Sie hier?«

Jules überlegte, was er Hervé verraten durfte, ohne allzu viel von seiner Mission preiszugeben. Doch bevor er eine passende Antwort gefunden hatte, plapperte Lino drauflos: »Eigentlich sind wir nur gekommen, um seinen Marc zu probieren«, log er, dass sich die Balken bogen. »Bernard hat so sehr davon geschwärmt, dass wir uns selbst von der Qualität dieses Tropfens überzeugen wollten. Wer konnte denn ahnen, dass er ihn uns vorenthält und uns stattdessen einschließt? Der alte Geizhals hat wohl befürchtet, dass wir ihn allein austrinken und nichts mehr für ihn selbst übrig bleibt.«

Hervé sah nicht so aus, als würde er sich diesen Bären aufbinden lassen. »Spaß beiseite, meine Herren. Weshalb hat Monsieur Dubois Ihre gesellige Runde verlassen und Sie eingeschlossen?«

Lino zog die Schultern zum Kinn. »Gute Frage. Für uns ist das genauso ein Rätsel. Wie gesagt, uns kam es bloß auf seinen Marc an...«

Hervé, dessen Blicke Lino als unverbesserlichen Trunkenbold abstempelten, wandte sich wieder Jules zu. »Wir wissen inzwischen, dass Schwan Freiberufler war. Er war als selbstständiger und unabhängiger Berater und Planer unterwegs. Dies wurde uns vom Berufsverband bestätigt, in dem Schwan Mitglied war.«

»Ein Berater?«, wunderte sich Jules. »Wen sollte er denn bei uns beraten haben, wenn er kaum ein Wort Französisch sprach?«

»Ich weiß es nicht. Sagen Sie es mir, Major.« Hervé sah ihn scharf an. »Es hat den Anschein, als wären Sie mir stets eine Nasenlänge voraus. Überall, wo wir auftauchen, sind Sie schon gewesen. Also, können Sie mir verraten, nach was und für wen sich Schwan im Elsass umgeschaut hat?«

Den ersten Teil der Frage hätte Jules zumindest ansatzweise beantworten können: Schwan war auf Goldsuche gewesen, so viel schien immerhin festzustehen. Aber Teil zwei? In wessen Auftrag er gehandelt hatte – das entzog sich Jules' Kenntnis.

»Sie ziehen es also vor zu schweigen, Kollege«,

stellte Hervé fest und trat einen Schritt beiseite. »Ich kann nur an Ihre Kooperationsbereitschaft appellieren, Sie aber zu nichts zwingen.«

»Heißt das, wir dürfen gehen?«, fragte Lino.

Hervé nickte mit verbissener Miene. Auch seine Begleiter machten Platz.

Jules und Lino schoben sich wortlos an ihnen vorbei und beeilten sich, die Treppe hinunterzulaufen.

Kaum waren sie unter freiem Himmel, atmete Jules erleichtert auf.

»Hätte nicht viel gefehlt, und wir trügen jetzt Handschellen«, amüsierte sich Lino, dem es offensichtlich einen Heidenspaß bereitet hatte, Hervé an der Nase herumgeführt zu haben.

»Das ist eigentlich gar nicht mein Stil, dermaßen unkollegial zu sein«, grämte sich Jules. »Aber es ging nicht anders.«

»Zerbrich dir nicht den Kopf. Hervé wird darüber hinwegkommen.«

Lino wollte wissen, wie es weitergehen solle. Jules meinte, dass er sich als Nächstes den Goldstollen ansehen wollte. Dies hätte für ihn oberste Priorität.

Mit Blick auf den bereitstehenden Mégane sagte Lino: »Ich lotse dich gern. Wie gesagt: Das kriegen wir auch ohne Dubois' Karte hin!«

Bevor Jules in den Wagen stieg, schaute er noch einmal nach oben in Richtung des Turmzimmers. Dort stand Hervé mit verschränkten Armen hinter dem Fenster und sah finster zu ihnen hinab.

Lino dirigierte Jules zurück auf die Passstraße, auf der sich der Polizeiwagen über weitere enge Kehren bergauf arbeitete. Das schmale Asphaltband schmiegte sich an die felsige Flanke, auf der anderen Seite fiel der Berg steil ab. Jules ging vor jeder Biegung vom Gas, um nicht mit einem entgegenkommenden Wagen zu kollidieren. Zusätzlich betätigte er die Hupe, sobald sie eine weitere Haarnadelkurve erreichten.

Immerhin zeigte sich das Wetter inzwischen wieder von seiner freundlicheren Seite – hier wechselte es so häufig, wie es Jules nur von Reisen ins Hochgebirge kannte. Bald erreichten sie die *Route des Crêtes*, eine Höhenstraße an der Kante des Vogesenkamms.

»Wie weit ist es denn?«, erkundigte sich Jules.

»Nicht mehr weit.«

Lino behielt recht: Keine zehn Minuten später wies er Jules an, rechts ranzufahren. Daraufhin steuerte Jules den Mégane in eine geschotterte Haltebucht und wunderte sich darüber, dass nirgends die Einfahrt zum Bauernhof beschildert war.

»So. Da wären wir«, sagte Lino, öffnete die Beifahrertür und erhob sich mühsam aus dem tiefen Sitz.

»War nicht von einer Alm die Rede?«, fragte Jules. »Ich sehe ringsherum nur Wald.«

Lino deutete auf einen schmalen Pfad, der sich zwischen dem dichten Gestrüpp des Unterholzes abzeichnete. »Den Rest des Weges müssen wir zu Fuß zurücklegen. Denn die Passstraße endet nach der nächsten Biegung. Danach geht es nur noch für Autos mit Allradantrieb oder Traktoren weiter.« Weil Jules keine Anstalten machte auszusteigen, sondern ihn ungläubig ansah, ergänzte Lino: »Der Wanderweg durch den Wald ist eine Abkürzung.«

Wanderweg? Für einen Ausflug über Stock und Stein

trug Jules mit seiner steifen Uniform weder die geeignete Kleidung noch das passende Schuhwerk. Lino in seinen Knickerbockerhosen, dem kurzärmligen Hemd und vor allem seinen robusten knöchelhohen Schuhen hatte gut reden.

»Wie weit ist es denn?«, wiederholte Jules seine Frage.

»Nicht mehr weit«, blieb Lino bei seiner Antwort.

Die Äste knackten und das Laub raschelte, als die beiden den Trampelpfad ins dichte Grün antraten. Die Luft war feucht und warm; ein Paradies für Mücken und Bremsen, die Jules durch mehrmaliges Klapsen auf seinen Nacken zu vertreiben versuchte. Die leichte, aber beständige Steigung des Weges brachte ihn bald ins Schwitzen, sodass er seine Jacke auszog und sie über die Schulter warf. Als Nächstes krempelte er die Hosenbeine hoch, denn mit dem Stoff blieb er immer wieder im dornigen Wildwuchs hängen.

Die Bodenbeschaffenheit änderte sich alle zwanzig Meter. Sie wanderten über schieferartig brüchiges Gestein, staksten durch Rinnsale aus glasklarem Gebirgswasser, balancierten über Geröll, querten Felder voller Huflattich und stapften durch morastige Wiesen.

»Ist es noch ...?« Wieder erschlug er eine Mücke.

»Nicht mehr weit.«

Nach einer Stunde strammen Fußmarsches war Jules' Uniform ruiniert, die Schuhe schlammgetränkt und er selbst voller Stiche. Mit jedem Schritt ärgerte er sich mehr über seinen Begleiter, doch dann öffnete sich der Wald wie der Vorhang einer Bühne und gab den Blick auf eine malerische Almlandschaft frei. Ein Bild, das die Strapazen zumindest teilweise aufwog.

Saftiges Grün zog sich über Kuppen und Hänge, auf denen Rinder friedvoll grasten. Zu ihren Füßen wuchsen samtblättrige Malven, wilder Storchenschnabel, roter Klee, hoch aufragende Weidenröschen und weiß blühendes Labkraut. Vereinzelter Bergahorn und rötlich gefärbte Heidelbeersträucher bildeten den Hintergrund. Inmitten des heimeligen Gebirgsszenarios mit seinen blütensatten Wiesen erhob sich ein wuchtiges Gehöft. Auf einem soliden Sockel aus Granitblöcken ruhte das ganz aus Holz gezimmerte Gebäude mit Schieferdach, dessen stabile Bauweise darauf schließen ließ, dass es in den Wintermonaten schwere Schneelasten tragen musste. Zwischen den aufgeklappten Fensterläden blühte es prächtig aus verschwenderisch vollen Blumenkästen.

Jules steuerte zielstrebig einen steinernen Wassertrog neben dem Eingang des Hofs an, in den aus einem Brunnenrohr frisches Quellwasser sprudelte. Er legte seine Uniformjacke beiseite, krempelte die Ärmel zurück und tauchte beide Hände tief ins kühlende Nass. Er benetzte sein Gesicht und genoss die Abkühlung nach der schweißtreibenden Wanderung.

Als er sich umdrehte, sah er sich einer feschen jungen Frau in Holzpantinen und dirndlähnlicher Tracht gegenüber, die ihn freundlich anlächelte und dabei großzügig über den Zustand seiner Kleidung hinwegzusehen schien.

»Darf ich den Herren etwas bringen?«, fragte sie mit heller Stimme. »Eine Vollmilch, Buttermilch, oder hätten Sie lieber ein Bier? Wir führen *Kronenbourg* vom Fass.«

»Bier. Zwei große«, übernahm Lino das Antworten. »Aber erst einmal wollen wir den Hausherrn sprechen.«

»Maurice?«, fragte die Frau mit gleichbleibender Zuvorkommenheit. »Ich sage ihm sofort Bescheid.«

»Nettes Kind«, meinte Lino, kaum dass die Bedienung im Haus verschwunden war.

Wenig später tauchte sie mit zwei Halblitergläsern *Kronenbourg* sowie dem Wirt wieder auf: ein kräftig gebauter Mann mit rundem Gesicht, dem der kurz gestutzte Vollbart gut stand. Der Mittvierziger war ebenso zünftig gekleidet wie die Kellnerin und machte einen aufgeschlossenen Eindruck, der allerdings beim Blick auf Jules' Gendarmenkleidung leicht ins Verhaltene umschlug. Mit starkem Händedruck stellte sich der Wirt als Maurice Broust vor und erkundigte sich nach ihrem Anliegen.

Jules, der Brousts Reaktion sehr wohl registriert hatte, entschied sich für den sanften Einstieg: »Ein herrliches Anwesen haben Sie hier. Und Ihre Kühe …«

»Sie mögen unsere *vaches vosgiennes*?«, fragte der Almwirt mit zufriedener Brummbärenstimme. »Das Vogesenrind ist äußerst widerstandsfähig, manchmal aber auch ziemlich eigenwillig. Extrem zäh, kälteunempfindlich und vor allem hochbeinig genug für das unwegsame Gelände. Mit einem Wort: durch und durch bergtauglich.«

Jules betrachtete eine der Kühe, die sich neugierig der Bank mit den Gästen näherte. Er bewunderte die blank geputzte Messingglocke, die an einem breiten Lederriemen um den Hals gebunden war, stand auf und strich mit der Hand über das zottelige Fell.

»Das schwarz-weiße Fleckfell ist für diese Rasse typisch«, erklärte Maurice Broust. »Prima Tiere. Sie sind unser wichtigstes Kapital. Eine Kuh gibt bis zu dreißig Liter täglich. Das müssen wir nutzen, denn die Saison ist kurz. Wenn ab Mitte Oktober die ersten Schneestürme über den Petit Ballon fegen, wird es Zeit für den Viehabtrieb.«

»Es geht doch nichts über frische Milch vom Bauernhof«, entgegnete Jules. »Aber dreißig Liter pro Kuh und Tag sind eine ganze Menge.«

»Wir verkaufen ja nicht nur die Milch in ihrem Rohzustand, sondern zum Beispiel auch als *siesskas*.«

»Eine Art Quark, der mit Zucker und Schnaps verfeinert wird«, steuerte Lino bei.

»Wir stellen auch Sahne her, stampfen Butter und mehr«, zählte Broust voller Stolz auf.

Jules fand das ehrlich interessant und hätte mit dem netten Almwirt gern länger geplaudert. Doch das musste er auf einen späteren Zeitpunkt verschieben, wenn er vielleicht einmal privat mit Joanna hierherkommen würde. »Der eigentliche Anlass unseres Kommens ist der Goldstollen«, sagte er und sah Broust forschend an. »Er soll ganz in der Nähe Ihres Hofes liegen.«

»Der Goldstollen?« Broust wirkte überrascht. »Aus welchem Grund interessiert sich neuerdings alle Welt dafür?«

Jules sah sich bestätigt und fragte: »Wer hat sich denn sonst noch danach erkundigt?«

»Ein Wanderer, der bei uns eingekehrt war. Er hat so viele Fragen gestellt wie sonst kaum ein Tourist. Ich habe ihm so weit geholfen, wie ich konnte. Was nicht leicht war, denn er sprach nur Deutsch.«

»Sie hätten ja aufs Englische wechseln können«, meinte Jules.

»Englisch? Was ist das?«, scherzte Broust.

Jules zog das mittlerweile stark zerknitterte Bild von Jürgen Schwan aus seiner Hemdtasche und hielt es dem Wirt hin. »War es dieser Mann, der etwas über den Goldstollen wissen wollte?«

Broust nahm den Zeitungsausschnitt entgegen und sah genau hin. »Ja«, sagte er mit zerfurchter Stirn. »Ich denke, das kann hinhauen.«

»Ihr Gast, Herr Schwan aus Deutschland, ist ums Leben gekommen«, weihte Jules den Wirt ein. »Meine Aufgabe besteht darin, seine letzten Aktivitäten nach-zuvollziehen.«

»Wie kann ich Ihnen dabei helfen?«

»Indem Sie auch mir etwas über den Goldstollen erzählen. Wo genau liegt er? Und gibt es dort tatsäch-lich ein Goldvorkommen?«

Maurice Broust neigte den Kopf und sah Jules auf-merksam an. Mit einem wissenden Schmunzeln fragte er: »Sie wollen wissen, ob in dem Stollen Gold lagert? Aber ja!«

Jules schaute verblüfft auf. Er blickte zu Lino, der mittlerweile sein Bier geleert hatte und bloß mit den Achseln zuckte. »Zeigen Sie es uns!«, sagte er dann.

»Mit Vergnügen«, stimmte Broust zu. »Der Stollen-eingang ist gleich hinter dem Hof. Folgen Sie mir!«

Sie umrundeten den stattlichen Vogesenhof, der trotz seiner robusten Bauweise eine liebliche Heime-ligkeit ausstrahlte. Gleich dahinter lag eine Anhöhe, zwischen deren dichtem Gras- und Blumenbewuchs der Fels durchschimmerte. Broust führte sie stram-men Schrittes auf eine Einbuchtung zu, die von der wuchernden Natur befreit worden war. Die mannshohe, nach oben hin gerundete Öffnung war mit moosbesetzten Steinen ummauert. Diese bildeten den Rahmen für ein doppelflügeliges, an vielen Stellen angerostetes Metalltor.

Broust machte sich an einem Vorhängeschloss zu schaffen, klappte die Tür auf und betätigte einen Schalter, woraufhin das Innere in ein flackerndes Licht getaucht wurde.

»*Voilà!* Der Goldstollen«, verkündete der Bergbauer mit stolzgeschwellter Brust.

Vor sich sah Jules einen etwa fünfzehn Meter langen Stollenvortrieb, an den feucht glänzenden Wänden abgestützt mit telegrafenmastdicken Rundhölzern. An beiden Seiten standen offene Regale, auf denen handtellergroße, rötlich gelbe Laibe lagerten. Über den Geruch von stockender Nässe legte sich das kräftig herbe Aroma des Munster-Käses.

»Hier sehen Sie es, meine Herren: das Gold des Elsass«, sagte Broust augenzwinkernd und geleitete sie weiter hinein in sein Käselager. »Alles hausgemacht. Wir stellen unseren *Munster fermier* streng nach den Herstellungskategorien der Appellation d'Origine Contrôlée her.«

»Käse?«, fragte Jules perplex. »Sie sprechen von Ihrem Käse als Gold?«

»Ja, denn für uns ist er Gold wert«, bestätigte Broust. »Und es gibt ihn nicht nur als klassischen Munster, sondern auch als *Munster coiffé*, *Bibelaskass* und, und, und.«

»Kaum zu glauben, dass aus der Milch der Bergkühe, die frisch gemolken nach Vanille duftet, diese Stinker werden«, meinte Lino flapsig.

Broust verzog den Mund. Seinen Munster als Stinkekäse zu bezeichnen, wollte er nicht durchgehen lassen. Er begann, die Laibe hingebungsvoll mit einem feuchten Tuch abzuwischen, während er die Besucher in die Kunst der Käseproduktion einweihte. »Wir stellen unseren Rohmilchkäse nach alter handwerklicher Tradition her. In unserer Käserei wird die Milch erwärmt und mit Lab versetzt, womit wir die Molke vom Quark trennen. Wenn die Masse abgetropft ist, geben wir sie in perforierte Formen. Wichtig ist es, während der ersten beiden Tage jeden Laib zweimal zu salzen. Danach kommt der Käse hierher in den Ruhekeller, wo wir ihm vier Wochen Zeit zum Reifen lassen. Alle zwei, drei Tage waschen wir ihn mit warmem Wasser. Dadurch bildet sich die Rotschmiere, die verantwortlich ist für die charakteristische orangefarbene Schale.« Broust sah sie auffordernd an. »Möchten Sie probieren, um den Unterschied zur Supermarktware zu schmecken? Denise wird Ihnen gern eine Platte mit *Munster* und *Bargkas* servieren. Natürlich haben wir auch Pâté und Wurst. Dazu Landbrot aus dem Holzbackofen.«

Jules ließ sich gern überreden und genoss auf der sonnigen Terrasse des Berghofs die reichhaltige Käseauswahl. Broust hatte nicht zu viel versprochen: Der Munster war ein Gedicht. Dermaßen vortrefflich, dass er Jules über seine Enttäuschung über die wahre Bedeutung des Goldstollens hinwegtröstete.

Als sich Broust anbot, Jules und Lino mit seinem geländetauglichen Citroën Méhari zurück zu ihrem Parkplatz zu fahren, kam das Jules sehr gelegen.

»Ein netter Kerl«, lobte Jules den Almbauern, als Lino und er wieder in ihrem Einsatzwagen saßen.

Kaum waren sie auf der Passstraße, meldete sich das Funkgerät. Da Jules beide Hände am Steuer hatte, nahm Lino das Gespräch an. Er kannte sich ja aus...

»Lino?«, fragte eine überraschte Frauenstimme. »Bist du das etwa?«

»Funkdisziplin, Charlotte! Gib einfach deine Meldung durch.«

»Ich weiß nicht, ob es Major Gabin recht wäre, wenn ich dir...«

»Es ist ihm recht. Deine Meldung!«

»Erst möchte ich wissen, was du in unserem Einsatzwagen zu suchen hast.«

»Wir sind in einer geheimen Mission unterwegs. Major Gabin und ich müssen...«

Weiter kam er nicht, denn Jules riss ihm das Gerät aus der Hand und drückte die Sprechtaste. »Hier Gabin. Ich habe Lino unterwegs aufgegriffen und bringe ihn zurück nach Rebenheim. Haben Sie irgendwelche besonderen Vorkommnisse zu melden?«

»Ja, Major.« Charlotte berichtete von der Suchmeldung, die über Fax hereingekommen war, und ihrer Sorge, Gilles Conrad könnte sich im Raum Rebenheim aufhalten.

Jules musste nicht lange nachdenken, um zu sagen, was zu tun war. »Ich halte es zwar für unwahrscheinlich, dass dieser Conrad ausgerechnet in Rebenheim untergetaucht sein könnte, aber wir müssen auf Nummer sicher gehen. Geben Sie den Fahndungsaufruf an die Police municipale weiter. Die Kollegen von der

Stadtpolizei sollen die Augen offen halten, wenn sie in den Straßen patrouillieren.«

»Wird erledigt. Aber da ist noch etwas.«

»Ja, ich höre.«

»Es ist gerade ein Anruf eingegangen. Von einem Angestellten des *Château de Rebenheim*.«

»Aus dem Nobelhotel, in dem Frédéric Rocca logiert? Ich hoffe, unserem Star ist nichts zugestoßen.«

»Nein, nein, keine Sorge. Der Anruf hatte nichts mit Rocca zu tun.«

»Sondern?«

»Der Angestellte, ein Gärtner, wollte eine ungewöhnliche Beobachtung melden. Er hatte im Park des Hotels einen Mann zur Rede gestellt, der die Hotelgäste mit einem Fernglas ausspionierte.«

»Ist so etwas nicht Sache des Hotels? Die haben doch sicher einen Hausdetektiv oder einen Sicherheitsdienst, der sich darum kümmern kann.«

»Schon möglich, aber der Gärtner hat uns angerufen, weil er ein ganz komisches Gefühl hatte.«

»Ein komisches Gefühl?«

»Ja. Er sagte, dass ihm der Mann, den er gestellt hat, unheimlich war. Der Gärtner hatte einen Mordsrespekt vor dem Kerl und hält ihn für gefährlich.«

Jules wollte das nicht auf die leichte Schulter nehmen, denn derartige Gefühle, wie Charlotte es ausgedrückt hatte, erwiesen sich nicht selten als zutreffend. Der Instinkt mancher Leute für ihre verbrecherischen Mitmenschen war mitunter gut ausgeprägt. »Konnte der Gärtner eine Beschreibung des Mannes abgeben?«

»Eine sehr gute sogar«, sagte Charlotte. »Sie deckt sich eins zu eins mit dem Fahndungsfoto von Gilles Conrad.«

LE QUATRIÈME JOUR

DER VIERTE TAG

Er liebte Samstagvormittage. Mit großem Vergnügen schlenderte Jules durch die bevölkerten Straßen, bummelte über den Place Turenne und tauchte ins lebhafte Marktgeschehen ein. An seiner Hand Joanna in einem luftig leichten Kleid, die den unbeschwerten Wochenendauftakt ebenso genoss wie er.

Im Strom der Menschen ließen sie sich durch die Gassen treiben, die von zahlreichen Marktständen gesäumt wurden. Stets begleitet wurden sie von den teils lauten Stimmen der Händler, die ihre Waren feilboten, sowie von diversen Gerüchen: mal süßlich aromatisch, mal kräftig würzig.

Am Hähnchengrill von Guillaume, einem vierschrötigen Kerl, der zum Ausgleich für sein etwas finsteres Aussehen stets eine Blume im Band seines Strohhuts trug, blieben sie stehen. Die Strapaze des stundenlangen Stehens konnte Guillaume nur dadurch verkraften, dass er eine Korsage unter seinem Kittel trug, die er immer wieder über seinen beeindruckenden Bauch schieben musste. Dennoch hatte Jules keinerlei Zweifel daran, dass Guillaume seinen Beruf liebte und ihn so lange ausüben würde wie nur irgend möglich. Von der Qualität seiner Produkte war er absolut überzeugt. Das ließ sich schon daran erkennen, dass er immer wieder großzügige Kostproben des zarten Geflügelfleisches, seiner gegrillten Kräuterkartoffeln und des famosen gekochten Schinkens verteilte – zum Leidwesen seiner Frau Odette, die die Kasse hütete.

Joanna bestellte eine große Schale Kartoffeln, bevor sie zum Gemüsestand von Émile bummelten, der bekannt dafür war, am liebsten Einheimische zu bedienen. Für Stammkunden wie Joanna und Jules hielt er die beste und frischeste Ware im hinteren Bereich seiner Auslagen zurück. Obwohl Touristen den weitaus größten Teil seines Umsatzes einbrachten, machte er sich einen Spaß daraus, über sie herzuziehen, wohl in der Annahme, sie würden sowieso kein Elsässisch verstehen.

»Einen grünen Salat, ein Bund Karotten und eine Landgurke bitte«, orderte Jules.

Paul und Florence waren ihre nächste Adresse. Das uralte Paar bot eine sehr übersichtliche Auswahl an Obst und Gemüse an. Ein paar Zucchini, Auberginen und apfelgroße Tomaten. Dazu kamen Äpfel, Birnen und Mirabellen, alles aus Eigenproduktion. Wenig, aber von erlesener Qualität. Jules ließ sich eine Handvoll Mirabellen in Zeitungspapier einwickeln, während Joanna nebenan Pasteten am Feinkostladen probierte.

Der fliegende Textilhändler Ronaldo, der nicht nur so hieß wie der Weltfußballer, sondern auch ähnlich aussah, wurde blass, kaum dass er Jules und Joanna erspäht hatte. Schnell schob er einen seiner übervollen Kleiderständer mit dem Fuß nach hinten und setzte ein unschuldiges Lächeln auf. Jules war sich sehr sicher, dass Ronaldo mal wieder gefälschte Markenartikel vor ihm verbergen wollte, unternahm aber nichts. Um solche Dinge sollte sich die Police municipale kümmern oder jemand vom Marktamt. Außerdem hatte Jules sein freies Wochenende. Er dachte gar nicht daran, es sich durch dienstlichen Übereifer zu verderben.

Mit Tüten bepackt ließen sie sich vor einem ihrer bevorzugten Straßencafé, dem *Bistro de la Place,* nieder, wo sie einen Platz unter einer zitronengelben Markise fanden. Beide gaben ihre Bestellungen auf. Joanna erfrischte sich mit einem *citron pressé.* Jules tauchte eine Brioche in seinen *café allongé.*

Er tätschelte Joannas Hand, warf ihr ein begehrliches Lächeln zu und flüsterte ihr ins Ohr: »Ich fühle mich hier pudelwohl. Aber meinetwegen hätten wir auch im Bett bleiben können.«

Spielerisch scheltend hob sie den Zeigefinger. »Und woher hätten wir dann die Zutaten für unser Essen bekommen? Der Markt schließt um elf, danach haben höchstens noch Souvenirstände für die Touristen geöffnet.«

Jules ließ seinen Blick über das bunte Treiben auf dem Place Turenne schweifen. »Da hast du recht. Wie heißt es doch so schön? Liebe geht durch den Magen.«

Joanna quittierte diese Zustimmung mit einem Kuss und flötete: »Du bist ein Goldstück, Jules.«

Bei dem Wort »Gold« zuckte Jules unwillkürlich zusammen. Er hatte seine liebe Mühe damit, sich nichts anmerken zu lassen und weiter als entspannter Partner aufzutreten. Zwar hatte ihn Joanna nie zuvor bei diesem Kosenamen genannt, aber das musste ja nichts heißen, versuchte er sich einzureden.

Doch der plötzliche strenge Zug in seinem Gesicht schien ihr nicht verborgen zu bleiben. Mit besorgtem Ton erkundigte sie sich: »Ist etwas nicht in Ordnung?«

Sie blinzelte ihn aus harmlos wirkenden Augen an. »Habe ich etwas Falsches gesagt, mein Goldjunge?«

Jules verschluckte sich an seinem Kaffee und musste husten. Einmal von Gold zu reden, mochte ein Zufall sein, zweimal ganz sicher nicht. Er fühlte sich durchschaut, und als er Joanna ansah, wusste er, dass sie ihm auf die Schliche gekommen war. »Woher weißt du es?«, fragte er sie.

Joanna gab weiter die Unschuldige, als sie mit treuherzigem Augenaufschlag erwiderte: »Was meinst du? Dass du ohne jede ordentliche Legitimation im Fall Jürgen Schwan ermittelst? Dass der tote Deutsche es offenbar auf Goldvorkommen in den Vogesen abgesehen hatte? Oder spielst du auf das mysteriöse Verschwinden des Heimatforschers Bernard Dubois an? Alles Dinge, bei denen du deine Hände im Spiel hattest, ohne mir ein Sterbenswörtchen darüber zu sagen.«

Jules' Unterkiefer klappte vor lauter Staunen nach unten. Wie konnte Joanna all diese Details kennen? Stand sie etwa in Kontakt mit Hervé? Aber nein, denn der arbeitete mit einem Untersuchungsrichter aus Strasbourg zusammen. Was war es dann? Weibliche Intuition?

Des Rätsels Lösung bestand aus gedrucktem Papier: Joanna schob ihm die heutige Ausgabe der Zeitung *Les Nouvelles du Haut-Rhin* über den Tisch und nickte Jules auffordernd zu. Daraufhin schlug er das Blatt auf und musste nicht lange blättern, bis er auf das Konterfei des Toten stieß. In einem ausführlichen Bericht dazu mutmaßte Vincent Le Claire über Schwans Goldsuche und dessen Kontakt zu Heimatforscher Dubois, der seit Freitagmittag wie vom Erdboden verschluckt war. Angereichert wurde der höchst spekulative Artikel mit einem weiteren Foto, dass Kommissar Albert Hervé gemeinsam mit zwei breitbeinig aufgestellten Polizisten vor Dubois' Spukhaus zeigte.

»Du bist auch dort gewesen«, sagte ihm Joanna auf den Kopf zu. »Gemeinsam mit Lino. Ihr habt euch Dubois vorknöpfen wollen, aber er war schlauer als ihr beiden zusammen und hat euch ausgetrickst.«

»Woher…?«

»Einer von Hervés Leuten hat es mir gesteckt«, sagte Joanna. Winzige Fältchen zogen sich über ihre Stirn, als sie fragte: »Nun würde es mich doch sehr interessieren, warum du dich da einmischst? Der Tote wurde weder auf Rebenheimer Terrain aufgefunden noch handelst du im Einvernehmen mit der Judikative, also mit mir.«

Jules sah sich nicht länger in der Lage, sein Schweigegelübde aufrechtzuerhalten, zumal er es gegenüber Lino ohnehin schon gebrochen hatte. Er rang sich dazu durch, auch Joanna einzuweihen, berichtete ihr in Kurzfassung, wie er an den Fall geraten war und was sich bisher ereignet hatte. Dabei sparte er die Hinweise auf Goldfunde in den Vogesen nicht aus. Er erzählte von seinem Besuch in Brousts Stollen, wo er statt auf das begehrte Edelmetall bloß auf goldglänzenden Käse gestoßen war sowie von der aufschlussreichen Aussage der Kellnerin aus dem Restaurant *Les Trois Châteaux*. Und auch den Mann im Hintergrund ließ er nicht unerwähnt: Francis Jouffroy.

»Ein Auftrag vom Präfekten persönlich?« Joanna stieß einen anerkennenden Pfiff aus. »Respekt, Respekt! Du hast es bei uns schnell weit gebracht.«

»Mach dich nur lustig…«

»Nein, im Ernst. Das verdient meine volle Anerkennung. Und Hand aufs Herz: Wer würde es wagen, sich einem direkten Befehl von Monsieur Jouffroy zu widersetzen? Immerhin ein Intimus des Verteidigungsministers und damit deines obersten Dienstherrn.« Sie griff zu ihrer Serviette und tupfte sich mit theatralischer Geste über die Wangen. »Trotzdem bin ich natürlich traurig, ja enttäuscht, dass du mich nicht zumindest privat ins Vertrauen gezogen hast.«

Nun reichte es, fand Jules. »Schluss mit dem Theater! Du hast mich ertappt. Ich bin geständig und werde ab jetzt keine Geheimnisse mehr vor dir haben. Spar dir also bitte deine Ironie.«

»Was höre ich da? Überhaupt keine Geheimnisse mehr?«, versuchte Joanna ihn festzunageln.

Jules kniff die Augen zusammen. »Es geht hier um dienstliche Belange, oder?«

»Der Punkt geht an dich«, sagte Joanna mit einem spitzbübischen Lächeln. »Habe ich das richtig verstanden? Dubois hat euch eingeschlossen und ist danach geflüchtet? Das macht ihn höchst verdächtig.«

»Flucht ist immer ein starkes Verdachtsmoment«, pflichtete Jules ihr bei. »Er machte allerdings eher den Eindruck, als würde er vor Schwans Mörder fliehen und nicht vor mir, also der Polizei.«

»Genauso gut kann er das nur vorgegeben haben, um euch seine Unschuld vorzugaukeln. Denn wenn er wirklich Angst vor dem Täter hätte, würde er den Schutz der Polizei suchen und ihn nicht ausschlagen, oder?«

»Ich sagte doch, dass er uns nicht traute. Dubois

redete wirres Zeug über korrupte *flics*, wobei er uns unter Generalverdacht stellte. Das machte er daran fest, dass bei den Werten, um die es geht, jeder Gendarm schwach würde.«

»Du sprichst von dem Gold?«

»Ja.«

»An dieser Spur könnte etwas dran sein. Unbestritten sind die Vogesen reich an Rohstoffen, insbesondere an Edelmetallen. Der Bergbau hat hierzulande eine lange Tradition. Es existieren Hunderte Gruben und Schächte…«

»…von denen fast alle seit Langem stillgelegt sind«, unterbrach Jules sie. »Heutzutage wird der Großteil der Goldressourcen doch in Afrika und Asien gewonnen und kaum noch in Europa. Dass hier jemand auf eine ergiebige Goldader stößt, ist ziemlich unwahrscheinlich.«

»Aber nicht ausgeschlossen!«, hielt Joanna dagegen. »Dass im Gebirge nach wie vor Gold lagert, ist eine unbestreitbare Tatsache. Schade, dass du keine Gelegenheit hattest, dich intensiver mit Bernard Dubois auszutauschen. Sonst hätte er dir bestimmt etwas erzählt von den Goldfragmenten, die immer mal wieder am Ufer des Rheins gefunden werden. Das sind Ausschwemmungen aus dem tiefen Inneren der Vogesen.«

»Gold im Rhein?«, fragte Jules.

»Ja. Es stammt aus den Bergen, die vom Rhein und seinen Nebenflüssen entwässert werden. Schatzsucher und Goldwäscher stoßen ab und zu auf Klumpen, die sie aus den Sanden und Schottern des Rheinufers gefischt haben, und posieren damit stolz für ein Foto in Le Claires Zeitung. Schon die Kelten und Römer machten sich übrigens das Rheingold zunutze, indem sie Münzen und Schmuck daraus herstellten. Warum ich darüber so genau Bescheid weiß? So etwas lernen wir hier in der Schule. Das zählt zum Grundwissen in Geografie.« Joanna sah Jules nachdenklich an. »Ich frage mich allerdings, was Schwan mit alldem zu tun hatte. Ein deutscher Lagerstättenforscher, der sich in Frankreich auf Goldsuche begibt und dabei allein und ohne jeden amtlichen Auftrag unterwegs gewesen sein soll – das klingt alles recht konspirativ.«

»Das sehe ich genauso.«

»Was willst du als Nächstes unternehmen?«

»Dubois suchen. Wenn wir ihn schnappen, ist gewiss einiges klarer. Hilfreich wäre es auch, sich am Tatort umzusehen. Doch Hervé scheint die Stelle, an der Schwans Leiche in den Rhein geworfen wurde, noch immer nicht gefunden zu haben.«

»Was ist denn mit dieser Frau, die Schwan ins *Les Trois Châteaux* ausgeführt hatte? Bist du da schon weitergekommen?«

»Noch nicht.«

»Dann bleib dran, denn sie könnte eine Schlüsselfigur sein. Wenn du die Frau findest, hast du vielleicht auch deinen Mörder. Wer weiß, vielleicht entpuppt sich am Ende alles als eine Eifersuchtstat? Immerhin eines der häufigsten Mordmotive.«

»Ist das jetzt ein dienstlicher Auftrag von dir?«, wollte Jules wissen.

»Natürlich nicht! Ich werde mich hüten, dem Präfekten ins Handwerk zu pfuschen. Betrachte es als freundschaftlichen Rat«, sagte sie augenzwinkernd.

»Dann werde ich deinen Rat beherzigen. Sobald ich dazu komme und nicht gerade auf Rocca aufpassen muss, mich mit Gastons Autoattacken herumzuschlagen habe oder nach einem säumigen Freigänger fahnde.«

»Freigänger?«

»Gilles Conrad, ein Korse mit langem Vorstrafenregister. Genau genommen ist er kein Freigänger, sondern auf Bewährung draußen. Aber er kommt seiner Meldepflicht nicht nach, und es steht zu befürchten, dass er wieder etwas ausheckt. Ein Gärtner will ihn erst kürzlich vor dem Schlosshotel gesehen haben – beim Ausspähen des Speisesaals.«

»Das klingt nicht gut. Solltet ihr ernst nehmen.«

»Machen wir. Aber jetzt ist Schluss mit allem Dienstlichen. Ich will das Wochenende genießen.«

»Ich auch, Jules.« Joanna lehnte sich an seine Schulter. »Ich auch.«

Er hatte sich dicht neben einen Verkaufswagen für gegrillte Bressehühner gestellt, aus dem es verführerisch duftete. Ihm knurrte der Magen, doch er traute sich nicht aus seiner Deckung, um sich etwas zu essen zu kaufen – zu groß war die Gefahr, dass ihn jemand erkannte und ansprach. Dieses Risiko konnte er nicht eingehen. Beim Gedanken daran, dass er polizeilich gesucht und darüber sogar in der Zeitung berichtet wurde, zog er seinen alten Fischerhut tiefer in die Stirn.

Von seinem Versteck hinter der Grillstation hatte Bernard Dubois eine gute Sicht über den Place Turenne bis hinüber auf das kleine Straßencafé gegenüber. Durch eine Gasse zwischen den Marktständen hindurch konnte er die Gäste dabei beobachten, wie sie ihre *Oranginas* schlürften. Sein Augenmerk lag auf dem Gendarmerie-Major, der ihn gemeinsam mit Lino aufgesucht hatte. Heute trug er lässige Freizeitkleidung und saß neben einer gut aussehenden Frau mit kurzen blonden Haaren, mit der er Händchen hielt und die er immer wieder küsste. Wie ein frisch verliebtes Paar, dachte sich Dubois und schloss aus seiner Beobachtung, dass der Major dieses Wochenende dienstfrei hatte.

War das gut oder war das schlecht für sein Ansinnen? Dubois überlegte: Womöglich wollte der Major seine Freizeit genießen und nichts mit polizeilichen Angelegenheiten zu tun haben. Sollte Dubois seinen Plan daher besser auf Montag verschieben, wenn sich der Major wieder in der Gendarmerie aufhalten würde? Aber das hieße ja, noch zwei Tage warten zu müssen. Zwei lange Tage mit der quälenden Ungewissheit leben, wie es für ihn weitergehen sollte. Und zwei weitere Tage im Verborgenen bleiben, ständig auf der Hut, dass einen niemand entdeckte.

Bernard Dubois focht einen inneren Kampf mit sich selbst aus. Inzwischen wusste er, dass es ein Fehler gewesen war, Lino und den Major im Turmzimmer seines Hauses eingesperrt zu haben. Ein weiterer Fehler war es, gleich danach weggefahren zu sein. Ohne Ziel und ohne jeden Plan. Damit hatte er sich selbst in eine unmögliche Lage gebracht.

Andererseits hegte er eine große Furcht, in das gleiche Fahrwasser zu geraten wie Jürgen Schwan. Seit dieser seltsame Deutsche bei ihm aufgetaucht war und sein

Anliegen vorgebracht hatte, fühlte sich Dubois nicht mehr sicher. Ärger lag in der Luft, und dass Schwan kurz nach ihrem Treffen unter sehr mysteriösen Umständen ums Leben gekommen war, hatte seine Sorgen umso mehr befeuert.

Nun fragte er sich, was schiefgelaufen war. Hätte er sich gleich an die Polizei wenden sollen, nachdem Schwans Tod bekannt geworden war? Oder vielleicht schon nach dessen Besuch bei ihm, der ihn so verstört hatte? Hätte er sich aus eigenem Antrieb melden müssen, um alles zu Protokoll zu geben, was er über Jürgen Schwan und seine Pläne wusste beziehungsweise welche zweifelhaften Machenschaften er dahinter vermutete?

Sein Zögern am Anfang, gefolgt von seiner Flucht und dem Untertauchen hatten ihn – den anerkannten und hochverdienten Heimatforscher Bernard Dubois – in die Illegalität getrieben. Er befand sich in einer Position, von der er niemals angenommen hatte, jemals in eine solche zu geraten. Und er kannte sich gut genug, um zu wissen, dass er mit solchen Lebensumständen nicht lange zurechtkommen würde.

Daher gab es für ihn nur eines: Er musste sein heutiges Vorhaben umsetzen, egal ob Samstag war oder nicht. Er würde aus dem Verborgenen treten und auf den Major zugehen, um sich zu stellen. Selbst wenn der Major nicht im Dienst war, würde er ihn kaum fortschicken, sondern ihn anhören. Vielleicht würde es ihm gelingen, den Major davon zu überzeugen, dass er überstürzt und aus schierer Panik heraus gehandelt hatte. Und dass er alles zutiefst bereute und gern ungeschehen machen würde.

Schlimmstenfalls würde der Major ihm nicht zuhören, sondern ihn erst einmal auf die Wache verfrachten, wo man ihm Handschellen anlegen und ihn in eine Zelle sperren würde. Aber auch das würde er ertragen, denn dann wäre wenigstens seine Flucht mit all ihren Strapazen und Entbehrungen vorbei.

Dubois gab sich einen Ruck und wollte sich von dem Grillwagen lösen, als wieder Skrupel in ihm aufkeimten. Der Major hatte zwar einen aufrichtigen und vertrauenswürdigen Eindruck auf ihn gemacht, andererseits war es Lino und ihm eventuell doch um Schwans Goldstücke gegangen und nicht um die Suche nach dessen Mörder. Dafür sprach, dass in der Zeitung immer nur von einem gewissen Hervé als Ermittler die Rede war, einem Kommissar der Police nationale, nicht aber von einem Major der Gendarmerie. Trieben er und Lino also doch ein falsches Spiel – und waren es am Ende diese beiden gewesen, die Schwan auf dem Gewissen hatten?

Dubois setzte unschlüssig einen Fuß vor und wieder zurück. Beim erneuten Blick auf das turtelnde Paar vor dem Café kam ihm der Gedanke, der Major sei ein Killer, plötzlich wieder abwegig vor. Dieser entspannt wirkende Mann mit den zerzausten Haaren und dem gutmütigen Blick wirkte nicht wie jemand, dem Blut an den Händen klebte. Und auch Lino, den er ja seit vielen, vielen Jahre kannte, war keiner, der seine Freunde verraten oder gar töten würde, um sich zu bereichern. Nein, dachte Dubois, er musste seine Zweifel überwinden und den Schritt aus dem Untergrund wagen.

Der Entschluss war gefasst: Er musste sich stellen! Jetzt!

Mit klopfendem Herzen trat er aus dem Schatten, um seinen Plan umzusetzen, dem Major reinen Wein einzuschenken und alles wiedergutzumachen, was er durch sein Fehlverhalten angerichtet hatte. Dubois ging einen Schritt vorwärts, dann einen zweiten. Mit jedem Meter, den er seinem Ziel näher kam, wuchsen Selbstvertrauen und Optimismus.

Bald würde er aus dem Schlamassel heraus sein, dachte er überglücklich – da spürte er eine starke Hand auf seiner Schulter.

Fast den ganzen Tag hatte Jules gemeinsam mit Joanna verbracht und jede dieser unbeschwerten und äußerst vergnüglichen Stunden genossen. Es war bereits später Nachmittag, als sie sich von ihm verabschiedete, weil sie sich für den Abend mit einer Freundin in Colmar verabredet hatte. In Colmar würde sie auch übernachten, denn noch hatte sie dort ja ihre eigene Wohnung. Und nach ein, zwei Gläschen Wein oder einem Cocktail sollte sie sich ohnehin nicht mehr hinters Steuer setzen, fand Jules.

Er selbst wollte den Abend nutzen, um einige Boulekugeln zu werfen. Seit er nicht mehr in Royan lebte, hatte er sein Training sträflich schleifen lassen und seine freie Zeit vornehmlich auf dem Sattel seines Rades verbracht. Heute nun – bei einem pastellblauen Himmel und samtig warmer Luft – sollte das Versäumte nachgeholt werden. Außerdem würde er beim Boule auf seine Freunde treffen, worauf er sich freute.

Tatsächlich fand er die sandige Fläche vor der *Brasserie Georges* belebt vor. Pierre, Jean-Paul, Jean Marie und Claude waren in ihr Spiel vertieft, maßen akribisch genau den Abstand zur Zielkugel und diskutierten leidenschaftlich über die Gültigkeit des letzten Wurfs. Anwesend waren auch Lino und Antoine, die sich gerade zwei frisch gezapfte Biere von einem Tablett holten, das Georges ihnen reichte.

Jules nahm dem Wirt ebenfalls ein Glas ab und stellte sich zu seinen beiden Bekannten. Normalerweise kreisten die Gespräche der Männer um die Terrorgefahr und das Erstarken des Front National, die Dauerkrise der französischen Wirtschaft oder die Wirkungslosigkeit diverser Reformen. Heute aber debattierten sie eifrig über Rebenheims bekanntesten oder besser schillerndsten Sohn: Frédéric Rocca. Antoine klagte Lino sein Leid darüber, dass seinem prominenten Klienten keine noch so ausgefallene und extravagante Immobilie recht sei und er an allem und jedem herumkritisierte. Das Schlimmste sei, dass er zwar das Beste vom Besten wolle, gleichzeitig aber ungemein knauserig sei.

»Typisch«, ärgerte sich Antoine. »Gerade die Reichen sind meistens die größten Pfennigfuchser.«

»Schaut sich Rocca all diese Häuser selbst an, oder schickt er weiter seine Agentin vor?«, mischte sich Jules in das Gespräch ein.

»Er lässt sich – wenn überhaupt – immer nur am Schluss blicken, wenn wir mit der Besichtigung schon fertig sind. Bei der Auswahl und den Preisabstimmungen vertraut er voll und ganz auf die schöne Melodie.« Mit finsterem Blick fügte er hinzu: »Schön, aber knallhart im Verhandeln.«

»Dann musst du diesmal ja richtig arbeiten für dein Geld«, scherzte Jules und stieß damit bei Antoine auf wenig Gegenliebe.

Auch Lino fand das nicht lustig. »Mir wäre es nur recht, wenn Rocca in Rebenheim nichts findet und wieder verschwindet. Der soll zurück zu seinesgleichen gehen und uns in Frieden lassen.«

Antoine wurde ganz blass, als Lino diese Möglichkeit ins Spiel brachte. Er sah wohl seine Provision den Bach runtergehen.

Jules war froh, als Piere ihn am Ärmel fasste und zur Teilnahme bei der nächsten Boulerunde aufforderte. Denn von den beiden Griesgramen Antoine und Lino wollte er sich nicht die Stimmung vermiesen lassen.

Er krempelte die Ärmel hoch und packte seine Kugelsammlung aus, die er mitgenommen hatte. Jede einzelne Kugel polierte er mit einem Lappen. Obwohl seine Ausrüstung sichtlich in die Jahre gekommen war und an den Oberflächen etliche Kratzer und Kerben aufwies, wusste er, was er an seinen Kugeln hatte. Wenn er sie in den Händen wog, spürte er ihre charakteristischen Merkmale, die beim Wurf entscheidend sein konnten. So sehr hatte er sich an sie gewöhnt, dass er mit keinen noch so teuren Nachfolgern tauschen mochte. Denn seine Kugeln besaßen eine Seele.

Heute spielten die Freizeitsportler nicht nach den Regeln des *pétanque* und verzichteten darauf, Mannschaften zu bilden, die gegeneinander antraten. Es ging einfach nur darum, die individuelle Zielgenauigkeit unter Beweis zu stellen und sich dabei mit den anderen zu messen. Nach ein paar Dehnübungen und drei Probewürfen fühlte Jules sich in der richtigen Verfassung, um es mit seinen mittlerweile sehr geübten Rivalen aufnehmen zu können. Er federte mit den Beinen, holte Schwung mit dem rechten Arm und entließ die erste

Kugel aus seiner hohlen Hand. Sie beschrieb eine perfekte Parabel und landete beinahe zielgenau neben dem *cochonnet*. Die Zielkugel wurde wegen ihres deutlich kleineren Umfangs auch *petite* genannt.

Anerkennende Pfiffe und angedeuteter Beifall von den anderen. Dann war der Nächste an der Reihe. Der dürre Jean-Paul vermasselte seinen Wurf, ebenso erging es Jean Marie, dem Apotheker. Der Versuch von Claude dagegen war für Jules brandgefährlich: Um Haaresbreite verfehlte die Kugel des Feuerwehrkommandanten diejenige von Jules.

Jules fühlte sich bereits als sicherer Sieger des spielerischen Kräftemessens, als ihm ausgerechnet der alte Pauker Pierre den Triumph vermasselte. Mit einem gelassenen Wurf brachte er seine Kugel kurz vor dem Ziel zur Landung, und zwar dermaßen geschickt, dass sie Jules' Metallball einen Stoß verpasste und ins Abseits beförderte.

Jules trug die Niederlage mit Fassung und klopfte seinem betagten Mitstreiter auf die Schulter. Nach der nächsten Runde, aus der Claude als Sieger hervorging, setzten sich die Männer auf die Terrasse der *Brasserie*, um Pläne für den Rest des Abends zu schmieden. Noch sei es früh und somit hell genug für eine Runde mit dem Rad, meinte Claude. Die meisten anderen wollten lieber beim Boule bleiben.

Pierre wirkte unentschlossen. »Ein kleiner Ausflug in die Berge täte sicher gut«, dachte er laut.

»In die Berge? Das traust du dich nur zu sagen, weil du neuerdings auf ein E-Bike umgestiegen bist«, stänkerte Lino.

»Na und? Treten muss man trotzdem«, hielt Pierre

dagegen und stand auf. »Also?«, fragte der rüstige Rentner in die Runde. »Wer kommt mit?«

Neben Claude als Initiator des frühabendlichen Ausflugs schloss sich Antoine an, dem eine Ablenkung von seinem Ärger mit Rocca höchst willkommen zu sein schien. Auch Jules sagte zu.

Die tief stehende Sonne tauchte die Weinberge in glutrotes Licht, als die vier Männer auf ihren Rädern gen Westen fuhren. Die Feuchtigkeit, die aus den Wiesen aufstieg, ließ die Luft würzig duften.

Sie legten ein gutes Tempo vor, wollten sie doch vor Einbruch der Dunkelheit zurück in der Stadt sein. Als Wendepunkt hatten sie ein Hochplateau gewählt, das sie in etwa einer halben Stunde erreicht haben sollten.

Tatsächlich schafften Jules, Claude und der batterieunterstützte Pierre es in fünfundzwanzig Minuten; nur Antoine kam schnaufend zehn Minuten nach ihnen an.

»Ein herrlicher Ausblick, nicht wahr?«, fragte Pierre und ließ den Blick über die Rheinebene schweifen. Der Fluss, der sich in weiten Bögen durch das Tal schlängelte, glitzerte majestätisch im Abendlicht. »Seht ihr dieses Funkeln des Wassers? Als ob es aus flüssigem Silber bestünde.«

Ein grandioses Panorama, fand auch Jules. Er stellte sich an Pierres Seite und sagte: »Ein Strom aus Silber – ja, genauso sieht es aus. Dabei wäre Gold viel passender, findest du nicht?«

Pierre wusste sofort, auf was Jules anspielte. Und als früherer Erdkundelehrer konnte er mit entsprechendem Hintergrundwissen aufwarten. »Ja, Gold wäre in der Tat treffender. Immerhin gibt es nennenswerte

Ausschwemmungen durch Gebirgsbäche, die bis in den Rhein gelangen. Es ist keine Seltenheit, dass kleinere und manchmal auch größere Nuggets angespült werden.«

»Kaum vorstellbar«, meinte Jules. »Immerhin zählt Gold zu den schwersten Metallen überhaupt. Wie kann es dann durchs Wasser schwimmen?«

»Wir sprechen hier über einen Prozess von Jahrmillionen, in dem sich sogenanntes Seifengold in tieferen Schichten abgesetzt, also sedimentiert und angereichert hat«, erklärte Pierre in einem belehrenden Ton, den er bestimmt schon früher in der Schule kultiviert hatte. »Mit der Zeit wurde das Edelmetall aus diesen Schichten abgetragen und durch unterirdische Quellen mit enormem Druck fortgespült. Dabei kam ihm zugute, dass Gold chemisch träge ist und sich nicht mit anderen Elementen verbindet. Das macht es extrem beständig und sorgt dafür, dass es Bergrutsche und Sturzbäche unbeschadet übersteht. Nach langer, langer Zeit gelangten die Goldpartikel bis in den Rhein und setzten sich an den Ufern ab. Der Fluss übernahm dann die Rolle einer Goldwaschanlage und befreite die Partikel von anhaftendem Schmutz. Übrig blieb reines Gold. Am ergiebigsten sind übrigens Schotterschichten in einer Tiefe zwischen dreißig und sechzig Zentimetern.«

»Faszinierend. Welche Größe können solche Nuggets denn annehmen?« Jules formte eine Faust, um seine Vorstellungen zu verdeutlichen. »In etwa so groß, oder ist das übertrieben?«

»Völlig übertrieben«, antwortete Pierre. »Meistens handelt es sich nur um wenige Milligramm schweren Goldflitter. Ich habe aber auch schon einen Klumpen mit einem Durchmesser von mehreren Millimetern gesehen.«

Jules' Reaktion fiel enttäuscht aus. »Bloß so winzig?«

»Mit einer Waschpfanne und viel Geduld kann man erkleckliche Mengen schürfen. Aber zugegeben, reich wird man davon nicht.«

Jules fürchtete schon, dass die Goldspur im Fall Schwan zu versanden drohte, da legte Pierre noch einmal nach: »Die Menge macht's. Man geht davon aus, dass allein hier bei uns am Oberrhein weit über fünfhundert Tonnen Gold in den Flussablagerungen liegen, es nur keinen gangbaren Weg gibt, um an sie heranzukommen.«

Bei der Erwähnung der fünfhundert Tonnen keimte in Jules wieder Hoffnung, seine Fährte weiter verfolgen zu können. »Ist denn nie versucht worden, einen technisch sinnvollen Weg für die Goldgewinnung aus dem Wasser zu ersinnen?«

»Doch«, entgegnete Pierre. »Die Nazis haben es probiert. Auf Befehl von Reichsmarschall Hermann Göring höchstpersönlich, der wohl hoffte, dadurch die Devisenbestände seines Landes aufbessern zu können. Dafür ließ er 1937 eigens die Gesellschaft für praktische Lagerstättenforschung gründen und beauftragte sie mit dem Projekt ›Rheingold‹. Nach über tausend Bohrungen und ebenso vielen Wasserproben kamen die Forscher zu dem Schluss, dass es sich lohnen würde, und gaben den Bau eines Baggers in Auftrag.«

»Eines Baggers?«, wunderte sich Jules.

»Selbstredend kein gewöhnliches Baugerät. Den Deutschen schwebte etwas Größeres, Pompöseres vor.

Sie ließen einen Schwimmbagger in den Dimensionen eines Mehrfamilienhauses konstruieren, der Stunde für Stunde mehr als hundert Kubikmeter Schlamm und Kies ausheben und über ein spezielles Förder- und Schüttelbandsystem filtern lassen konnte.«

»Hatte Göring Erfolg?«

Pierre winkte ab. »In vier Jahren kamen nicht einmal fünfhundert Gramm Gold zusammen. Das Projekt wurde natürlich eingestellt. Göring tröstete sich über den Misserfolg hinweg, indem er sich aus dem Gold einen Ring schmieden ließ – einen ›Nibelungenring‹.«

Jules musste einsehen, dass die Goldsuche – egal ob in den Vogesen selbst oder im Rhein – eine diffizile Angelegenheit war. Es lohnte sich ganz einfach nicht, der Aufwand war zu groß. Es sei denn, Schwan hatte einen neuen Weg gefunden, um mit einem modernen und effektiven Verfahren an die fünfhundert Tonnen Rheingold zu gelangen. Vielleicht ähnlich dem Prinzip, wie mit Fracking vormals unerreichbare Ölreserven gefördert werden können. Wäre das eine Möglichkeit? Jules beschloss, diese Idee weiter zu verfolgen.

»Gleich geht die Sonne unter, und ich habe keine Lampen am Rad!«, rief Claude ihnen zu. »Wenn wir nicht aufbrechen, schaffen wir es nicht rechtzeitig.«

»In Ordnung, wir fahren zurück«, meinte Jules und riss sich vom spektakulären Anblick des funkelnden Flusses los.

Clotilde mochte spät anreisende Pensionsgäste nicht besonders. Vor allem dann nicht, wenn sie unangemeldet aufkreuzten. Denn am Abend gab es genug anderes zu tun, um das sie sich als Hauswirtin kümmern musste. Etwa die Winstub zu bewirtschaften, Essen auszugeben, Tische abzuräumen und zu kassieren. Sich ausgerechnet jetzt an den Empfang stellen zu müssen, um ein freies Zimmer herauszusuchen, passte ihr gar nicht.

Entsprechend kurz angebunden gab sich Clotilde der Kundin gegenüber, die ihr wegen ihres affektierten Auftretens ohnehin unsympathisch war.

»Ihr Haus ist mir von einer Bekannten empfohlen worden«, flötete die Dame von Welt und trommelte mit ihren perfekt manikürten Fingernägeln auf die hölzerne Platte des Tresens. »Meine Freundin meint, Sie wären das erste Haus am Platz.«

»Das ehrt uns.« Clotilde rang sich ein Lächeln ab. Dann sah sie an der sündhaft teuer gekleideten Frau hinunter und entdeckte keinen Koffer. »Sie reisen ohne Gepäck? Wie lange möchten Sie denn bleiben? Nur eine Nacht?«

»Das kommt darauf an«, erwiderte die Frau und klimperte mit ihren langen Wimpern.

Als ob dieses aufgesetzte Gehabe bei Clotilde etwas bewirken könnte. Pah! Auf solche Kundschaft konnte sie gut und gern verzichten.

»Worauf kommt es an?«, fragte Clotilde in dem Versuch, weiter freundlich zu klingen.

»Nun – wie soll ich es ausdrücken?« Die Frau hob den Blick, als würde sie in einer unsichtbaren Wolke, die über Clotildes Kopf schwebte, eine Antwort vermuten. »Es ist so, dass meine Freundin sehr geschwärmt hat von Ihrer *Auberge*. Von diesem … ähm … rustikalen Charme, dem authentischen Essen und vor allem von Ihnen, der zuvorkommenden Wirtin.«

Clotilde dachte an die anderen Gäste, die auf ihre Bewirtung warteten. Mit kaum mehr zu zügelnder Ungeduld fragte sie: »Darf ich Sie also für heute Nacht einbuchen?«

»Gern.«

Clotilde atmete auf. Das war nun doch schneller gegangen als befürchtet. Sie wollte sich gerade zum Schlüsselbrett umdrehen, als die Kundin sich umentschied. »Habe ich erwähnt, dass es ein ganz spezielles Zimmer sein muss?«

Clotilde verharrte in der Bewegung. »Wie bitte?«

»Meine Freundin war begeistert von dem Raum, in dem sie hier so wundervolle Tage und Nächte verbracht hatte. Die Einrichtung, der Ausblick, einfach alles hat ihr überaus gut gefallen.« Sie ließ erneut die Wimpern klimpern. »Dieses Zimmer möchte ich. Genau dieses und kein anderes.«

Clotilde atmete tief ein und wieder aus. Ruhig Blut, redete sie sich ein. »Ich muss nachsehen, ob der entsprechende Raum überhaupt frei ist. Hat Ihnen Ihre Freundin denn die Zimmernummer mitgeteilt?«

»Aber natürlich hat sie das. Diese Zahl hat sie sich fest eingeprägt, denn wenn sie mal wieder ins schöne Rebenheim kommt, möchte sie sich dort auf alle Fälle einquartieren.«

»Also? Die Nummer bitte.«

Die Frau trieb ihr aufgesetztes Gehabe auf die Spitze, indem sie ihre nobel aussehende Handtasche umständlich und wortreich nach einer Notiz absuchte. »Damit ich die Nummer nicht vergesse, habe ich sie extra notiert. Jetzt muss ich sie nur noch finden. Wo habe ich den Zettel bloß hingesteckt? Wo kann er nur sein?«

Endlich fand sie das gesuchte Blatt Papier, hielt es in die Höhe und las die Zimmernummer vor.

Als Clotilde die Zahl hörte, fuhr ihr der Schreck in die Glieder. Für die Gäste in der *Winstub* hatte sie mit einem Mal keinen Gedanken mehr übrig.

Die Radlertruppe löste sich auf, kaum dass sie durchs Stadttor gerollt war.

»*Salut!*«, riefen sich die Männer zu, um nach Hause zu fahren. Einzig Jules und Lino, auf die an diesem Abend niemand mehr wartete, blieben zurück und ließen ihre Fahrräder wenige Meter hinter dem Torbogen ausrollen. Mittlerweile war die Dämmerung weit fortgeschritten, aber in seine leere Wohnung zog es Jules noch lange nicht.

»Was ist?«, fragte er. »Kehren wir irgendwo ein? Wir könnten die neue Bar an der Rue de Strasbourg ausprobieren.«

Lino zog seine Mundwinkel nach unten. »Da kriegst du mich nicht rein.«

Jules wunderte sich über die herbe Abfuhr. »Warum denn nicht? Soll recht nett dort sein.«

»Da verkehrt bloß Schickimicki-Publikum.«

»Ach, wirklich?«

»Wie man hört, wurde Rocca dort gesichtet«, begründete Lino seine ablehnende Haltung. »Wo Rocca ist, gibt es keinen Platz für mich.«

Jules stieg von seinem Rad, schob es bis direkt neben das seines Freundes und sah ihm tief in die Augen. »Hand aufs Herz: Womit hat dich Frédéric Rocca damals so sehr geärgert, dass du es ihm noch immer krummnimmst? Es ging um eine Frau, richtig?«

Lino stierte auf den Boden und grummelte vor sich hin.

»Hat er dir deine erste große Liebe abspenstig gemacht?«, sprach Jules die Vermutung aus, die er bereits eine Weile hegte.

Darauf sah Lino ihn giftig an. »Du bist ein schrecklicher Quälgeist, Jules. Du verstehst es, einen immer dort zu treffen, wo es am meisten schmerzt.« Er holte tief Luft. »Also gut. Da du sonst ja keine Ruhe geben wirst, sollst du es wissen.« Er setzte sich zurück auf seinen Sattel und nickte Jules auffordernd zu. »Machen wir einen kleinen Abstecher!«

Jules schwang sich wieder aufs Rad und fuhr Lino hinterher. Dieser lenkte sein Fahrrad quer über den Place Turenne am *office de tourisme* vorbei bis kurz vor die Rue de Muscat. Dort verlangsamte er das Tempo, um vor einem handtuchschmalen Haus stehen zu bleiben. Der Fachwerkbau, dessen verputzte Flächen in einem blassen Violett gestrichen waren, machte einen liebevoll gepflegten Eindruck. Der für diese Gegend obligatorische Blumenschmuck vor den Fenstern wirkte penibel zurechtgemacht. Auch sorgsam ausgewählte Accessoires wie eine bepflanzte Blechkanne und eine kleine, mintgrün gestrichene Sitzbank bestärkten den Eindruck, dass hier jemand sein Heim mit viel Hingabe hergerichtet hatte. Jules vermutete, dass dieses Haus schon als Fotomotiv für etliche Touristen gedient hatte.

»*Voilà*«, sagte Lino und hob huldigend den Arm. »Wir sind da. Dort wohnt sie.«

»Wohnt wer?«

»Denk mal scharf nach.«

»Deine Jugendliebe?«, fragte Jules erstaunt darüber, dass er wirklich richtig getippt hatte.

»Marisa war ein flotter Feger. Ich bin nicht der einzige Neuntklässler gewesen, der sich in sie verguckt hatte. Aber ich war es, den sie ausgewählt hatte.« Ein seltenes Strahlen legte sich über sein wettergegerbtes Gesicht. »Fast ein Jahr ist sie mit mir gegangen. Für mich war sie die ganz große Liebe.«

»Was passierte nach diesem Jahr im siebten Himmel?«

Das Strahlen verschwand, als Lino einen Fuß zurück aufs Pedal setzte. »Rocca konnte es nicht ertragen, wenn einer seiner Klassenkameraden mehr Erfolg bei den Weibern hatte als er selbst. Er ist so lange um Marisa herumscharwenzelt, bis sie weich wurde. Dabei hat er niemals echte Gefühle für sie gehegt, es ging ihm einzig und allein darum, sie mir auszuspannen, um zu beweisen, was für ein toller Kerl er ist.«

»Woher willst du wissen, dass er deine Marisa nicht ebenso lieb gehabt hatte wie du?«, fragte Jules unbedarft, was ein zorniges Funkeln ins Linos Augen auslöste.

»Weil er keine Woche danach mit ihr Schluss gemacht hat, der Schuft! Er hat sie ausgenutzt, aber anstatt dass Marisa ihn danach hasste, lief sie ihm weiter hinterher. Wie erniedrigend!«

»Nun, was soll ich sagen? So spielt das Leben.«

Lino spuckte auf den Boden und löste seine Bremsen. »Mir reicht es für heute. Geh allein in die neue Bar, wenn du magst. Mir ist der Spaß daran vergangen.«

Ehe Jules auch nur die Chance hatte, etwas darauf zu entgegnen, sauste Lino davon und verschwand um die Ecke.

Ziemlich verdattert blieb Jules zurück. Dass sich Lino nach so vielen Jahren dermaßen in seinen Ärger über das abrupte Ende einer Liebelei hineinsteigern konnte, stimmte ihn nachdenklich. Hieß es nicht, dass die Zeit alle Wunden heilt? Andererseits gab es auch den Spruch: Alte Liebe rostet nicht. Von daher mochte Linos Aversion gegen Rocca nicht ganz abwegig sein.

Als Jules nach Hause in seine neue Stadtwohnung kam, wurde er erwartet. Clotilde saß im Treppenhaus. Zu ihren Füßen stand ein großer Korb mit Töpfen und Schüsseln. Jules zog aus diesem Bild seine Schlüsse: Die um sein Wohl besorgte Wirtin hatte für ihren einstigen Dauergast Elsässer Leckereien aus der Hotelküche abgezweigt, nachdem ihr zu Ohren gekommen war, dass bei ihm an diesem Wochenende keine Frau am Herd stand.

Doch da war noch ein anderer Grund, aus dem sie ihn zu so fortgeschrittener Stunde aufsuchte. Jules sah es ihr an der Nasenspitze an, dass Clotilde etwas unter den Nägeln brannte. Also schloss er auf und ließ den späten Gast ein.

Ruck, zuck hatte Clotilde eine Decke über den kleinen Küchentisch geworfen und Messer und Gabel bereitgelegt. Sie platzierte Jules an der Stirnseite, drapierte eine Stoffserviette auf seinen Knien und machte sich daran, die mitgebrachten Speisen anzurichten. Zum Auftakt setzte sie ihm eine Porzellanterrine vor, aus der es würzig frisch duftete.

»Geeistes Gurkensüppchen mit Kreuzkümmel und Dill.«

Kaum hatte Jules den Löffel beiseitegelegt und sich die Mundwinkel abgetupft, folgte der nächste Gang:

eine handwarme Zucchini-Fenchel-Tarte, auf die Clotilde geraspelte Körner aus einer eigens mitgebrachten Pfeffermühle rieseln ließ.

Nachdem sie sicher sein konnte, dass es Jules mundete, schien sie sich zu entspannen. Sie ließ sich an seiner Seite nieder und sagte: »Ich habe noch einmal nachgedacht.«

»Worüber haben Sie nachgedacht?«, fragte Jules und schwelgte. Es schmeckte ihm wirklich ausgezeichnet.

»Über Monsieur Schwan.« Ehe Jules Einwände erheben konnte, fuhr sie fort: »Ja, ja, ich weiß, dass das nicht Ihr Fall ist. Trotzdem bin ich davon überzeugt, dass es Ihnen nicht gleichgültig ist, was in Rebenheim vor sich geht. Sonst hätten Sie sich ja nicht sein Zimmer angesehen, oder?«

Das letzte Wort betonte Clotilde so auffällig, dass Jules nicht anders konnte, als ihr recht zu geben. »Selbstverständlich möchte ich im Bilde sein über alles, was sich in der Stadt tut. Zumal wenn es im Zusammenhang mit einem Verbrechen steht.« Er hob seinen Blick vom Teller. »Also? Wo drückt der Schuh?«

»Mir ist etwas Wesentliches eingefallen!«, platzte es nun aus ihr heraus. »Etwas, das Ihnen weiterhelfen kann.«

Jules musterte sie neugierig. Auf was mochte seine rührige Wirtin gestoßen sein? Eine neue Spur?

Statt mit ihrer Entdeckung herauszurücken, berichtete Clotilde recht umständlich von Schwans Zeit in ihrer *Auberge*. Angefangen beim Tag seiner Anreise, die Tage dazwischen und schließlich über das letzte Mal, dass sie ihn lebend zu Gesicht bekommen hatte.

»Die Begegnungen mit ihm habe ich mir wieder und

wieder vor Augen geführt und versucht, mich dabei an Details zu erinnern. Sie sagen doch immer, dass es oftmals die kleinen Dinge sind, die den entscheidenden Ausschlag geben, richtig?«

»Richtig«, bestätigte Jules, der merkte, wie ihn die späte Mahlzeit müde machte und dass er sich eigentlich nur noch auf eine Dusche und danach sieben Stunden Nachtruhe freute.

»Zuerst ist es mir nicht aufgefallen. Weil ich ja nicht darauf geachtet hatte. Aber dann, als ich nachdachte und versuchte, mich genau zu erinnern, wurde es mir plötzlich klar.«

»Verraten Sie es mir?«, fragte Jules mit anklingender Schläfrigkeit.

»Die Aktentasche!«, rief sie und sah ihn erwartungsfroh an.

Jules, der mit diesem Stichwort nichts anzufangen wusste, erwiderte ihren Blick. »Was ist mit der Tasche?«

»Sie ist weg!«

Noch immer konnte Jules nicht folgen. »Erklären Sie mir das.«

Clotilde wirkte ungeduldig und hielt ihn wohl für begriffsstutzig. »Als Monsieur Schwan bei mir eingezogen ist, führte er neben seiner Reisetasche einen Aktenkoffer mit sich. Am Tag, als er zum letzten Mal die *Auberge* verließ, trug er nichts bei sich. Also weder die Reisetasche noch die Aktenmappe.«

»Richtig, die Reisetasche lag ja noch offen auf seinem Bett«, erinnerte sich Jules.

»Genau!«, bestätigte sie eifrig. »Nicht aber das Köfferchen. Es war nicht mehr da. Wenn er es beim letzten Mal nicht mitgenommen hatte, es aber auch nicht mehr im Zimmer liegt, muss man sich doch fragen, wo es abgeblieben ist.«

Jules strengte sich an, um die Eindrücke, die er von der oberflächlichen Untersuchung des Raums im Gedächtnis behalten hatte, wachzurufen. Auch er konnte sich nicht entsinnen, eine Aktentasche gesehen zu haben. Weder auf oder neben dem Schreibtisch noch auf der Kommode oder im Kleiderschrank. Da er auch einen Blick unters Bett geworfen hatte, schied diese Ablagemöglichkeit ebenfalls aus.

Somit könnte Clotilde tatsächlich auf einen bedeutenden Hinweis gestoßen sein. Denn daraus ergaben sich die Fragen, was der Koffer enthalten haben könnte und wer die Gelegenheit hatte, ihn sich anzueignen.

»Ich gehe davon aus, dass Sie Ihre Beobachtung bereits Commissaire Hervé gemeldet haben?«, fragte Jules, obwohl er genau wusste, dass das nicht der Fall war. Doch er musste sichergehen, um zu wissen, auf welchem Stand die Police nationale mittlerweile war. »Der Kollege hatte Sie sicherlich gebeten, sich bei ihm zu melden, wenn Ihnen etwas einfällt.«

Clotilde sah ihn trotzig an. »Ich wende mich hiermit an den Gendarmerie-Vorsteher meiner Stadt. Damit habe ich meiner Bürgerpflicht Genüge getan.«

»Schon gut, schon gut, das geht in Ordnung«, wiegelte Jules ab. »Sollte diese Aktentasche von Belang sein, übernehme ich es, Hervé in Kenntnis zu setzen.«

Clotilde schien zufrieden. »Möchten Sie noch mehr wissen?«, fragte sie versöhnlich.

»Ja. Hatte außer Schwan jemand anderes Zutritt zu dem Zimmer?«, erkundigte sich Jules, dessen Müdigkeit inzwischen verflogen war.

»Nein. Niemand außer Magda.«

»Magda?«

»Unser Zimmermädchen. Sie kennen sie doch.«

Das Wort Mädchen war nicht mehr ganz zutreffend, dachte Jules schmunzelnd, als er an die immer etwas mufflig auftretende Hausdame dachte, die auch seinen Raum in Schuss gehalten hatte. Sie gehörte zur *Auberge* wie die vielen antiken Einrichtungsgegenstände und war ganz sicher kein Langfinger. Dass Magda etwas mit dem Verschwinden der Aktentasche zu tun haben könnte, schloss er kategorisch aus.

»Sonst noch jemand?«, erkundigte er sich.

»Nein.« Clotilde schüttelte den Kopf. »Nur Sie und ich, aber als wir uns im Zimmer umgesehen hatten, da war das Köfferchen ja schon weg.«

»Könnte sich jemand den Schlüssel aus der Rezeption besorgt haben, ohne dass Sie es bemerkt hätten?«

»Nein«, entgegnete Clotilde entschieden. »Das geht nicht, denn dann hätte derjenige hinter den Tresen treten müssen, sonst wäre er nicht ans Schlüsselbrett gekommen. Damit hätte er eine Klingel ausgelöst, woraufhin Pierre oder ich zur Stelle gewesen wären.«

»Wenn das so ist, verstehe ich nicht, wie es jemand bewerkstelligt haben könnte, in Schwans Zimmer einzudringen und den Koffer zu stehlen – es sei denn, er wäre durchs Fenster gestiegen.«

Jules widmete sich wieder seinem Essen und schenkte sich dazu – zum Missfallen der passionierten Weißwein-Sympathisantin Clotilde – ein Gläschen Rotwein ein. Beide spekulierten dabei eifrig weiter über das mysteriöse Verschwinden der Aktentasche, bis Jules sein mitternächtliches Mahl beendete und Clotilde die mitgebrachten Töpfe und Schüsseln zusammenräumte.

Sie hatte ihren Weidenkorb gepackt und stand bereits in der Tür, als sie innehielt. »Da ist noch etwas, das Sie interessieren könnte.«

»Und das wäre?«

»Heute war jemand bei mir und wollte in Schwans Zimmer.«

»Wieder die Police nationale?«, vermutete Jules.

»Nein, nein«, sagte Clotilde. Ihr Gesicht verdunkelte sich. »Eine unangenehme Person. Aufgetakelt, als wollte sie fein ausgehen in einem dieser Nobeletablissements in Strasbourg. Und von einer Arroganz – unmöglich.«

»Die Rede ist von einer Dame?«, schlussfolgerte Jules aus ihren Worten.

»Dame?«, wiederholte Clotilde despektierlich. »Wenn Sie es so ausdrücken wollen, soll es mir recht sein. Für meine Begriffe hat eine wahre Dame weitaus mehr Format und ein Gespür für Höflichkeit.«

»Nun gut«, ging Jules darüber hinweg. »Sie kam also als Gast und verlangte nach Schwans Zimmer. Ich nehme an, Sie haben ihr gesagt, dass dieser Raum momentan nicht zur Verfügung steht.«

»Ja, natürlich! Ich habe ihr klarzumachen versucht, dass sie gern ein anderes Zimmer haben könnte, aber nicht dieses.« Clotilde schüttelte heftig den Kopf in Erinnerung an das Gespräch mit der Kundin. »Doch sie blieb partout bei ihrem Wunsch, diesen einen Raum zu wollen und sonst keinen. Richtig pampig ist sie geworden, als ich bei meinem Nein geblieben bin.«

»Wie sind Sie beide am Ende auseinandergegangen?«

»Sie bat mich, ob sie nicht wenigstens einen Blick in das Zimmer werfen könnte, aber auch das musste ich ablehnen. Denn die Police nationale hat den Raum ja noch nicht freigegeben. Also verwehrte ich ihr diesen Wunsch, woraufhin sie schimpfend wie ein Rohrspatz die *Auberge* verließ.« Zornig fügte Clotilde hinzu: »Sie bezeichnete uns Elsässer als Sturköpfe und Bauerntrampel.« Daraus, ihrer Kleidung und aus ihrer herablassenden Art zog Clotilde den Schluss, dass es sich bei der Frau um eine Pariserin gehandelt haben musste.

Jules ließ sich eine Beschreibung der Frau geben und folgerte daraus, dass es sich um dieselbe Person drehen könnte, mit der Jürgen Schwan beim Essen im Restaurant *Les Trois Châteaux* gestritten hatte. Auch das Temperament der Dame, so wie Clotilde es beschrieben hatte, sprach für diese These.

Es wurde Zeit, dass er diese Frau aus Schwans Umfeld zu Gesicht bekam, dachte Jules und verabschiedete Clotilde an der Wohnungstür. Gleich danach griff er zum Telefon, um Joanna eine gute Nacht zu wünschen und sie auf den neuesten Stand zu bringen.

Lino hatte keine Ruhe finden können, zu sehr hatte ihn das Gespräch mit Jules vor Marisas Haus bewegt. Aber auch sonst wäre bei ihm an Schlaf noch lange nicht zu denken. Der Fluch des Alters. Wie hatte es sein Hausarzt neulich formuliert: Er leide an seniler Bettflucht. Ha! Wenn das so war, dann würde er einfach das Beste daraus machen. Bloß was?

Inzwischen ärgerte er sich darüber, dass er nicht doch mit Jules in die neue Bar eingekehrt war. Nun blieb er auf sich allein gestellt. Er musste sehen, was er mit dem kleinen Rest dieses Abends anfangen konnte, und da kam für ihn nur eine Adresse infrage. Also besuchte Lino um halb eins noch einmal die *Brasserie Georges*. Dort, wo er sonst im Kreise seiner Radsportfreunde trank und Sprüche klopfte.

»Wir schließen gleich«, belehrte ihn Georges, der gerade die Barhocker auf den Tresen stellen wollte.

»Ein Bier wird noch drin sein, oder?«, fragte Lino und setzte sich an einen der Tische.

Der Wirt willigte grummelnd ein und legte die Hand an den Zapfhahn, da öffnete sich die Tür. Ein zweiter später Gast betrat den Raum. Mit einem genuschelten »*Bonsoir*« hielt er geradewegs auf die Bar zu.

Lino beobachtete den Neuankömmling und spürte, wie sich sein Brustkorb zusammenschnürte. Ihm war mit einem Mal ganz seltsam zumute, und so etwas wie ein Fluchtinstinkt wurde in ihm wachgerufen. Seine inneren Stimmen erhoben sich und forderten ihn dazu auf, die *Brasserie* auf dem kürzesten Weg zu verlassen: Bloß fort von hier. Schnell!

Doch statt auf sein Unterbewusstsein zu hören, seine Bestellung sausen zu lassen und zu verschwinden, regte sich gleichzeitig ein unerwarteter Widerstand in ihm. Lino hielt es für falsch, einfach den Schwanz einzuziehen und das Feld zu räumen – denn das käme einer Wiederholung seines früheren Verhaltens gleich. Damals war er gekränkt, verletzt und wohl auch feige gewesen. Er hatte nicht den Mut aufgebracht, sich demjenigen entgegenzustellen, der ihm seine Liebste genommen hatte. Heute aber, als reifer und gestandener Mann, gab es keinen echten Grund mehr dafür, sich der Konfrontation durch Flucht zu entziehen. Nein, überlegte Lino, diesmal würde er den Konflikt suchen und ihn ausfechten. Schließlich wollte er in seinen alten Tagen nicht mehr davonlaufen müssen, schon gar nicht in seiner eigenen Stadt.

Der Entschluss war gefasst! Lino holte tief Luft, stand auf und ging auf den einzigen anderen Gast zu. Er setzte sich neben den Mann an die Theke und sprach ihn an: »Habe ich es mir doch gedacht, dass du es bist.«

Keinerlei Reaktion.

»Ich habe dich hereinkommen sehen.«

Noch immer nichts.

»Dein typischer Gang – leicht gebeugt, die Arme immer mit etwas Abstand vom Körper. Wie ein Ringer. Unverkennbar. Da nützen dein Panamahut und der hochgeschlagene Kragen wenig.«

Der Angesprochene schaute Lino noch immer nicht an, sondern gab dem Barkeeper einen Wink, woraufhin dieser Lino das gleiche Getränk hinstellte, das er selbst geordert hatte: einen Cognac. Den teuersten, den Georges auf Lager hatte.

»Lino Pignières, richtig?«, brummte der Gast und ließ sein Glas gegen das von Lino klirren. »Wie viele Jahre ist das her? Vierzig…? Fünfzig Jahre?«

»Das reicht nicht. Aber immerhin hast du nicht vergessen, wer ich bin.« Lino stürzte den Cognac hinunter. Das brauchte er jetzt.

»Wie könnte ich?«, fragte der andere und schnipste mit den Fingern, woraufhin Georges Lino nachschenkte.

»Dann erinnerst du dich sicher auch an *sie*.« Linos Stimme klang schärfer als beabsichtigt. Das ärgerte ihn, denn er wollte sich nicht schon am Anfang des

Gesprächs anmerken lassen, wie sehr ihn die alte Geschichte aufwühlte.

»Nimmst du es mir etwa immer noch übel, dass ich sie dir ausgespannt habe?«

Nun konnte Lino nicht damit zurückhalten: »Sie war meine erste große Liebe und für dich bloß ein Abenteuer. Eines von vielen.«

»Ich bitte dich, Lino. Wir waren damals halbe Kinder. Ich kann mich nicht einmal an ihren Namen entsinnen.«

»Marisa hieß sie. Ein schöner Name. Wie kann man den vergessen?«

Der Mann winkte Georges und orderte auch für sich einen zweiten Cognac. »Tu mir einen Gefallen und trag es wie ein echter Kerl. Kein Streit wegen einer solchen Lappalie. Ich möchte nicht, dass jemand auf mich aufmerksam wird.«

»Oho, der Herr ist inkognito unterwegs. Daher der Hut und die späte Uhrzeit.« Lino konnte sich ein verächtliches Lachen nicht verkneifen. »Wir sind die letzten beiden Gäste. Du läufst keine Gefahr, dass dich irgendjemand erkennen und dich mit Autogrammwünschen belästigen könnte. Außer uns weiß es jetzt bloß Georges – und der hält als guter Barmann dicht.«

Georges, der erst jetzt begriff, wem er gerade die Cognacs serviert hatte, nickte ehrfurchtsvoll.

»Dann ist ja alles gut«, meinte Frédéric Rocca, hob sein Glas und sah Lino das erste Mal in die Augen.

Auch Lino nahm sein Glas auf und führte es zu seinen Lippen. Doch dann setzte er es ab und ließ es auf die Theke knallen. So heftig, dass die Hälfte des teuren Getränks verschüttet wurde. Er schob den Barhocker zurück und stand auf. »Dieser Cognac ist nicht mein Fall«, log er und wandte sich ab. »Er hat einen schalen Nachgeschmack.«

Ohne ein weiteres Wort zu verlieren, ging er zur Tür.

Hinter sich hörte er, dass auch Rocca aufstand und Georges zuraunte: »Schreiben Sie den Cognac für mich an. Ich komme jetzt öfter vorbei.«

LE CINQUIÈME JOUR

DER FÜNFTE TAG

Am Sonntag war Jules deutlich früher auf den Beinen, als er sich das vorgestellt hatte. Es war noch keine neun, da klingelte Joanna ihn aus dem Schlaf. Er öffnete ihr mit nichts am Leib außer Boxershorts und Viertagebart.

»Waren wir nicht erst heute Nachmittag verabredet?«, wunderte er sich und rieb sich verschlafen die Augen. »Oder ist das ein Test? Willst du prüfen, ob du mich mit einer anderen im Bett überraschst?«

Joanna zupfte ihn am zerzausten Haar und ließ ihren Blick auf seine ausgeleierte Hose wandern, die mit Motiven aus der Comicreihe *Tintin* bedruckt war. »Du musst dir ja eine besonders junge Geliebte ausgesucht haben – eine mit Vorliebe für *Tim und Struppi*.«

»Für die beiden kann man sich durchaus noch als Erwachsener begeistern«, rechtfertigte sich Jules.

Joanna quittierte das mit einem schnellen Lächeln und drängte sich an ihm vorbei in die Wohnung. In der – unaufgeräumten – Küche ging sie unruhig auf und ab. Es war ihr anzumerken, dass sie etwas oder jemand auf die Palme gebracht hatte. Sie stand gehörig unter Dampf.

»Ich bin sauer, Jules. Richtig sauer!«

»An mir kann's nicht liegen – oder?«, fragte Jules mit übertriebenem Augenaufschlag.

Joanna beruhigte sich etwas, küsste ihn auf die Wange und strich ihm dabei zärtlich über den Nacken. »Nein, es geht um Albert Hervé. Und wenn du es erfährst, wirst du mindestens genauso mürrisch sein.«

Jules überlegte für den Moment, ob er sich diesen jungfräulichen und noch dazu dienstfreien Sonntag dadurch verleiden lassen sollte, indem er Joanna zuhörte. Stattdessen könnte er die augenblickliche Nähe zu ihr nutzen, um sie fest zu umarmen, zu liebkosen und auf direktem Weg ins Bett zu verfrachten. Die Tür zum Schlafzimmer stand offen, und er war zuversichtlich, Joanna auf andere Gedanken bringen zu können. Doch seine Neugierde siegte.

»Was hat Hervé getan?«, sprudelte es aus ihm heraus.

»Er hat uns hintergangen. Hinters Licht geführt!« Joanna kochte vor Wut, als sie Jules erklärte, dass Hervé zwar federführend im Fall Schwan sei und in Abstimmung mit dem zuständigen Strasbourger Untersuchungsrichter schalten und walten konnte, wie er wollte, es aber klar definierte Grenzen gebe. »Wenn er hier bei uns seine Amtsgewalt ausübt und eine Verhaftung vornimmt, muss er die örtlichen Instanzen in Kenntnis setzen. Doch das hat er nicht getan. Hervé nimmt sich heraus, ohne jede Rücksprache zu handeln und uns vor vollendete Tatsachen zu stellen.«

»Moment, Moment«, ging Jules dazwischen. »Verstehe ich das richtig? Hervé hat jemanden verhaftet? In Rebenheim?« Er sah sie aus großen Augen an. »Wen denn? Etwa diesen flüchtigen Exknacki Gilles Conrad?«

»Nein. Bernard Dubois!«, rief Joanna aufgebracht aus. »Hervé und seine Leute haben ihn sich geschnappt. Gestern Vormittag, mitten in Rebenheim! Das Ganze muss sich quasi vor unseren Augen abgespielt haben, ohne dass wir etwas bemerkten. Die Verhaftung fand auf dem Wochenmarkt statt, ungefähr zur selben Zeit, als wir vorm Café saßen. Nur durch Zufall habe ich heute davon erfahren – fast vierundzwanzig Stunden später.« Sie stampfte mit dem Fuß auf. »Hervé wagt es, in meinen Bereich hineinzupfuschen. Der soll mich kennenlernen!«

Jules musste Joanna recht geben: Das war ein starkes Stück. Vor allem die mangelnde Absprache regte ihn auf, obwohl er sich eingestehen musste, dass er mit Hervé ja nicht anders umgesprungen war und ihn über vieles im Unklaren gelassen hatte.

Joannas zornigen Auftritt, ihre glühenden Wangen und emotionales Gebaren, fand er auf gewisse Weise aber auch fesselnd. Er konnte sich nicht helfen, doch je mehr sie sich echauffierte, desto attraktiver wurde sie für ihn. Schließlich hielt er sie am Handgelenk fest, zog sie dicht an sich heran und verriet ihr seine Gedanken.

Joanna starrte ihn an. »Du findest es sexy, wenn ich mich aufrege? Ich werde dir gleich zeigen, was sexy ist!«

Doch statt auf seine Emotionen einzugehen, legte sie sich einen Plan zurecht, wie sie es dem ignoranten Kommissar heimzahlen könnte. »Ich werde Hervé in seine Schranken weisen. Und du wirst mir dabei helfen!«

»Wie sollen wir das anstellen? Immerhin handelt Hervé im offiziellen Auftrag.«

»Ganz einfach«, triumphierte Joanna. »Indem ich dich mit sofortiger Wirkung ebenfalls höchst offiziell ermitteln lasse.« Ihre Augen sprühten vor Entschlossenheit, als sie ihn in ihre spontan erdachten Planungen einweihte. »Im Mordfall Schwan darfst du nicht tätig werden, so sind nun mal die Regeln. Wohl aber in der Aufklärung des Diebstahls.«

Jules konnte nicht folgen. »Welcher Diebstahl?«

»Als wir gestern Abend telefonierten, hast du mir von der Aktentasche erzählt, die Clotilde als vermisst gemeldet hat. Offenbar ist sie ja aus dem Hotelzimmer entwendet worden. Wenn in Rebenheim Einbrecher unterwegs sind, fällt das eindeutig in den Zuständigkeitsbereich der Gendarmerie, stimmt's?«

»Stimmt.«

»Das bedeutet, dass du Schwans Umfeld von jetzt an in amtlicher Mission durchleuchten und sogar deine Mitarbeiter einspannen darfst, ohne dass dir daraus jemand einen Strick drehen kann.«

Ein Lächeln schmuggelte sich auf Jules' Gesicht. »Mit anderen Worten …«

»Mit anderen Worten: Hervé kann uns mal!«, führte Joanna seinen Satz zu Ende.

Jules konnte sich mit diesem Gedanken sehr schnell anfreunden. Mit der verschwundenen Aktentasche als Vorwand standen ihm endlich alle Wege offen, um seine Ermittlungsarbeit uneingeschränkt aufnehmen zu können. Gleich morgen würde er Lautner und Kieffer mit ins Boot holen, womit er seine Kapazitäten mit einem Schlag verdreifacht hätte.

Noch während er in Gedanken die montägliche Lagebesprechung in der Gendarmerie durchging, fühlte er Joannas Hand zwischen seinen Schulterblättern und spürte den gleichzeitig sanften wie festen Druck, mit dem sie ihn aus der Küche ins Schlafzimmer dirigierte.

Mittags war Joanna noch immer voller Tatendrang. Nun allerdings wieder in dienstlichen Belangen: Im Fall Schwan schien sie Feuer gefangen zu haben, denn sie drängte Jules – der nichts dagegen einzuwenden gehabt hätte, den Rest des Tages in den Federn zu liegen –, sich um das Motiv von Schwans Mörder zu kümmern. Auch ihrer Meinung nach musste dieses in irgendeiner Weise mit dem Thema Gold zu tun haben. Und da sie an Dubois und seine Kenntnisse momentan nicht herankam, zauberte sie eine weitere Wissensquelle aus dem Hut.

»Wir müssen nach Sentheim!«, bestimmte sie. »Dort kennen sie sich bestens mit Vogesengold aus.«

»Sentheim?« Dieser Ort war Jules in seiner kurzen Zeit im Elsass noch nicht untergekommen.

»Eine knappe Stunde die D83 entlang in Richtung Belfort. Schlappe siebzig Kilometer, gerade richtig für einen Sonntagsausflug.«

»Wenn du am Steuer sitzt, schaffen wir die Strecke in einer halben Stunde«, spielte Jules auf Joannas temperamentvolle Fahrweise an und stimmte ihrem Plan zu.

Tatsächlich brauchten sie genau fünfundvierzig Minuten von Rebenheim bis in das südelsässische Städtchen. Ins örtliche Geologische Museum, wo es schimmernde Quarze in beachtlicher Größe, violette Fluoritwürfel, verwegen gemusterte Achate und zahllose andere

Mineralien zu bewundern gab, kamen sie gerade rechtzeitig, um sich einer Goldwäscher-Exkursion anschließen zu können. Ausgerüstet mit einer Art Schöpfpfanne und Sieb, geleitete sie ein ehrenamtlich tätiger Dozent an den Fluss Doller, ein nicht allzu breiter Strom, der nahe dem Baerenkopf in den Südvogesen entsprang und bei Mulhouse in die Ill mündete.

Während die anderen Teilnehmer, eine Touristengruppe aus Japan, mit Gummistiefeln und Regenjacken ausgerüstet waren, mussten sich Joanna und Jules damit behelfen, barfüßig und mit hochgekrempelten Hosenbeinen auf Goldsuche zu gehen.

»Ob wir wirklich was finden?«, fragte Joanna, die ihren Vorschlag zur Teilnahme angesichts der niedrigen Wassertemperatur zu bereuen schien.

»Versuchen wir es einfach!«, meinte Jules guter Dinge.

Der Dozent, der sich mit seinem Vornamen Charles bei ihnen vorstellte, war im Hauptberuf wahrscheinlich als Lehrer an einem *collège* tätig. Jules folgerte das aus der Art, mit der der hochgewachsene, straff gescheitelte Mittdreißiger sie durch seine schwarz geränderte Brille ansah: als blicke er auf eine unkonzentrierte Schülerschar und warte nur darauf, jemanden ermahnen zu müssen.

Charles erklärte gerade die Handhabung ihrer Goldwäscherausrüstung, da kamen schon erste Jubellaute eines vorschnellen Japaners auf. Voller Stolz zeigte er seine Goldwaschpfanne, in der es glänzte. Der Dozent belehrte den übereifrigen Teilnehmer, dass er lediglich ein Stück Kupferdraht aufgefischt habe, ermutigte ihn jedoch zum Weitermachen.

Die noch immer kräftige Spätsommersonne brannte Jules im Nacken, während er seine Pfanne zum wiederholten Mal durch die Strömung zog. In regelmäßigen Abständen kontrollierte er die Ausbeute, die im Wesentlichen aus gröberen Sandkörnern und Kieselsteinchen bestand. Hin und wieder schmuggelten sich blau schimmernde Fragmente hinein. Wie Charles erklärte, handelte es sich dabei um Schmelzrückstände einer ehemaligen Eisenerzfabrikation, sogenanntes Kobaltglas. Hübsch anzusehen, aber völlig wertlos.

Jules und Joanna gaben ihr Bestes, jedoch wollte sich bei ihnen das Glück des Goldsuchers auch nach einer Stunde nicht einstellen. Jules' Rücken schmerzte wegen der gebückten Haltung, sodass er sich zur Aufgabe entschied und den Dozenten fragte: »Hat jemals einer Ihrer Kursteilnehmer ein Goldstück gefunden?«

»Ja, das kommt immer wieder vor«, erwiderte Charles. »Vielleicht nicht gerade ein Nugget, aber Goldflitter von einigen Millimetern Größe sind keine Seltenheit.«

»Millimeter?«, wiederholte Jules entgeistert und versuchte zu errechnen, wie lange es brauchen würde, bis er es auf diese Weise zum Millionär bringen würde.

Dozent Charles fühlte sich offenbar verpflichtet, die Zweifel seines enttäuschten Kursteilnehmers zu zerstreuen. »Nur nicht aufgeben! Die Vogesen sind bekannt für ihre Goldvorkommen.«

»Ist das wirklich so? Wie wahrscheinlich sind heutzutage nennenswerte Goldfunde im Elsass? Bestehen überhaupt noch Chancen, auf eine ergiebige Quelle zu stoßen?«

Angesichts von Jules' sehr konkreter Nachfrage musste

Charles zurückrudern: »Eher unwahrscheinlich, wenn auch nicht hundertprozentig ausgeschlossen.«

»Wie ist das Gold hier überhaupt hergekommen, wie ist es entstanden?«, erkundigte sich Jules, der sich weitere für ihn hilfreiche Hinweise erhoffte. »Man hat mir bereits erklärt, dass es im Laufe der Zeit aus der Tiefe an die Oberfläche getrieben und von dort ausgespült worden ist. Aber wie genau dieser Prozess abläuft, kann ich mir beim besten Willen nicht vorstellen.«

»Dazu gibt es verschiedene Theorien. Eine Möglichkeit sind Goldquarzgänge, die verwittern, zum Beispiel durch Frostsprengung, und das Gold freigeben. Da Gold schwerer ist als die meisten anderen gleich großen Minerale, reichert es sich in Vertiefungen von Bächen und Flüssen zu sogenannten Seifen an und bleibt zwischen größeren Steinen mit geringerem spezifischem Gewicht liegen. Die anderen, leichteren Partikel werden weiter fortgeschwemmt.«

»Könnte sich die systematische Förderung von Goldpartikeln lohnen, wenn man das geeignete technische Verfahren dafür entwickeln würde?«

»Das existiert ja schon. In Kiesgruben am Rhein wird in einigen Fällen etwas Gold gewonnen, aber nicht als Hauptrohstoff und nicht in großen Mengen.« Schmunzelnd fügte Charles hinzu: »Es kann schon mal für einen Kettenanhänger reichen.«

»Dann müsste man wohl doch besser direkt an der Quelle suchen, also tief im Gestein der Vogesen.«

»Niemand macht sich hier mehr die Mühe, bergmännisch Gold zu schürfen«, winkte Charles ab. »Wenn überhaupt, sind Edelmetalle eher zufällig in Lagerstätten anzutreffen, in denen eigentlich Blei und andere Erze abgebaut werden.«

»Gibt es denn noch Vorkommen, die dafür infrage kämen?«

»Immer mal wieder werden Rohstoffquellen gefunden, die untersucht werden«, erläuterte Charles. »Sind sie wirtschaftlich abbaubar, werden Vorkommen zu Lagerstätten. Meistens bleibt es jedoch bei einzelnen Fundpunkten, die nur für Wissenschaftler und Sammler interessant sind. Bieten sie einen besonderen Einblick in die Erdgeschichte oder die Geologie, können sie als Geotope unter Schutz gestellt werden.«

»Im Großen und Ganzen ist das Thema Vogesengold also eher etwas für Hobbymineralogen, oder?«, folgerte Jules.

»Was zählt, ist der Spaß an der Freude!«, versuchte Charles, ihm den wahren Reiz an der Sache klarzumachen. »Niemand von uns erwartet ernsthaft einen kapitalen Goldfund. Das wäre eine utopische Vorstellung.«

Jules wechselte einen skeptischen Blick mit Joanna. Unter ihnen schien Einigkeit darüber zu bestehen, dass sie am Thema Gold als Tatmotiv noch arbeiten mussten.

Die Vorbereitungen waren fast abgeschlossen. Dank seiner Beobachtungen wusste Gilles Conrad genug über sein Zielobjekt, um seinen Coup in Kürze durchziehen zu können. Seine wichtigste Erkenntnis: Frédéric Rocca war ein Gewohnheitstier. Zwar stellte er sich nach außen hin gern als unkonventionellen Star und Lebemann hin, der gern mit Regeln brach und sich nichts und niemandem unterordnete. Gleichwohl entsprach sein immer gleicher Tagesablauf der Präzision eines Uhrwerks und war fast ein wenig spießig. Während seines Aufenthalts im Schlosshotel lief Rocca Tag für Tag zur gleichen Zeit einige Runden durch den Park, erschien pünktlich um halb zehn im Frühstückssalon und ließ sich um elf Uhr von einer Limousine abholen, die ihn gegen vierzehn Uhr zurückbrachte. Anschließend blieb Rocca im Hotel, wo er wahrscheinlich ein Mittagsschläfchen hielt, sich im Fitnessraum stählte oder in der Sauna entspannte, bevor er um zwanzig Uhr zum Abendessen in den Speisesaal ging. Seine Begleiterin blieb – bis aufs morgendliche Joggen – stets in seiner Nähe, wobei sie nicht in Roccas Limousine mitfuhr, sondern ihr eigenes Auto benutzte. Hin und wieder folgte ein später Ausflug in die Stadt, wo sich der Altstar – mit Hut und Brille getarnt – einen Schlummertrunk in einer Bar gönnte.

Mittlerweile hatte Conrad auch die hoteleigenen Sicherheitsvorrichtungen so weit ausgespäht, dass seinem Vorhaben nichts mehr im Wege stand. Er würde sich als Techniker ausgeben, die wenigen Kameras vor und im Hotel umgehen und in Roccas Suite eindringen. Das würde er entweder während des Frühstücks tun oder die Zeit nutzen, in der Rocca mit seinem Wagen unterwegs war. Je nachdem, wann die Mädchen vom Zimmerservice kamen.

Conrad durfte auf eine reiche Beute hoffen, denn wie er bei seinen Erkundungstouren festgestellt hatte, benutzte Rocca für seine Wertgegenstände und das Geschmeide seiner Gespielin nicht die Schließfächer hinter der Rezeption, sondern ließ seine Sachen in der

Suite. Selbst wenn er sie dort in einem Zimmersafe deponierte, würde das für ihn kein Hindernis darstellen, denn diese meist einfachen Modelle ließen sich von einem Profi wie ihm innerhalb weniger Minuten knacken. Conrad könnte also zuschlagen. Wenn Rocca an seiner Routine festhielt, vielleicht schon morgen. Einzig der Gärtner bereitete Conrad Kopfzerbrechen. Seitdem der Mann ihn vor einigen Tagen im Park überrascht hatte, hatte Conrad ein schlechtes Gefühl. Bei seinen folgenden Observationen des Schlosshotels war ihm aufgefallen, dass ein Streifenwagen der Police municipale seine Runden drehte. Suchten die *flics* etwa nach ihm, weil der Gärtner ihn angeschwärzt hatte? Das wäre verdammt ärgerlich und könnte seinen ganzen Plan gefährden.

Vielleicht, so überlegte Conrad, hätte er den lästigen Zeugen doch nicht so einfach davonkommen lassen sollen. Vielleicht wäre es besser gewesen, kurzen Prozess zu machen. Ein solcher Gedanke war Conrad nicht fremd. Denn er hatte ja seine Erfahrungen und wusste, wie es sich anfühlt, einen Menschen zu töten. Seine Hemmschwelle war nach dem letzten Mal weiter gesunken.

Der Tag neigte sich seinem Ende zu, als Jules und Joanna wieder in Rebenheim eintrafen. Während Joanna vom Goldwaschen und Autofahren erschöpft war, verspürte Jules den Drang, sich für eine frühabendliche Runde auf sein Rad zu schwingen. Die Luft war klar und frisch und tat ihm gut. Die kleine Tour führte ihn in einer Schleife über benachbarte Weinberge und durchs Südtor zurück in die Stadt.

Mehr oder weniger durch Zufall radelte er an dem hübschen Fachwerkbau vorbei, den ihm Lino am Vorabend als das Haus seiner Jugendliebe vorgestellt hatte. Mit neugierigen Blicken auf die Fenster drosselte Jules das Tempo. Zu gern hätte er die Frau, die Lino selbst heute noch so viel zu bedeuten schien, einmal zu Gesicht bekommen.

Gerade als er sich von diesem Wunsch losreißen und Geschwindigkeit aufnehmen wollte, wurde die Tür des Häuschens geöffnet, und eine alte Dame mit gewelltem weißgrauem Haar trat auf die Schwelle. Die Falten in ihrem Gesicht kündeten von ihrem Alter jenseits der siebzig. Doch Jules erkannte auf den ersten Blick die Anmut und die Grazie der alten Dame. Er war überzeugt, es mit Marisa zu tun zu haben.

Die Frau hielt eine Gießkanne in der Hand, machte aber keine Anstalten, ihre Blumen zu bewässern. Die Kanne diente wohl als Vorwand, um aus dem Haus zu kommen, nahm Jules an. Denn nun nickte sie ihm freundlich zu.

»Major Gabin?«, rief sie. »Ich kenne Ihr Bild aus der Zeitung.«

»Ja, der bin ich.« Er erwiderte ihr Lächeln, stellte sein Rad ab und kam auf sie zu.

»Sie waren doch schon gestern hier, nicht wahr?«

»Das ist richtig«, bestätigte Jules.

»Aber da waren Sie nicht allein.«

»Stimmt«, sagte Jules und war gespannt auf die nächste Frage, die folgen würde.

Die betagte Dame zierte sich etwas, bevor sie ihre Neugierde obsiegen ließ. »War das Lino Pignières, mit dem Sie sich gestern vor meiner Haustür unterhalten haben?« Um nicht einen falschen Eindruck zu erwecken, fügte sie hinzu: »Ich stand zufällig am Fenster und meinte, ihn erkannt zu haben.«

»Ganz richtig, das war Lino.« Jules entschied sich dazu, sie mit einer nicht ganz wahren Andeutung zu ködern. »Leider hatte er heute keine Zeit für eine Rundfahrt. Sonst wäre er sicher wieder mitgekommen.«

»Schade. Wir haben uns ewig nicht gesprochen. Rebenheim ist klein, trotzdem laufen wir uns so gut wie nie über den Weg«, sagte sie mit gewissem Bedauern. Sofort darauf hellten sich ihre Züge wieder auf, und sie bot Jules an, sich ein wenig neben sie auf die kleine Bank neben der Haustür zu setzen.

Jules kam der Aufforderung gern nach.

»Wie geht es ihm denn, meinem alten Brummbären?«, fragte Marisa mit einem vielsagenden Schmunzeln.

Jules hütete sich, ihr zu verraten, dass Lino noch immer einen Groll wegen der Sache von damals hegte. Stattdessen berichtete er von Linos neuer Freizeitbeschäftigung, dem Boulespielen, und davon, dass er Jules ab und zu in polizeilichen Angelegenheiten zur Hand gehe und er den Rat seines Vorvorgängers sehr schätze.

Ohne einen direkten Bezug zu Lino erkennen zu lassen, lenkte Jules das Gespräch dann auf Roccas ungeahnte Rückkehr in seine Heimatstadt. Hatte er erwartet, dass der Name des Filmstars auch bei Marisa eine ablehnende Reaktion hervorrufen würde, sah er sich getäuscht.

Sie behielt ihren weisen und entspannten Ausdruck

bei, als sie sagte: »Es ist schön, dass er zurückgekommen ist. Ich freue mich darauf, ihn wiedersehen zu dürfen.«

»Sie waren ja recht gut befreundet mit ihm, wie ich gehört habe.«

»Ja, aber das ist lange, lange her. Für jemanden wie mich hatte er bald kein Auge mehr. Frédéric hat mit Brigitte Bardot gedreht.« Sie betonte den Namen der Diva so ehrfurchtsvoll, als würde er Roccas Verhalten absolut rechtfertigen.

Jules nahm das zur Kenntnis, doch es reizte ihn, ein wenig an Roccas Ansehen zu kratzen. Das, so meinte er, war er seinem Kumpel Lino schuldig. »Frédéric Rocca genießt den zweifelhaften Ruf als Partylöwe, der viel und ausgiebig feiert. Gern exzessiv, auch in Nachtklubs ...«

»Ja, so sagt man«, bestätigte Marisa, ohne dass es ihr das Geringste auszumachen schien. »Er war ja auch mehrmals verheiratet. Ein bürgerliches Leben hätte nicht zu ihm gepasst.«

»Meinen Sie?«

»Frédéric hat eine große Vitalität. Und diese Lebenslust! Er hat eine unglaubliche Kraft, eine magische Kraft. So jemanden kann man nicht auf Dauer an sich binden.«

Noch immer ließ sie keinerlei Bitterkeit erkennen, im Gegenteil: schon eher eine aufrichtige Bewunderung für den Verflossenen. Ganz anders als Lino, dachte Jules. Und Marisa lag vollkommen richtig. Auch Jules hatte sich von Roccas starker Persönlichkeit ja eine Zeit lang inspirieren und motivieren lassen. Ebenso wie viele andere Heranwachsende damals. Rocca war auch während Jules' Zeit auf der Polizeischule präsent gewesen, wo es in den Spinden vor Rocca-Plakaten nur so wimmelte. Nicht auszuschließen, dass manch ein Kollege nur deshalb Polizist geworden war, weil er sich von Roccas Rollen als knallharter Bulle hatte inspirieren lassen.

»Ich bin mit Roccas Filmen aufgewachsen«, sagte er, »obwohl sie zu dieser Zeit schon Klassiker waren. Mit Freunden habe ich viele Szenen nachgespielt. Als Kind sucht man ja Vorbilder, Rocca gab ein gutes ab.«

Marisas Blick wanderte in die Ferne und ließ einen Anflug von Wehmut erkennen. »Ja, Frédéric war unser Nationalheld. Ein Idol. Er tat uns allen gut.«

»Ganz meiner Meinung. Aber es gibt auch andere Stimmen«, gab Jules zu bedenken. »Rocca schlägt ja nicht nur in seinen Filmen über die Stränge, sondern auch im Privaten. Wie bereits gesagt: Er lässt es gern mal krachen, und niemand darf ihn maßregeln. Für ihn ist alles bloß ein Spiel, heißt es.«

Marisa wusste genau, auf wessen Meinung er anspielte, denn beinahe trotzig sagte sie: »Das Wort ›gemäßigt‹ kommt in Frédérics Wortschatz nun mal nicht vor. Er ist immer auf Tempo zweihundert. Und ja, es ist wahr, es gab für ihn noch nie einen Unterschied zwischen dem Leben und dem Spiel.«

»Eben ein Vollblutschauspieler«, warf Jules ein.

»Durch und durch. Er war stets die Rolle und die Figur, die er mimte. Immer mit ganzer Hingabe«, sagte sie mit einem Funkeln in den Augen.

Nach diesem Gespräch war Jules klar, dass Lino auch sechzig Jahre später keine Chance haben würde, ihr Herz zurückzuerobern. Dieses würde für alle Zeiten Frédéric Rocca gehören, selbst wenn er sich an das bis über beide Ohren verliebte Mädchen aus Schülertagen bestimmt nicht mehr erinnerte.

LE SIXIÈME JOUR

DER SECHSTE TAG

Zu Beginn seiner Zeit im Elsass hatte Jules die phlegmatische Art seiner Mitarbeiter in Bezug auf berufliche Angelegenheiten beinahe um den Verstand gebracht. Er hatte sich erst daran gewöhnen müssen: an die gänzliche Abwesenheit von Ehrgeiz, Eifer und Hektik, wenn es ums Tagesgeschäft ging. Inzwischen aber konnte er der wenig überstürzenden Art seiner Leute mehr und mehr abgewinnen, frei nach der Devise: In der Ruhe liegt die Kraft.

So wunderte sich Jules keineswegs über die Reaktion von Charlotte Regnier, Alain Lautner und François Kieffer, als er ihnen während der morgendlichen Lagebesprechung verkündete, dass sie ab sofort hochoffiziell im Umfeld des verstorbenen deutschen Geologen Jürgen Schwan ermitteln sollten. Sie nahmen diese Neuigkeit mit der gleichen stoischen Gelassenheit zur Kenntnis wie den zweifelhaften Grund, den Jules ihnen dafür auftischte – Schwans verschollene Aktentasche.

Erst als Jules damit begann, konkrete Aufgaben zu verteilen, machte sich unter seinen Leuten eine gewisse Unruhe breit.

»Kieffer, Sie hören sich in den beliebtesten Lokalen und Geschäften um, bei denen Schwan Kunde gewesen sein könnte. Und noch etwas: Zapfen Sie Ihre Quelle bei der Police nationale an. Mich interessiert, was die

Suche nach dem Tatort macht. Ich hatte selbst mal mit einer Wasserleiche zu tun, bei der uns Pflanzenreste auf die richtige Spur gebracht haben. Sie fanden sich im Gehörgang des Toten und ließen Rückschlüsse auf den Einbringungsort zu. Vielleicht kommen die Kollegen auf eine ähnliche Idee. Kümmern Sie sich bitte darum«, ordnete Jules an und wandte sich an die anderen: »Charlotte, Sie dürfen sich mit Madame Cantalloube unterhalten, denn eventuell hat Schwan im Tourismusbüro Informationen eingeholt und dort den Tipp bekommen, sich an Bernard Dubois zu wenden. Wenn das zutrifft, können wir die Verbindung zwischen Schwan und Dubois herstellen und müssen nicht länger spekulieren.«

Charlotte nickte, woraufhin Jules den nächsten Auftrag erteilte. »Lautner, Sie machen sich in Sachen Gold schlau. Erkundigen Sie sich bei den zuständigen Behörden oder Instituten, ob es zu den üblichen Gepflogenheiten gehört, dass ein deutscher Lagerstättenkundler bei uns in Frankreich nach Lust und Laune Bodenschätze suchen darf.« Während Jules redete, bemerkte er den aufkeimenden Widerstand. »Gibt es irgendwelche Einwände?«, fragte er.

»Ja!«, kam es unisono aus drei Mündern.

Jules blickte streng in die Runde. »Sind die Aufgaben zu schwierig – oder haben Sie etwas anderes vor?«

Wieder lautete die einhellige Antwort: »Ja!«

Charlotte übernahm es, eine Erklärung für ihre solidarisch abwehrende Haltung zu liefern. »Heute gibt Frédéric Rocca eine Autogrammstunde im *office de tourisme*. Isabelle Cantalloube hat Polizeischutz angefordert, weil sie Ausschreitungen befürchtet.«

Jules verdrehte die Augen. »Geht das schon wieder los? Ich bin zwar ebenfalls ein bekennender Anhänger von Rocca, aber seine goldenen Zeiten liegen zwanzig Jahre zurück – mindestens. Dass er heute noch Fantumulte hervorrufen könnte, halte ich für äußerst unwahrscheinlich.«

Charlotte winkte ab. »In erster Linie geht es nicht um rabiate Fans, sondern um Irena Magimel.«

Das war der Name der örtlichen Buchhändlerin, wie Jules wusste. Eine ältliche, aber ungemein rüstige Dame, die ihren kleinen Laden in der Rue de Strasbourg gegen die Konkurrenz der großen Ketten und Internetanbieter wacker verteidigte. Was diese belesene und intelligente Person mit dem eher für schlichte Unterhaltung zuständigen Rocca zu schaffen haben könnte, war Jules schleierhaft.

Das merkte Charlotte und erklärte: »Irena hatte ihre Buchhandlung für die Autogrammstunde ins Spiel gebracht, weil sie sich erhoffte, bei der Gelegenheit ein paar Exemplare von Roccas Biografie an den Mann zu bringen. Und die kostenlose Werbung in der Presse hätte ihrem Geschäft auch gutgetan. Aber Sie kennen ja Isabelle Cantalloube!«

Ja, Jules kannte die energische Tourismuschefin nur zu gut. Sie nahm Rocca ganz für sich allein in Beschlag und wollte den Ruhm mit niemand anderem teilen. Diese Absicht hatte sie bei ihrem letzten Besuch in der Gendarmerie ja unmissverständlich klargemacht.

»Rechnen Sie etwa mit einem Racheakt von Irena Magimel?«, fragte Jules, wobei er sich ein Schmunzeln nicht verkneifen konnte. Sich die zierliche Buchhändlerin als gewalttätigen Störenfried vorzustellen, fiel ihm schwer.

»Ausschließen darf man so etwas jedenfalls nicht«, beharrte Kieffer.

»Irena hat eine recht große und treue Stammkundschaft«, warf Lautner ein. »Wenn sie die alle in Trab setzt, kommt allerhand auf uns zu.«

»Eine Großdemo vorm Tourismusamt?«, zweifelte Jules.

»Durchaus möglich!«, bekräftigte Kieffer. »Wenn die ersten Steine fliegen und niemand von uns in der Nähe ist, dann gnade uns Gott.«

Jules stellte sich das Grüppchen schmächtiger, bebrillter Bücherwürmer vor, die vor dem *office de tourisme* in Aufstellung gingen, und kam zu dem Schluss: alles völlig übertrieben! Die Gewaltszenarien, die ihm seine Mitarbeiter einzureden versuchten, dienten einzig und allein einem Zweck. Alle drei wollten selbst an der Autogrammstunde teilnehmen, um dem Star nahe sein zu können. Sie wollten etwas auffangen vom legendären Ruhm, der Rocca umwehte. Ein durchaus menschliches und nachvollziehbares Verlangen, fand Jules und ließ sich eine Kompromisslösung einfallen: »Also schön, wenn sich eine Persönlichkeit wie Frédéric Rocca in Rebenheim aufhält, soll jeder etwas davon haben. Ich bin bereit, für die heutige Autogrammstunde zwei unserer Kräfte abzustellen.«

Augenblicklich schossen die Arme von Lautner und Kieffer in die Höhe. »Wir übernehmen das!«, rief Kieffer mit vor Vorfreude glühenden Pausbäckchen.

Jules musste dessen Erwartungen dämpfen. »Tut mir leid, aber wir werden das anders handhaben. Zunächst übernehmen wieder Charlotte und ich, damit wir uns ein Bild der Lage machen können. Sie beiden dürfen uns nach der Hälfte ablösen. In der Zwischenzeit erledigen Sie die Aufträge, die Sie von mir erhalten haben. Einverstanden?«

Kieffer und Lautner machten lange Gesichter, gaben sich mit dem Angebot dann zähneknirschend zufrieden und schoben ab. Zurück blieb Verwaltungskraft Charlotte, die ihren Vorgesetzten anstrahlte, als stünde sie gerade vorm feierlich geschmückten Weihnachtsbaum.

Béatrice faltete die schneeweißen und frisch gestärkten Stoffservietten mit hingebungsvoller Akribie. Nicht weil es ihr Spaß machte. Aber sie wusste, was ihr blühte, wenn Alfons bei seinem Kontrollgang auch nur eine einzige verrutschte Falte entdecken würde. In seinen Augen käme das einer Verfehlung gleich, die lediglich durch falsch angeordnetes Silberbesteck übertroffen werden konnte.

Da die Kellnerin des Restaurants *Les Trois Châteaux* keine Lust hatte, sich von ihrem peniblen Kollegen zurechtweisen zu lassen, ging sie den Weg des geringsten Widerstandes und erledigte ihre Arbeit so gründlich und beanstandungslos wie möglich.

Bis um zwölf musste der Gastraum hergerichtet sein, denn dann würden die ersten Mittagsgäste eintreffen und sich eines der handverlesenen Menüs einverleiben – ein jedes so teuer, dass Béatrice mehrere Tage dafür arbeiten müsste. Doch manch einer konnte sich das *Trois Châteaux* offenbar mühelos leisten, denn wie Béatrice wusste, kamen viele Gäste regelmäßig hierher, um die exklusive Küche zu genießen. Darunter nicht wenige deutsche Kunden aus dem Badischen, die bevorzugt im Porsche Cabriolet oder Mercedes Coupé vorfuhren.

Während sie von Tisch zu Tisch wechselte und ein Gedeck nach dem anderen zurechtschob, musste sie ihre monotone Tätigkeit immer wieder unterbrechen, um Versäumnisse der Raumpflegerinnen nachzuholen. Mal hatten sie ein vom Teller gerutschtes Möhrchen übersehen, mal lag ein benutztes Papiertaschentuch auf dem Boden. An einem der Tische hatten die Putzfrauen sogar eine Zeitung liegen gelassen, ein zerlesenes Exemplar von *Les Nouvelles du Haut-Rhin*. Béatrice klaubte die losen Blätter auf, um sie zusammenzuknüllen und in den Müll zu werfen. Doch dann stutzte sie und zog eine der Seiten heraus.

Sie legte das Blatt auf den Tisch und wischte mit der Handkante darüber, um es glatt zu streichen. Dabei ruhte ihr Blick unverwandt auf einem großen Foto in der Seitenmitte. Es stand unter der fett geschriebenen Überschrift »Ein Star gibt sich die Ehre« und zeigte einen Kinoschauspieler, der ihr aus einigen älteren Filmen bekannt war. Aus der Bildunterschrift ging hervor, dass er Frédéric Rocca hieß und heute eine Autogrammstunde in Rebenheim geben sollte.

Was Béatrice elektrisierte, war jedoch nicht das faltige Antlitz des Altstars, sondern die Person, die auf dem Bild neben ihm stand. In der Begleiterin, die sich über Rocca beugte und damit einen Blick auf ihr tief dekolletiertes Designerkleid gewährte, erkannte sie eine Kundin wieder. Ja, dachte sich Béatrice und schaute noch einmal genau hin: Das musste sie sein! Das war die Frau, mit der der ermordete Deutsche in ihrem Lokal diniert und mit der er heftig gestritten hatte. Jeder Zweifel ausgeschlossen!

Béatrice merkte, wie ihr Herz einen Sprung tat und heftig klopfte. Was tun? Ihr kam der nette Polizist in den Sinn, der sie neulich nach ihrem verstorbenen Gast ausgefragt hatte. Dieser Major Gabin war ausgesprochen charmant gewesen, ganz ihr Typ. Ihr hatte die legere Art gefallen, wie er sich kleidete, ebenso wie sein dichtes schwarzes Haar, das er verwegen lang trug, im Gegensatz zu den Lackaffen, die hier sonst verkehrten. Ein Mann, der Gelassenheit ausstrahlte und dessen intensiver Blick doch von Entschiedenheit und Willensstärke kündete.

Gabin hatte ihr seine Karte dagelassen, für den Fall, dass ihr noch etwas einfallen sollte. Béatrice überlegte, wo sie sie hingesteckt hatte, und lief zum Küchentrakt, wo auch der Flur mit der Personalgarderobe lag. Eilig hantierte sie am Verschluss ihrer Handtasche und durchsuchte sie aufgeregt. Da es ihr nicht schnell genug ging, schüttete sie den Inhalt des mit Strass besetzten Täschchens auf den Boden und wühlte sich durch den Wust aus Lippenstiften und anderen Schminkutensilien, Kaugummipackungen, Schlüsseln, Kondomen, Ausweispapieren, einem Notizheft und unbezahlten Strafzetteln. Endlich fand sie das Kärtchen, das das Wappen der Gendarmerie nationale trug, und las den Namen Major Jules Gabin.

Mit vor Nervosität zitternden Fingern gab sie die aufgedruckte Telefonnummer in ihr Handy ein und wartete ungeduldig darauf, Gabins Stimme zu hören.

Zu ihrer Enttäuschung meldete sich an seiner Stelle ein gewisser Gendarm Kieffer.

»Ich muss Major Gabin sprechen. Es eilt!«, machte es Béatrice dringend.

Ihr Gesprächspartner, offenbar keiner von der schnellen Sorte, teilte ihr in aller Seelenruhe mit, dass der Major nicht anwesend sei und sie es später wieder versuchen solle.

Daraufhin betonte Béatrice noch einmal die Wichtigkeit ihres Anrufs, woraufhin sich der träge Beamte dazu breitschlagen ließ, für Major Gabin eine Nachricht aufzunehmen.

Als Béatrice das Gespräch beendet hatte und ihre Sachen vom Boden aufklaubte, stellte sie sich die beängstigende Frage, ob sie an jenem Abend, als Jürgen Schwan zu Gast im Restaurant gewesen war, eine Mörderin bedient hatte.

Von einer Demonstration, angeführt von der zu allem bereiten Buchhändlerin Irena Magimel, war erwartungsgemäß weit und breit nichts zu sehen, als Jules sich gemeinsam mit Charlotte Regnier dem Tourismusbüro an der gegenüberliegende Seite der Place Turenne mit einiger Verspätung näherte. Die Verspätung daher, weil Charlotte darauf bestanden hatte, vorher nach Hause zu dürfen, um sich dem Anlass entsprechend umzukleiden. So war aus der grauen Büromaus eine attraktive Erscheinung geworden. Das sonst meist blasse Gesicht war hübsch geschminkt, und der schlanke Körper wurde von einem aparten Kleid umschmeichelt, dessen Eierschalenfarbe das Hellbraun ihres Pagenschnitts aufgriff. Außerdem war Charlotte ein ganzes Stück gewachsen – Jules war ehrlich überrascht, dass seine Mitarbeiterin Schuhe mit so hohen Absätzen besaß.

Schon von außen sah man, was im *office de tourisme* heute geboten wurde. Auf Plakataufstellern war Roccas übergroßes Konterfei abgebildet und lockte Filmfreunde und Neugierige in Scharen. Eine ansehnliche Schlange aus Wartenden hatte sich gebildet und reichte einige Meter weit bis auf den Platz hinaus. Solche Menschenaufläufe gab es in Rebenheim sonst höchstens, wenn der erste Federweiße ausgeschenkt wurde, dachte Jules anerkennend und stellte fest, dass die meisten Anstehenden den älteren Semestern angehörten. Jugendliche Fans suchte er vergebens.

»Also dann, auf ins Gewühl!«, gab er vor und schob Charlotte vor sich her wie einen Schild, um den Weg freizumachen.

Im überfüllten Tourismusbüro stand die Luft, und die aufgekratzte Amtsleiterin – wie üblich in wehenden Batiktüchern gewandet – schwirrte um ihren Star herum.

Rocca selbst saß inmitten des Raums vor einem Stapel Autogrammkarten, die er mit einem schwarzen Filzstift unterschrieb. Wie Jules beobachtete, schenkte er jedem einzelnen Autogrammjäger sein berühmtes Lächeln – weltmännisch, verwegen und abenteuerlustig. Rocca war zwar alt geworden, dachte Jules, doch seinen Schneid schien er nicht verloren zu haben. Den Filmstar umgab eine Aura, die man zwar nicht sehen, aber sehr wohl spüren konnte. Ohne Zweifel eine große Persönlichkeit. Die Rebenheimer konnten stolz sein, einen solchen Mann als einen der ihren bezeichnen zu dürfen, fand Jules.

Da Isabelle Cantalloube in ihrer aufgedrehten Art mehr Unruhe stiftete, als einen geordneten Ablauf der

Signierstunde zu gewährleisten, war Roccas Managerin gefragt. Jules sah die Rothaarige, die heute in schwarzer Samthose und ebenfalls dunkler Seidenbluse auftrat, an der Seite des Stars. Sie versorgte Rocca mit Kartennachschub und achtete darauf, dass kein Fan länger als unbedingt notwendig vor ihm stehen blieb. So stellte sie einen zügigen Durchlauf sicher und kam allzu neugierigen Fragen der Autogrammjäger zuvor, indem sie die Leute zum Weitergehen aufforderte.

Jules bewunderte gerade die Effizienz ihres Vorgehens, da stupste ihn jemand an. Dieser Jemand war einen Kopf kleiner als er und sah äußerst betrübt aus.

»Antoine, was ist dir denn für eine Laus über die Leber gelaufen?«, fragte Jules den Immobilienmakler und zog sich mit ihm ein Stück weit aus dem Trubel zurück.

Antoine Kern, der in seinem dunklen Anzug schwitzte und sich mit einem Tuch die Stirn abtupfte, sah ihn gequält an, während er Jules sein Leid klagte. »Es ist wegen unseres Stars. Seine Ansprüche sind schlicht und einfach unerfüllbar, ja grotesk.«

»Seid ihr mit der Wohnungssuche etwa immer noch nicht weiter?«, fragte Jules.

»Nein, keinen Schritt. Ich habe ihm mein gesamtes Portfolio offengelegt, doch er ist mit nichts zufrieden. Welche Richtung ich auch gehe – von gediegen rustikal bis Avantgarde –, es folgt stets die gleiche Reaktion seiner Agentin: Kopfschütteln.«

»Er ist eben nur das Beste vom Besten gewohnt.«

»Gerade das biete ich ihm ja an!« Antoine zog eine Klarsichthülle aus seinem Schweinsledermäppchen. »Zum Beispiel dies hier: ein Luxusobjekt in Hanglage mit unverbaubarer Aussicht auf die Weinberge. Zwei

Schlafzimmer und Bäder sowie Balkon und umlaufende Terrasse. Das Interieur exklusiv mit maßgefertigten Einbaumöbeln und natürlich mit Kaminofen. Eine eigene Zufahrt und Parkplätze direkt vor dem Gebäude gewährleisten eine ausreichende Privatsphäre. Was kann man mehr verlangen?«

»Kein Pool? Daran ist es bestimmt gescheitert.«

»Von wegen! Selbstverständlich ist jede Residenz, die ich offeriere, mit Schwimmbecken ausgestattet. Innen wie außen.«

»Wenn das so ist…« Jules kratzte sich nachdenklich am Hinterkopf. »Vielleicht ist Rocca einfach eine Nummer zu groß für dich. Hol dir doch Rat bei deinen Kollegen von der Côte d'Azur. Die kennen sich aus mit den Allüren der Schönen und Reichen.«

Antoine kniff die Augen zusammen, so als wüsste er nicht, ob Jules' Rat ernst gemeint war oder er ihn auf den Arm nehmen wollte. Dann fuhr er verstimmt fort: »Allmählich gewinne ich den Eindruck, dass Rocca gar nicht wirklich interessiert ist.«

»Wie meinst du das?«

»Vielleicht ist ja alles bloß ein Werbegag, und ich gehe am Ende leer aus. Was, wenn seine Suche nach einem Chalet in seiner alten Heimat lediglich die Vorlage für eine Illustriertenstory abgeben soll, er in Wahrheit aber gar nicht vorhat, zu uns aufs Land zu ziehen?«

»Kann sein. Oder aber deine Preise sind ihm zu gesalzen«, übte sich Jules in mildem Spott, denn er wusste, wie Antoine bei anderen, unbedarfteren Klienten abgesahnt hatte. Selbst wenn er bei Rocca nicht zum Zug kommen sollte, bliebe Rebenheims einziger Immobilienmakler finanziell auf Rosen gebettet.

»Meine Preise? Ausgerechnet hier im Elsass?«, echauffierte sich Antoine, listete Preisbeispiele von Appartements in Paris auf und nannte Millionensummen für den Kauf eines Bungalows an der Mittelmeerküste, bis er merkte, dass Jules nur gescherzt hatte. Antoine unterbrach sich selbst und bemühte sich darum, nicht ganz so dumm aus der Wäsche zu schauen.

In der Gendarmerie überraschten Gendarm Kieffer und Adjutant Lautner ihren Kommandanten mit einem umfangreichen Report über ihre Ermittlungsergebnisse. Und die konnten sich sehen lassen!

Zuerst referierte Kieffer – wie üblich las er etwas umständlich von seinem Notizblock ab – über die Befragung von Rebenheimern, die mit Jürgen Schwan in Kontakt gekommen waren. Tatsächlich erinnerten sich einige an kurze Gespräche mit dem Deutschen, der der französischen Sprache nicht mächtig gewesen war oder es ablehnte, sie anzuwenden. Unisono schilderten sie ihn als eher unsympathisch und monierten sein überhebliches Gebaren. Ob in der Boulangerie, der Boucherie oder im Zeitschriftenladen – überall sei Schwan sehr fordernd aufgetreten und habe sich Gesten der Höflichkeit gespart. Er vermittelte den Eindruck, sich nicht gern im Elsass aufzuhalten, sondern es als lästige Pflicht zu empfinden, schilderte Kieffer.

Sogar woher Schwan den Namen und die Adresse von Bernard Dubois bekommen hatte, konnte Kieffer dank seiner guten Verbindungen zu den Alteingesessenen klären. »Nicht vom Tourismusbüro, wie vermutet. Werner Behrens hat ihm den Tipp gegeben.« Behrens führte einen der vielen Souvenirläden in der Altstadt und hatte sich auf Kartenmaterial für Wanderer spezialisiert. Bei ihm sei Schwan wenige Tage vor seinem Tod aufgekreuzt, um sich gezielt nach Exkursionen durch die Vogesen zu erkundigen. Dabei habe er sein besonderes Interesse für Mineralogie bekundet.

Auch Alain Lautner konnte mit interessanten Ergebnissen aufwarten. Er hatte Kontakt mit der zuständigen Verwaltungsstelle in Colmar aufgenommen und eine Reihe von Fragen gestellt. »Die erste lautete: Darf ein Geologe beziehungsweise Lagerstättenkundler überall in Europa tätig werden, im konkreten Fall ein Deutscher in Frankreich? Antwort: Nein, eine Aufsuchungserlaubnis – fachterminologisch ›Prospektion‹ – und, wenn es sich lohnen könnte, eine ›Exploration‹ als Vorstufe zur Gewinnung müssen offiziell auf Antrag erteilt werden. Mit der Genehmigung sind Fristen verbunden, innerhalb derer entsprechende Aktivitäten Pflicht werden. Andernfalls geht die Erlaubnis verloren.«

»Hatte Schwan diese Erlaubnis beantragt?«, fragte Jules.

Lautner verneinte. »Vor der Erlaubnis zur Aufsuchung ist eine Umweltverträglichkeitsprüfung erforderlich, um festzustellen, ob damit Eingriffe in die Natur, den Wasserhaushalt und so weiter verbunden wären. Außerdem bleibt festzustellen, ob es sich um ein Naturschutz- oder Wasserschutzgebiet handelt, ein FFH-Gebiet ...«

»Bitte was?«, unterbrach Jules den Redeschwall.

»Flora-Fauna-Habitat«, erklärte Lautner altklug. »Allesamt Auflagen, die spontane Aktivitäten unmöglich machen oder eine Sondergenehmigung mit Auflagen voraussetzen. Um diese Dinge hat sich Schwan bei seiner Goldsuche offenkundig nicht geschert. Zumindest ist unseren Behörden nichts von einem Gesuch um eine offizielle Genehmigung bekannt.«

»Und wenn er die Formalitäten bereits in Deutschland erledigt hatte?«, dachte Jules laut nach.

»Fallweise kann ein Qualifikationsnachweis wie der des ›European Geologist‹ erbracht werden«, wusste Lautner. »Ein solcher wird über den Berufsverband beantragt und aufs europäische Ausland übertragen. In Schwans Fall wäre der Berufsverband deutscher Geowissenschaftler die zuständige Anlaufstelle gewesen. Der Nachweis kann theoretisch auch von der European Federation of Geologists ausgesprochen werden, doch die Hürden liegen hoch. Denn hierzu werden Studieninhalte und -abschlüsse sowie die Nachweise mehrjähriger einschlägiger beruflicher Tätigkeiten und Erfahrungen geprüft. Außerdem ist ein Eurogeologe den Berufsregeln verpflichtet. Bei Verstoß wird ihm der Titel aberkannt.«

Jules fuhr sich grüblerisch mit dem Finger ums Kinn. »Da Schwan keine entsprechenden Dokumente bei sich trug und den französischen Behörden nicht bekannt war, müssen wir wohl davon ausgehen, dass er auf eigene Faust gehandelt hat.« Er überlegte, was dies bedeuten konnte, und fragte: »Wie wäre denn der offizielle Weg, wenn ein freiberuflicher Lagerstättenkundler wie Schwan durch Zufall auf ein nennenswertes Goldvorkommen stößt? Kann er seine Suche dann im Nachhinein anmelden und damit legalisieren?«

Lautner hatte auch dafür eine Antwort parat. »Ein Goldflöz kann man nicht still und heimlich erschließen. Dafür muss eine offizielle Abbaulizenz eingeholt werden – und zwar vorher. Wieder muss eine Umweltverträglichkeitsprüfung erfolgen. Auch ein genauer Plan für den Abbau ist erforderlich, einschließlich der notwendigen Rekultivierungsmaßnahmen. Hierzu müssen verschiedenste Behörden eingebunden werden und natürlich auch entsprechende Geldmittel zur Verfügung stehen.«

Jules war zwar zufrieden mit dem Fleiß seiner Mitarbeiter, war dadurch aber keinen Schritt vorangekommen. Im Gegenteil: Der Fall Schwan und seine Verbindung zum Gold schienen zunehmend komplexere Formen anzunehmen.

»Also gut«, sagte er, nachdem er mehrere Minuten lang intensiv nachgedacht hatte. »Was wissen wir noch über diesen Mann? Dass er als Freiberufler unterwegs war, muss nicht zwangsläufig bedeuten, es gebe keine Auftraggeber im Hintergrund.«

»Stimmt«, pflichtete Alain Lautner ihm bei. »Ich habe mir erlaubt, mich auch auf der deutschen Seite umzuhören…«

»Sie haben was?«, brauste Jules auf, der diplomatische Verwicklungen befürchtete.

»Keine Sorge, Major«, blieb Lautner ruhig. »Ich habe einen Cousin in Achern, einer Stadt im Schwarzwald. Der wiederum hat einen Bekannten aus Karlsruhe, dem der Name Schwan nicht ganz unbekannt ist.«

»Ersparen Sie mir die Einzelheiten«, bat Jules. »Was haben Sie in Erfahrung bringen können?«

»Schwan vertrat als eine Art Sachverständiger ein recht diffuses Investmentunternehmen. Eine Art Startup-Projekt, bei dem Investoren ihr Geld für die Entwicklung eines neuartigen Verfahrens zur Gewinnung von Flussgold einzahlten.«

Jules stieß einen Pfiff aus. »Das nenne ich eine Neuigkeit! Nur weiter, Lautner, berichten Sie!«

»Das Unternehmen hat seinen Sitz im Fürstentum Liechtenstein, vieles spricht für eine Briefkastenfirma. Weder ein solides Leistungsverzeichnis ist verfügbar, schon gar nicht ist an eine Kundenliste heranzukommen. Ob Schwan allein handelte oder als Strohmann fungierte und von Hintermännern vorgeschoben wurde, ist völlig offen. Darüber wusste auch mein Cousin nichts zu sagen.«

Jules warf einen Blick auf Kieffer, der ja bekanntermaßen einen guten Draht zur Police nationale pflegte. Der wusste zwar sofort, was von ihm verlangt wurde, winkte aber ab. »Wie ich die Kollegen kenne, tappen die genauso im Dunkeln.«

»Trotzdem wäre es keine schlechte Idee, wenn Sie diskret bei Ihren Kontakten in Strasbourg nachfassen würden. Möglicherweise hat die Police nationale inzwischen ja doch etwas mehr über Schwans Verfahren zur Goldsuche herausgefunden, zumal sie ja auch Dubois in der Zange haben, der etwas wissen könnte.«

»Ich kann es versuchen, aber versprechen Sie sich nicht zu viel davon«, meinte der Gendarm etwas lustlos. »Außerdem muss das warten.«

»Warum?«, wunderte sich Jules.

»Schon vergessen, Major?«, entrüstete sich Kieffer. »Jetzt sind Alain und ich mit der Absicherung der Autogrammstunde dran. So war es ausgemacht!«

Stimmt, dachte Jules. Zwar hatte er sich davon überzeugen können, dass Roccas Agentin Melodie die Lage vollauf im Griff hatte, doch er wollte seine Mitarbeiter nicht enttäuschen. »Gehen Sie!«, forderte er Kieffer und Lautner auf. »Und danke für die Recherchen. Gute Arbeit!«

Jules blieb allein in seinem Büro zurück, und ihm rauchte der Kopf. Er ersann und verwarf verschiedenste Szenarien: Schwan als Strohmann unbekannter Auftraggeber – das erschien ihm zu diffus. Gab es nicht andere Möglichkeiten? Könnte er nicht unter Druck gesetzt worden sein? Von einer betrügerischen Gruppe, die ihn zu einem geschönten Gutachten über eine so nicht vorhandene Goldlagerstätte zwingen wollte, um gutgläubige Investoren gewinnen zu können? Doch Schwan weigerte sich, und schwups, war er tot…

Im Laufe des Nachmittags hatte Jules viele weitere Gedankenmodelle konstruiert und wieder verworfen. Am Ende musste er einsehen, dass er ohne zusätzliche harte Fakten nicht weiterkommen würde.

Inzwischen waren Kieffer und Lautner längst zurückgekehrt, hatten sich an ihre Schreibtische gesetzt und ihren Leistungspegel zurück auf Normalniveau gefahren. Mit ihren Statusberichten vom Morgen glaubten sie wohl ihre Pflicht und Schuldigkeit getan zu haben. Um Punkt sechzehn Uhr ließen sie die Stifte fallen und wollten nach Hause.

Jules bemerkte es erst, als sie schon in der Tür standen. »Wo wollen Sie hin?«, fragte er.

»Feierabend!«, rief Kieffer ihm zu.

»Wir haben uns noch immer um den Fall Schwan zu kümmern, meine Herren«, erinnerte Jules.

Kieffer wollte kontern, doch Lautner kam ihm mit

seiner Antwort zuvor. »Für uns ist die Sache erledigt. Alles Weitere liegt in den Händen von Hervé und seinen Männern. Das hier hat ja wohl nichts mehr mit der geklauten Aktentasche aus dem Hotelzimmer zu tun, oder?«

Jules war anderer Ansicht. Selbst wenn er bei der Tätersuche auf der Stelle trat, hatte er wenigstens endlich eine klare Motivlage identifiziert, der er unverzüglich nachgehen wollte. Dreh- und Angelpunkt war Schwans zweifelhaftes Geschäftsmodell, mit dem er Investoren für ein Verfahren zur Goldgewinnung ködern wollte. Ergo musste der Mörder entweder aus den Reihen seiner Auftraggeber stammen oder aus der seiner Finanziers, die sich von ihm betrogen fühlten. Denn dass Schwan tatsächlich Gold in größerem Stil gehoben hätte, dafür fehlte jeder Beleg. Jules war mittlerweile überzeugt: Das Projekt war eine Luftnummer, für die viel Geld verschoben worden war.

»Um es noch einmal zu sagen, Sie haben bisher eine ausgezeichnete Arbeit geleistet«, lobte Jules seine Leute.

»Und das bedeutet was?«, fragte Lautner misstrauisch.

»Dass wir dranbleiben! Meinetwegen gehen Sie in den Feierabend, aber morgen früh wird weiter an dem Fall gearbeitet. Ich erwarte den baldigen Durchbruch und setze dabei auf Sie, meine Herren. Haben wir uns verstanden?«

Maulender Protest erhob sich, doch Jules' harter Blick ließ ihn schnell ersterben.

Als die beiden die Wache verlassen wollten, erwähnte Kieffer beiläufig eine Nachricht, die am Morgen für Jules hinterlassen worden war. »Ach ja, Boss, fast hätte ich es vergessen. Da war dieser Anruf, kurz nachdem Sie mit Charlotte zur Autogrammstunde rübergegangen sind«, sagte er betonungslos, denn die Sache schien ihm nicht wichtig zu sein. »Eine Frau wollte Sie sprechen. Ich habe ihren Namen und die Nummer notiert, falls es Sie interessiert.«

»Eine Frau?«, fragte Jules.

»Ja. Eine Kellnerin. Sie arbeitet im Restaurant *Les Trois Châteaux*.« Kieffers Züge erhellten sich, kaum dass er den Namen des Nobellokals ausgesprochen hatte. »Da fällt mir ein, haben Sie nicht neulich erst ein Werbeblatt davon herumgezeigt?«

»Ja«, bestätigte Jules und war nun ganz Ohr. »Was wollte die Kellnerin? Hat sie gesagt, um was es sich handelt?«

Kieffer musste konzentriert nachdenken. Es waren wohl zu viele Dinge, mit denen er an diesem betriebsamen Montag konfrontiert worden war. Er ging noch einmal zurück zu seinem Arbeitsplatz, um nach besagter Notiz zu suchen, wurde jedoch nicht fündig. Also versuchte er, seinem Gedächtnis auf die Sprünge zu helfen. »Sie sagte etwas von einer Kundin, die bei ihr zu Gast gewesen war. Dass sie ihr Bild in der Zeitung gesehen hat, in der Wochenendausgabe. Und zwar auf einem Foto, auf dem auch Frédéric Rocca zu sehen war.« Er kratzte sich am Kopf. »So ganz habe ich nicht verstanden, auf was sie hinauswollte. Aber sie legte großen Wert darauf, dass ich es Ihnen ausrichte.«

Ohne ein weiteres Wort zu verlieren, ließ Jules den Gendarmen stehen und hechtete zu Charlottes Schreibtisch, auf dem noch die Zeitungen der Vortage lagen.

Er schlug die Samstagsausgabe auf und blätterte hastig bis zum Lokalteil vor. Dieser machte mit einer großen Vorankündigung von Roccas Signierstunden auf. Und auf dem dazugehörigen Bild war an der Seite des Stars eine rothaarige Schönheit abgebildet.

Jules ballte seine rechte Hand zur Faust und ließ sie auf die Tischplatte krachen. »Donnerwetter!«, rief er. »Jetzt wird die Sache richtig interessant.«

In Jules' Kopf begannen sich einige lose Fäden miteinander zu verbinden und ein Muster zu bilden. Während er mit der Zeitung unterm Arm die Rue de Strasbourg entlang in Richtung der Porte de la Ville strebte, meinte er Zusammenhänge zu erkennen, die ihm vorher verborgen geblieben waren.

Mit einer sehr konkreten Vermutung stürmte er in die *Auberge de la Cigogne* und drückte auf die Klingel am Empfangstresen. Keine halbe Minute später erschien Clotilde, woraufhin ihr Jules den Lokalteil der Zeitung vorlegte.

»Haben Sie diese Ausgabe gelesen?«, fragte er.

»*Les Nouvelles du Haut-Rhin?*«, erkundigte sich die Wirtin. »Nein, die Zeitungen bekommen immer erst die Gäste. Wir schauen höchstens mal am Abend rein, aber am Wochenende sind wir nicht dazu gekommen. Viel Interessantes zu berichten hat Vincent Le Claire ja ohnehin nicht.«

»Diesmal schon!«, meinte Jules und drückte seinen Zeigefinger auf den Rocca-Beitrag. »Schauen Sie sich das an!«

»Moment.« Clotilde tastete ihre geblümte Kittelschürze ab, wurde in einer Seitentasche fündig und zog eine Lesebrille heraus. Deren Gläser waren allerdings so speckig, dass sie sie erst putzen musste, um hindurchsehen zu können. Endlich setzte sie die Sehhilfe auf die Nase und beugte sich über den Zeitungsartikel. »Da steht, dass Frédéric Rocca Autogramme im *office de tourisme* gibt oder vielmehr gegeben hat. Denn das war ja schon heute Morgen, nicht wahr?«

»Ja, aber darum geht es nicht«, machte Jules ihr klar. »Sehen Sie sich die Aufnahme von Rocca an. Achten Sie auf die Frau, die hinter ihm steht. Kommt sie Ihnen bekannt vor?«

Clotilde hielt ihren Kopf noch tiefer, ließ sich Zeit mit dem Hinsehen und begann, langsam und anhaltend zu nicken.

»Eindeutig«, sagte sie, als sie sich aus ihrer gebeugten Haltung aufrichtete. »Das ist sie.«

»Dieselbe Frau, die sich bei Ihnen nach einem Zimmer erkundigt hat? Nach Schwans Zimmer?«, vergewisserte sich Jules.

»Ja«, bestätigte Clotilde. »Auf dem Foto ist sie zwar nicht ganz scharf abgebildet, doch ihr Pariser Chic ist unverkennbar. So etwas sieht man hier ja nicht alle Tage. Dazu die extravagante Haarfarbe. Diese rote Tönung ist nicht gerade unauffällig.« Neugierig sah sie Jules an. »Wer ist diese Frau?«

»Roccas Managerin. Die adrette Melodie«, lüftete Jules das Geheimnis. »Sie sind übrigens nicht die Einzige, die sie in der Zeitung wiedererkannt hat. Vorhin hat sich eine Kellnerin aus dem Restaurant *Les Trois Châteaux* gemeldet, bei der sie kürzlich zu Gast gewesen war. Und raten Sie mal, mit wem Melodie zu Tisch gesessen hat?«

»Etwa mit Monsieur Schwan?«
Jules nickte bedeutungsvoll.

Jules handelte impulsiv. Ohne Netz und doppelten Boden. Das war nicht die Art, mit der er normalerweise vorging. Doch was blieb ihm anderes übrig?

Ein Blick auf seine Armbanduhr hatte ihm verraten, dass er Melodie gerade noch abfangen könnte, bevor sie und Rocca sich in ihr Hotel zurückziehen und für ihn nur noch schwer greifbar sein würden. Soweit er wusste, wollten beide nach der Autogrammstunde in einer Winstub in der Rue des Vosges einkehren – auf Einladung von Isabelle Cantalloube. Mit etwas Glück würde Jules Melodie beim Verlassen des Lokals erwischen und in ein Gespräch verwickeln können. Mehr war nicht möglich, denn für eine offizielle Befragung oder gar Vernehmung hatte er nicht genug in der Hand.

Also spurtete er durch die Rebenheimer Gassen, wobei er beim Rennen seine Uniformjacke ausziehen musste, weil es ihm zu warm wurde. Jetzt, am späten Nachmittag, hatte sich die Stadt so sehr mit Touristen gefüllt, dass sich sein Spurt zum Hindernislauf auswuchs.

Er war ziemlich aus der Puste, bis er sein Ziel erreichte – um mit ansehen zu müssen, wie Roccas Limousine Fahrt aufnahm und kurz darauf hinter der nächsten Wegbiegung verschwand.

»So ein Pech!« Keuchend stemmte Jules seine Hände auf die Knie und ärgerte sich über sein Zuspätkommen. Doch nur kurz. Kaum blickte er auf, entdeckte er Roccas Managerin, die neben der Tür des Gasthauses stand und sich eine Zigarette anzündete. War sie mit dem eigenen Wagen unterwegs? Jules hielt sich mit dieser Frage nicht lange auf, sondern legte den Rest der Strecke zurück. Zielstrebig, jedoch nicht mehr laufend. Denn er wollte Melodie nicht aufscheuchen.

»*Bonjour Madame.*« Jules blieb neben Roccas Managerin stehen und sah sie freundlich interessiert an. »Mein Name ist Gabin. Major Jules Gabin.« Er stellte fest, dass die Agentin ein paar Zentimeter größer war als er, wozu ihre Stilettos nicht unwesentlich beitrugen.

Melodie zuckte kurz zusammen, als Jules neben ihr auftauchte und sie ansprach. Sie nahm einen hektischen Zug aus ihrer Zigarette, schnippte sie auf den Boden und trat die Glut aus. »Habe ich falsch geparkt oder so was?«

Ihre Stimme klang in Jules' Ohren eine Spur zu schrill, fast ein wenig zickig. Auch sah sie aus der Nähe betrachtet nicht ganz so fesch aus wie aus der Entfernung und auf Pressefotos. Er vermutete, dass sie mit viel Schminke den einen oder anderen Makel zu verbergen suchte.

»Nein«, sagte Jules und steckte die Degradierung zum Verkehrspolizisten mit einem souveränen Lächeln weg. »Was Sie mit Ihrem Auto anstellen, ist mir ziemlich gleichgültig. Solange Sie niemanden überfahren…«

Die Augenlider seiner Gesprächspartnerin flatterten leicht. »Habe ich Sie nicht vorhin schon gesehen?« Sie musterte ihn flüchtig. »Sie sind einer der Wachmänner von der Autogrammstunde.«

Die nächste Herabstufung meiner Tätigkeit, dachte

Jules und sah es für an der Zeit, Klartext zu sprechen. »Ich leite die hiesige Gendarmerie und befasse mich derzeit mit dem gewaltsamen Tod eines Gastes dieser Stadt. Ein Deutscher, Jürgen Schwan. Ist Ihnen dieser Name geläufig?«

Melodie wirkte für den Moment verblüfft. Doch die Überraschung schlug sogleich in Ablehnung um. »Nein, wie kommen Sie darauf, dass ich ihn kennen könnte? Wer soll das überhaupt sein? Ein Fan von Frédéric Rocca? Oder ein Tourist?«

»Wir gehen eher davon aus, dass Monsieur Schwan sich aus geschäftlichen Gründen bei uns aufgehalten hat.«

Sie zuckte mit den Schultern. Ein überheblicher Zug legte sich auf ihre Miene. »Ich komme nicht von hier, wie Sie ja wissen«, sagte sie abweisend, sodass es sich anhörte wie: »Behelligen Sie mich gefälligst nicht mit Ihren Angelegenheiten!«

»Ich wiederhole meine Frage«, sagte Jules und verschärfte den Ton. Unweigerlich stellte er sich dabei auf die Zehenspitzen, um mit Melodie auf Augenhöhe zu sein. »Kannten Sie Jürgen Schwan?«

»In meinem Metier lernt man jeden Tag so viele Menschen kennen. Wie soll ich mir all die Namen merken?«

Jules, der sich über ihre Arroganz zu ärgern begann, stellte sich dicht vor sie. Leise, aber klar verständlich teilte er ihr mit, dass sie von zwei Zeuginnen identifiziert worden sei: einmal beim Versuch, in Schwans Hotelzimmer zu gelangen, und ein andermal bei einem gemeinsamen Abendessen mit dem Verstorbenen.

»Zeuginnen?«, griff Melodie Jules' Wortwahl auf und ließ das erste Mal echte Anzeichen von Unsicherheit anklingen. »Das hört sich ja beinahe so an, als würden Sie mich für irgendetwas verdächtigen.«

Jules wog ab, wie weit er momentan gehen sollte. Es war eine Gratwanderung. Mit ruhiger Stimme schlug er vor: »Begleiten Sie mich bitte in die Gendarmerie. Dort können wir uns ungestört austauschen. Sie erzählen mir, in welcher Art von Verbindung Sie mit Jürgen Schwan standen und weshalb Sie sich für sein Zimmer in der *Auberge* interessieren. Wenn ich Ihnen ein paar sachliche Fragen darüber stelle und Sie mir plausible Antwort darauf geben, ist das weder ein Verhör, noch bringt es Sie in den Verdacht, etwas mit dem Mord an Monsieur Schwan zu tun zu haben. Sie würden lediglich zu den Ermittlungsarbeiten beitragen.«

Melodies kühle blaue Augen überdachten sein Angebot für einige Momente, dann verwarfen sie es. »Tut mir leid, Major. Ich kann Ihnen nicht helfen«, sagte sie und stahl sich aus seiner Nähe. »Was diesen Monsieur Schwan anbelangt, gab es vielleicht die eine oder andere Begegnung. Aber diese waren bedeutungslos und haben nicht das Geringste mit Ihrem Fall zu tun.«

Sie nickte ihm mit einem verkniffenen Lächeln zu, holte einen Autoschlüssel aus ihrer Handtasche und stakste davon. Angesichts der hohen Absätze hatte ihr Abgang etwas vom Stolzieren eines Storches, fand Jules, nur dass Melodie weitaus flotter und – zugegeben – verführerischer unterwegs war.

Jules, der keine Handhabe hatte, sie aufzuhalten,

sah zu, wie sie in einen schnittigen Peugeot 207 CC stieg. Ein Cabrio in ihrer favorisierten Farbe: knallrot. Dabei registrierte er einen Schaden am hinteren Kotflügel.

LE SEPTIÈME JOUR

DER SIEBTE TAG

Endlich waren die Polizeisiegel entfernt und das Zimmer freigegeben worden. Clotilde fiel ein Stein vom Herzen, denn die Aufkleber, mit denen Hervés Leute die Tür von Schwans Raum versehen hatten, erschreckten nicht nur andere Gäste, sondern verhinderten eine Neuvermietung. Für ein Haus mit wenigen Betten ein schmerzlicher Verlust.

Aber nun war das Siegel fort, und Clotilde hatte die Erlaubnis erhalten, das Zimmer neu zu belegen. Die Hinterlassenschaften des Toten hatten die Kriminalbeamten zwar mitgenommen, die bei der Durchsuchung entstandene Unordnung jedoch ihr überlassen.

Da Magda um diese Zeit – es war bereits später Vormittag – nicht mehr arbeitete, rüstete sich Clotilde selbst mit Eimer, Wischmopp, Staubwedel und einem Satz frischer Handtücher und Laken aus. Mit angestrengtem Stöhnen trug sie das Putzzeug die Treppe hinauf und machte sich daran, Schwans Raum auf Vordermann zu bringen. Als Erstes riss sie das Flügelfenster auf und ließ Luft herein. Danach sammelte sie Kissen, Tücher und andere Ausstattungsgegenstände vom Boden auf und legte sie zurück an ihre Plätze. Anschließend bezog sie das Bett und begann mit dem Saubermachen im Badezimmer. Danach war der Wohnraum an der Reihe, wo sie sich akribisch von einer Seite bis zur anderen vorarbeitete.

Clotilde ging besonders gründlich zu Werke und ließ auch das Innere der Schränke nicht außen vor. Sie erledigte ihre Arbeit so penibel, weil der letzte Gast gestorben war, was sie für ein schlechtes Omen hielt. Zwar war der Tod nicht hier in diesem Zimmer eingetreten, trotzdem hatte sie das Bedürfnis, jede noch so kleine Hinterlassenschaft des letzten Gastes zu tilgen. Nichts sollte an Schwan erinnern und womöglich Unglück für ihr Haus heraufbeschwören.

Inzwischen hatte sich Clotilde beim Schrubben des Fußbodens den Weg bis zum Bettgestell gebahnt. Um auch die Holzdielen unter dem Lattenrost feucht abwischen zu können, lehnte sie sich mit ihrer Hüfte gegen das Bett und schob es ächzend beiseite. Sie zog ein großes Tuch aus ihrer Schürze und wischte sich die vor Anstrengung schweißnasse Stirn ab. Dann ging sie langsam auf die Knie, wobei ihr die Arthrose mehr denn je zu schaffen machte. Mit den geballten Fäusten auf dem tropfnassen Wischlappen beseitigte sie die Staubschicht.

In ihrer Hingabe presste sie das Wischtuch mit besonders viel Druck auf den Boden – und stutzte, als eine der Dielen nachgab.

Clotilde warf den Lappen zurück in den Eimer. Um zu überprüfen, ob sie sich nicht getäuscht hatte, drückte sie noch einmal auf die Holzlatte. Und tatsächlich: Das Brett saß locker.

Die Wirtin wollte sich gerade aufraffen, um ihrem Mann Pierre den Auftrag zu erteilen, sich darum zu kümmern. Denn kleinere handwerkliche Aufgaben erledigte er meist selbst. Das sparte Geld und vor allem Zeit, weil die meisten Fachbetriebe so volle Auftragsbücher hatten, dass sie keine neuen Arbeiten annahmen. Schon gar nicht, wenn es um solche Kleinigkeiten wie ein loses Brett ging.

Dann jedoch besann sich Clotilde eines Besseren und probierte, die Diele aus ihrer Fuge herauszulösen. Damit folgte sie einer Art Eingebung, denn ein unbestimmtes Bauchgefühl gab ihr zu verstehen, dass hier irgendetwas nicht stimmte.

Da ihre Finger zu dick waren, um sie in die Spalten zwischen den Lamellen zu stecken, behalf sie sich mit einem Brieföffner, der in der Schublade jedes Hotelzimmers lag. Nach geduldiger Fummelarbeit schaffte sie es, das Brett anzuheben. Sie nahm es auf und legte es beiseite. Dadurch öffnete sich ihr ein Blick auf einen Hohlraum. Nicht besonders tief, doch er bot ausreichend Platz, um etwas darin zu verbergen.

Clotilde mochte zunächst gar nicht glauben, was sie fand. »Die Aktentasche«, sagte sie zu sich selbst und verspürte ein wohliges Schaudern.

Erneut holte sie das Tuch hervor, mit dem sie sich die Stirn gewischt hatte. Diesmal verwendete sie es als eine Art Handschuhersatz, indem sie den Stoff um den Griff der Tasche wickelte und sie vorsichtig aus der Nische zog.

Nun lag die Aktenmappe vor ihr, und Clotilde betrachtete sie voller Ehrfurcht: hellbraunes, an den Rändern abgenutztes Leder, auch der Griff lederbespannt, fixiert mit zwei messingfarbenen Ringen. Aus dem gleichen Material bestand der Verschluss. Sie setzte ihre Lesebrille auf, beugte sich tiefer und stellte fest, dass er weder über ein Schlüsselloch noch über eine Zahlenkombination verfügte. Er ließe sich also ganz einfach aufschnappen.

Clotilde dachte nach.

Natürlich wusste sie genau, was zu tun war. Ihre Pflicht bestand darin, die Tasche nicht mehr anzurühren und stattdessen unverzüglich die Police nationale über ihre Entdeckung zu informieren.

Doch das brachte sie nicht fertig. Denn immerhin war es ihr Haus, ihr ganz persönliches Eigentum, innerhalb dessen die verschwundene Tasche aufgetaucht war. Aus dieser Tatsache leitete sie für sich das Recht ab, sich den Inhalt als Erste ansehen zu dürfen.

Sie holte tief Luft, öffnete den Verschluss und klappte die Tasche mit angespannter Langsamkeit auf. Noch einmal atmete Clotilde tief ein und wieder aus. Dann war sie so weit, um einen Blick hineinzuwagen.

Zunächst sah sie einen Stapel Unterlagen. Offenbar Geschäftspapiere. Ob sie von besonderer Bedeutung waren oder nicht, vermochte Clotilde auf die Schnelle nicht zu beurteilen. Doch dann, nachdem sie ihre Hand in die Tasche versenkt hatte und den Boden abtastete, stieß sie auf etwas anderes. Sie förderte einen Beutel zutage. Ein kleiner Sack aus hellem Leinen.

Sie hob ihn an. Ihr fiel sofort das Gewicht auf: viel schwerer als erwartet. Sie öffnete den Knoten eines Bändchens, mit dem das Säckchen verschnürt war.

Was nun, fragte sie sich? Aufhören oder weitermachen?

Weitermachen!

Sie schüttete den Inhalt auf den Boden. Klimpernd rieselten Metallteilchen in der Größe von Hagelkörnern auf die Dielen. Sie waren uneben und von unterschiedlichem Umfang. Doch ihr Glanz verriet ihren Wert.

»Gold!«, flüsterte Clotilde ergriffen. »Eine ganze Hand voller Gold.«

Sie hatten lange darüber nachgedacht und es sich mit ihrer Entscheidung nicht leicht gemacht. Schließlich, nachdem Jules und Joanna eine Nacht darüber geschlafen hatten, kamen sie zu dem Entschluss, ihren Verdacht zu melden.

»Wir müssen Hervé mitteilen, dass Melodie in den Fall Schwan verwickelt sein könnte. Ob als Tatverdächtige oder als Zeugin – es liegt an Hervé, das herauszufinden«, entschied Joanna während ihres gemeinsamen Frühstücks. Sie bot sich an, sich selbst darum zu kümmern und den Chefermittler ins Bild zu setzen.

»Das wäre mir sehr recht«, nahm Jules den Vorschlag dankbar an, denn er legte keinen besonderen Wert auf ein abermaliges Gespräch mit dem unsympathischen Kollegen.

Seine Gedanken kreisten noch immer um Roccas unnahbare Agentin, als Jules in die Gendarmerie kam.

»Hatten Sie einen schönen Abend?«, erkundigte sich Charlotte Regnier und sah auf die Wanduhr. So spät wie heute war der Major noch nie zum Dienst erschienen. Ihr schien das aber nichts auszumachen, denn sie wirkte ausgesprochen fröhlich.

»Ja, danke«, sagte Jules. »Ich hoffe, Sie ebenfalls.«

Gute Laune herrschte heute auch einen Raum weiter. Dort traf Jules seine beiden Mitarbeiter François Kieffer und Alain Lautner dabei an, wie sie eifrig diskutierend vor zwei zusammengeschobenen Tischen standen, auf denen sie eine große Landkarte ausgebreitet hatten.

Jules wünschte einen guten Morgen und trat neugierig näher. Die Karte, auf die sich Kieffer und Lautner konzentrierten, bildete die Départements Haut-Rhin und Bas-Rhin ab. Damit bot sich eine Übersicht der gesamten Rheinebene im Elsass.

Als die beiden Jules' Interesse bemerkten, stellten sie ihr – im alemannischen Dialekt geführtes – Gespräch ein und wechselten ins Französische. Voller Stolz verkündeten sie, dass sie in Sachen Jürgen Schwan einen Riesenschritt vorangekommen seien. Kieffer nahm sogar das Wort »Durchbruch« in den Mund. Jules mochte es kaum glauben, dass sein gestriger Appell tatsächlich gefruchtet hatte, doch dann legte Lautner los: »Die Kollegen der Police nationale tun sich bekanntlich schwer damit, den Tatort zu lokalisieren. Also die Stelle, an der Schwan getötet und ins Wasser gebracht worden ist. Sie betreiben zwar einen enormen Aufwand mit hydrologischen Gutachten und Strömungsberechnungen, aber bisher ohne Resultat.«

»Richtig, deshalb hatte ich ja darum gebeten, sich nach alternativen Methoden zu erkundigen«, sagte Jules.

Lautner grinste verschmitzt. »Das haben wir getan. Mit Erfolg. Ich möchte sogar sagen, mit sehr großem Erfolg.« Er klopfte Kieffer auf die Schultern.

»Dann lassen Sie mal hören!«, forderte Jules sie auf.

»Zunächst einmal konnten wir den infrage kommenden Flussabschnitt recht gut durch ein einfaches Ausschlussverfahren eingrenzen«, berichtete Lautner.

»Ausschlussverfahren? Werden Sie bitte konkreter.«

»Mit dem größten Vergnügen!« Er zeigte auf die Karte. »Der untere Flusslauf bis Diebolsheim scheidet schon mal aus.« Das war keine Annahme, sondern eine Feststellung. Als sich Jules erkundigte, wie er sich da so sicher sein könnte, nannte Lautner bloß zwei Worte: »*centrale hydroélectrique.*«

»Der Körper des Toten wäre nicht durch das dortige Wasserkraftwerk gekommen, sondern in einem der Rechen hängen geblieben«, führte Kieffer aus. »Und bis zur Autofähre von Rhinau brauchen wir auch nicht zu suchen«, grenzte er den Flussabschnitt weiter ein. »Viel zu viel Betrieb, eine Industrieanlage neben der nächsten, Kieswerke, dazu der Eisenbahnverkehr direkt neben dem Fluss. Das Risiko für den Mörder, hier gesehen zu werden, wäre zu groß gewesen. Wir müssen also weiter rauf in den Norden.«

»In den Norden also«, wiederholte Jules, ohne den Blick von der Karte zu lassen. Die Zuversichtlichkeit seiner Mitarbeiter konnte er nur begrenzt teilen. Denn selbst wenn man die abzusuchende Strecke verkürzte, blieben noch genügend Kilometer übrig, um mehrere Hundertschaften der Polizei mehrere Tage lang mit der Spurensuche zu beschäftigen. »Geht es ein wenig genauer?«

»Auf diese Frage habe ich gewartet«, entgegnete Kieffer und platzte beinahe vor Stolz.

»Dann weihen Sie mich ein. Was haben Sie herausgefunden?«, forderte Jules ihn auf.

»François, unser eingefleischter Junggeselle, zieht ja oft und gern in Strasbourg um die Häuser. Daher hat er nicht nur einen guten Draht zu den Jungs der Police nationale, sondern versteht sich auch mit denen aus der Rechtsmedizin recht gut«, holte Lautner aus.

»Man trifft sich eben ab und zu auf ein Bier und plaudert«, warf Kieffer geschmeichelt ein.

»So auch gestern Abend«, machte es Lautner spannend.

Jules sah die beiden abwechselnd aufmerksam an und konnte seine Neugierde kaum mehr im Zaum halten. Auf was waren die beiden bloß gestoßen?

»Es fanden sich Spuren von *Euphorbia palustris* unter den Nägeln von Schwans rechter Hand«, verriet Kieffer ihm.

»Bitte was?«

»Die Sumpfeuphorbie ist eine Staude mit leuchtend gelben Blütendolden. Jetzt, im Spätsommer, färbt sie sich rotbraun. Wunderschön – aber selten«, erläuterte Kieffer.

»Eine Uferpflanze, die sumpfigen Untergrund liebt«, ergänzte Lautner. »Früher war sie entlang der Flusstäler weit verbreitet, heute gilt sie als selten bis stark gefährdet.«

Jules begann zu begreifen. »Sie meinen, dass diese Euphorbia-Pflanze nur noch an ganz bestimmten Stellen anzutreffen ist?« Er sah sich dem Ziel, endlich den Tatort aufzuspüren, plötzlich doch viel näher.

Beide nickten einvernehmlich.

»Wo?«, fragte Jules.

»Zwischen Rhinau und dem *Réserve naturelle de la forêt d'Erstein* sind wir richtig. Dort, an den untersten Ausläufern der Rheinauen, liegen die ersten naturbelassenen Uferabschnitte«, präzisierte Lautner.

»Und dort soll sich Euphorbia am wohlsten fühlen«,

meinte Kieffer. »Da auch winzige Reste der ebenfalls seltenen *Gratiola officinalis*, im Volksmund Gnadenkraut, am Leichnam gefunden wurden, lässt sich der Bereich ziemlich genau eingrenzen.«

»Die D20 führt dort direkt am Rhein entlang«, wusste Lautner. »Der Mörder könnte mit dem Wagen bis an den Tatort gelangt sein.«

»Genau da müssen wir suchen!«, bestimmte Kieffer.

Jules hatte nichts dagegen einzuwenden.

Mehrmals hatte Gilles Conrad die Umsetzung seines Vorhabens verschieben müssen. Denn mit Roccas zuverlässiger Routine, die Conrad bei seiner Observierung des Schlosshotels festgestellt hatte, war es plötzlich nicht mehr weit her. Rocca ließ sein frühmorgendliches Joggen ausfallen, erschien verspätet zum Frühstück und hatte heute offenbar nicht einmal seine Limousine bestellt.

Conrad ärgerte sich über sich selbst, dass er so lange gezögert und seinen Coup nicht längst durchgezogen hatte. Nun, da Rocca seinen Tagesablauf umstellte, musste er sein Vorgehen anpassen und flexibel reagieren. Das war nicht gut. Ein solches Vorgehen widerstrebte Conrad, denn mit der Spontaneität wuchs natürlich das Risiko, erwischt zu werden.

Erschwerend kam hinzu, was er gerüchteweise bei Gesprächen im Ort aufgeschnappt hatte: nämlich dass Rocca seinen Aufenthalt im Elsass schon bald beenden würde. Zwar wusste niemand Genaueres, aber es war wohl nur eine Frage weniger Tage, bis der Star abreisen würde. Wenn Conrad bis dahin nichts unternommen hätte, wäre all die Mühe mit der Vorbereitung für die Katz gewesen. Das wäre nicht nur höchst unerfreulich, sondern würde ihn in eine echte Bredouille bringen. Mittlerweile waren seine Geldreserven fast aufgebraucht. Das bisschen, was er nach seiner Entlassung von Vater Staat bekommen hatte, reichte nicht einmal für die erste Woche, weswegen er auf dem Weg hierher die Kasse einer Tankstelle plündern musste – zum Glück unerkannt. Aber auch dieses Geld war so gut wie aufgebraucht, sodass er gar nicht anders konnte, als den Rocca-Coup endlich zu landen. Ein weiterer Aufschub kam nicht infrage!

Gesagt, getan: Conrad, der in einer zusammengestückelten Uniform steckte und aussah wie eine Mischung aus Gasableser und Gepäckbote, passierte das schmiedeeiserne Tor der Hotelzufahrt und ging geradewegs auf den Lieferanteneingang zu. Der lag längsseits von einem der Wehrtürme, wie er längst wusste, und wurde von keinem Pagen oder Pförtner kontrolliert. Sein Plan sah vor, dass er sich unter dem Vorwand, eine elektrische Anlage warten zu müssen, durch das Hotel schlagen würde. Conrad wollte versuchen, Rocca und seine Begleiterin ausfindig zu machen. Sobald diese ihr Zimmer verlassen hätten, würde er dort eindringen und seinem Geschäft nachgehen. Sollte er erwischt werden, könnte er sich immer noch damit herausreden, ein Elektriker zu sein, der versehentlich falsch abgebogen war. Ein einfaches Zimmermädchen würde ihm das abkaufen, und mit jemand anderem rechnete er auf den Gästeetagen nicht. Schon gar nicht mit dem lästigen Gärtner.

Conrad passierte den Lieferanteneingang, ohne den Kopf zu heben, da er bei seinen Erkundungen eine

Kamera rechts oberhalb der Tür entdeckt hatte. Anschließend glitt er unbehelligt an zwei Küchengehilfen vorbei, die mit dem Entladen einiger Gemüsekisten beschäftigt waren und ihn nicht beachteten. Kurz darauf stand er bereits im zentralen Treppenhaus, das zu den Fluren mit den Hotelzimmern führte.

Conrad atmete auf. Das Treppenhaus war sicher, denn fast jeder Gast und auch das Personal nahm die Aufzüge. Hier würde er höchstens im Falle eines Brandes Gesellschaft bekommen, wenn die Leute die Treppen zur Flucht nutzen würden. Aber das konnte er guten Gewissens ausschließen, denn ein solcher Zufall wäre schlichtweg zu groß.

Damit meinte Conrad die wichtigsten Hürden überwunden zu haben. Der Rest wäre für ihn ein Kinderspiel. Zuversichtlich setzte er seinen Fuß auf die erste Stufe, da hörte er die laute, widerhallende Stimme eines Mannes hinter sich.

»Halt! Keinen Schritt weiter!«

Conrad erstarrte. Ein eiskalter Schauer lief ihm über den Rücken.

»Nehmen Sie die Hände hoch und drehen Sie sich um. Ganz langsam!«

Conrad tat, wie ihm geheißen. Ihm gegenüber standen zwei Gestalten in der Uniform der Police municipale, die die Läufe ihrer Pistolen auf ihn richteten. Ein Mann und eine Frau. Wohl dieselben, die in der letzten Zeit Streife rund um das Hotel gefahren waren. Conrad war davon ausgegangen, dass sie ihn nicht gesehen hatten. Ein Trugschluss.

Während er sich die Handschellen anlegen ließ, haderte Conrad mit der Ironie des Schicksals. Bis vor

wenigen Jahren war die Police municipale, die Stadtpolizei, noch nicht mit Schusswaffen ausgerüstet
gewesen. Dies hatte sich erst geändert, nachdem es
wiederholt zu Übergriffen gegen die Ordnungshüter
gekommen war. Hätten die beiden Polizisten keine Pistolen dabeigehabt, wäre es für Conrad ein Leichtes gewesen, mit ihnen fertigzuwerden. Er hätte sie überwäl-
tigt und unschädlich gemacht. So aber blieb ihm nichts
anderes übrig, als die Demütigung einer Verhaftung
über sich ergehen und sich abführen zu lassen.

Was für ein mieses Ende seines Neubeginns nach all
den Jahren im Gefängnis, dachte er und fluchte still vor
sich hin.

Das Grand Ried war bekannt für seine außergewöhn-
lichen Naturreichtümer und erstreckte sich entlang
des Rheins bis in den Norden Strasbourgs. Eine an
vielen Stellen unberührte Sumpf- und Schwemmland-
schaft, die Jules streckenweise bereits mit dem Fahrrad erkundet hatte. Um die wahren Schätze dieses
Feuchtbiotops erleben zu können und Brachvögel,
Rohrweihen und Sumpfohreulen zu beobachten,
hätte er allerdings auf ein Kanu oder einen Flachkahn
umsteigen müssen.

Diese Eindrücke seiner ersten Erfahrungen mit den
Rheinauen hatte er im Kopf, als er gemeinsam mit
Lautner und Kieffer die knapp fünfzig Kilometer lange
Autofahrt an ihr Ziel antraten: Bei Hippolyte fädelten
sie sich in den dichten Verkehr auf der *autoroute* A35
ein, es folgte ein flotter Wechsel auf die zweispurig aus-
gebaute D1083. Dann weiter über schmale, kurvenrei-
che Landstraßen vorbei an riesigen Maisfeldern und

durch dichten Laubwald. Sie überquerten die Ill und den Canal du Rhône au Rhin.

Nachdem Sie ihren Dienstwagen auf einem geschotterten Stichweg am Straßenrand abgestellt hatten, machten sich Jules und seine beiden Begleiter zu Fuß auf den Weg zum vermuteten Tatort. Ausgerüstet waren sie mit Gummistiefeln und Handfunkgeräten, die sie von der Wache mitgenommen hatten. Die Sonne hatte ihren Zenit erreicht und gab noch einmal ihr Bestes. Entsprechend dampfig war die Luft. Der untrainierte Kieffer stöhnte schon nach den ersten fünfzig Metern und pellte sich aus seiner Uniformjacke.

Das Dreiergespann passierte Tümpel und Wasseradern, kreuzte ein verwildertes Waldstück mit umgefallenen, verwitterten Stämmen. Gleich darauf war der Boden wieder feucht. An vielen Punkten trat das Grundwasser an die Oberfläche und ergoss sich in klaren Quellen. Das Gewirr von Wasseradern zog wilde Orchideen ebenso an wie diverse Pilzarten und blütenreiche Rankengewächse. Jules registrierte im Wind wogende Schilfhalme, darüber schwirrten die Schwalben.

Lautner zeigte auf eine hüfthohe Staude. »Wenn mich nicht alles täuscht, ist sie das: die Sumpfeuphorbie.«

Mit erhöhter Aufmerksamkeit gingen sie weiter und achteten bei jedem ihrer Schritte auf ihre Umgebung. Bald schien das Dickicht, das sie umgab, undurchdringlich. Schilfgewächse und Binsen bildeten einen dichten Vorhang und behinderten sie Sicht. Erschwert wurde die Suche dadurch, dass niemand von ihnen genau wusste, worauf sie achten sollten. Wagenspuren? Kleidungsstücke? Gar Blut?

Über verschlungene Wege drangen sie tiefer und tiefer in die eigenwillige Naturlandschaft ein. Dass sich ihre unzureichend hohen Stiefel inzwischen mit Wasser und Schlick gefüllt hatten und bei jedem Auftreten schmatzende Geräusche von sich gaben, nahmen die drei billigend in Kauf. Ebenso wie die Mücken, die aus den zahllosen Tümpeln und Pfützen aufstiegen und sie attackierten.

»Wir teilen uns auf«, entschied Jules, nachdem sich herausgestellt hatte, dass das abzusuchende Areal doch weitläufiger war, als er sich erhofft hatte.

Während er sich durch ein dschungelartiges Areal voller Schwarzpappeln und Ulmen kämpfte, von denen lianenähnliche Schlingpflanzen hingen, schickte er den schwerfälligen Kieffer in ein weitgehend hindernisfreies Flachmoor. Lautner sollte sich derweil weiter in Richtung Rhein vorarbeiten.

Von einem Mückenschwarm begleitet, kämpfte sich Jules durch das Gestrüpp. Langsam und konzentriert, die Blicke ständig von links nach rechts wandernd und wieder zurück. Der salzige Schweiß rann ihm in die Augen, immer wieder musste er deshalb pausieren und sich mit einem Taschentuch über die Stirn wischen. Der unebene Boden mit seinem tückischen Wurzelgeflecht lenkte ihn immer wieder von seiner Suche ab. Sobald er sich zu sehr auf die Umgebung konzentrierte und nicht auf seine Füße achtete, verfing er sich und stolperte. Und wenn einmal keine Wurzel im Weg war, wartete die wilde Natur mit anderen Fallen auf. Verborgene Rinnsale durchweichten den Untergrund, sodass er beim Auftreten nachgab. Mehrmals ging Jules ungewollt in die Knie, einmal wäre er beinahe in voller Länge hingefallen. Gerade so konnte er sich abfangen. Die Suche gestaltete sich viel mühsamer als erwartet – ob sie dennoch zum erwünschten Ergebnis führen würde?

Adjutant Lautner war es, der nach einer knappen Stunde über sein Handfunkgerät Erfolg meldete. »Diverse Fußabdrücke, abgeknickte Pflanzen. Sieht nach Spuren eines Kampfes aus!«

»Sind Sie sicher, dass es keine Wildschweine gewesen sind, die die Verwüstungen hinterlassen haben?«, vergewisserte sich Jules.

»Nicht hier, nicht so weit entfernt vom Wald«, antwortete Lautner und gab seine Position durch.

»Bleiben Sie an Ort und Stelle. Wir sind gleich bei Ihnen«, funkte Jules zurück, glücklich darüber, dass die Tortur damit beendet war.

Zehn Minuten später waren sie wieder vereint. Wie Jules schnell feststellte, hatte Lautner tatsächlich ins Schwarze getroffen: Die Spurenlage schien eindeutig zu sein. Als er sich dem von Büschen und vereinzelten Bäumen umgebenen Schauplatz näherte, fielen ihm sofort die zahlreichen Abdrücke auf, die vom morastigen Boden gut abgebildet wurden. Es handelte sich um Fußstapfen mit mindestens zwei unterschiedlichen Profilen. Da sie keine parallelen Linien bildeten, sondern wild durcheinander angeordnet und noch dazu unterschiedlich stark ausgeprägt waren, zog Jules die gleichen Schlüsse wie Lautner: »Hier hat zweifellos eine Rangelei stattgefunden.«

»Ja, ein Kampf mit tödlichem Ausgang«, meinte Lautner mit vielsagender Miene. Er ging auf einen der Büsche zu, schob die unteren Äste mit der Fußspitze beiseite und gab den Blick auf einen auf dem Boden liegenden armdicken Ast frei. Am oberen Ende war das Holz dunkel verfärbt.

Beim genaueren Hinsehen erkannte Jules, dass der Ast mit Blut getränkt war. Sollte es sich um die Tatwaffe handeln?

»Was machen wir jetzt?«, fragte Kieffer und sah Jules erwartungsvoll an.

»Nichts«, sagte dieser, denn ihm war nur allzu bewusst, dass sie hier im Revier eines anderen wilderten.

Jules nahm sein Smartphone zur Hand. Er sah es an der Zeit, Albert Hervé von ihrer Entdeckung zu unterrichten.

Bis die Police nationale samt Fachpersonal und Ausrüstung für die kriminaltechnische Untersuchung ankam, hatte sich die Euphorie von Jules und seinen Mitarbeitern in Missmut verwandelt. Allen dreien hing der Magen in den Kniekehlen. Außerdem war jede freie Körperstelle von den blutgierigen Mücken zerstochen worden. Ganz zu schweigen von ihren nassen Füßen. Sie mussten sich am Riemen reißen, um sich vor den ausgeruhten Kollegen in ihren adretten Uniformen nicht zu sehr gehen zu lassen.

»Commissaire Hervé! Freut mich, dass Sie so schnell hier sein konnten.« Diese Spitze konnte sich Jules nicht verkneifen, immerhin hatten sie über zwei Stunden auf die Verstärkung warten müssen.

Er führte die Neuankömmlinge in Tatortnähe, machte auf die Abdrücke und vermutlichen Blutspuren aufmerksam und deutete auf eine Schneise, die von umgebogenen und abgebrochenen Zweigen flankiert war. Der Weg wies eine Breite auf, die ohne Weiteres für ein Auto ausgereichte. Dafür, dass an dieser Stelle vor gar nicht langer Zeit tatsächlich ein Wagen gestanden hatte, sprachen zwei gut sichtbare Spurrillen, in denen sich grünbraunes Brackwasser gesammelt hatte.

Während Jules darauf bedacht war, Hervé jede seiner Beobachtungen mitzuteilen, um sich später keine Vorhaltungen machen lassen zu müssen, begannen die Spurensicherer mit der Detailarbeit. In ihrer Schutzkleidung bewegten sie sich wie Mondmänner über das Gelände, stets darum bemüht, keine Fährten zu verwischen. Einer nahm mit Wattestäbchen Proben vom blutigen Ast, um später die Blutgruppe feststellen zu lassen. Gleichzeitig vermaß ein anderer die Tritte, während der Nächste alles mit dem Fotoapparat dokumentierte.

»Hier können Sie aus dem Vollen schöpfen«, sagte Jules zu dem ungeliebten Kollegen. »Dieser Tatort spricht Bände. Nach der Auswertung all der Spuren dürfte es ein Leichtes sein, Schwans Mörder zu identifizieren. Entweder führen die Reifenspuren zu ihm oder Hautpartikel und Haare, die Sie unzweifelhaft an der Tatwaffe sicherstellen werden. Ich glaube kaum, dass wir es mit einem Profi zu tun haben, der Handschuhe trug.«

Hervé versteifte sich und rückte seine Kappe zurecht. »Meinen Sie?« Eine steile Furche bildete sich auf der Stirn, als er seine Zweifel anführte. »Bei Wohnungstatorten mögen die Chancen, auf Hautpartikel des Täters zu stoßen, groß sein. Nicht aber in freier Natur unter den Witterungseinflüssen des Spätsom-

mers und mit all der Feuchtigkeit in diesem Gebiet.«
Er schüttelte den Kopf. »Das Gleiche gilt für die Abdrücke. Ein Reifenprofil lässt sich in diesem Schlick
beim besten Willen nicht mehr erkennen.«

»Aber...«, setzte Jules an.

Doch Hervé unterbrach ihn harsch. »Selbst wenn
uns dieser Tatort zu demjenigen führen sollte, der
sich hier mit Schwan aufgehalten hat, nützt uns das
wenig.«

»Wieso?«, begehrte Jules auf. »Ich verstehe nicht,
warum...«

Abermals fuhr ihm Hervé ins Wort. »Ohne einen
Tatzeugen sind all Ihre Abdrücke und die angebli-
che Tatwaffe wertlos! Wenn der Verdächtige schlau
ist, tischt er uns eine Geschichte auf, mit der wir ihm
nichts anhaben können. Er gibt zu, dass er sich mit
Schwan am Rheinufer getroffen und mit ihm geplaudert hat. Meinetwegen räumt er sogar ein, dass es zu
einem Streit gekommen ist. Aber danach sind beide
ihrer Wege gegangen. Von dem, was Schwan anschließend widerfahren sein mag, hat unser Tatverdächtiger
natürlich keine Ahnung. Er behauptet ganz einfach,
dass Schwan bei bester Gesundheit gewesen ist, als sie
sich getrennt haben. Wenn niemand anderes das Geschehen beobachtet hat, verpufft jede Anschuldigung.«

»Wir haben den Ast mit dem Blut!«

Hervé ließ die Mundwinkel hängen. »Na und?
Unser Mann könnte sogar bekennen, damit zugeschlagen zu haben, um dann zu behaupten, Schwan habe die
Attacke überlebt. Den tödlichen Hieb müsse ihm wohl
später ein anderer zugefügt haben.«

In Jules stieg Wut auf. Statt dass Hervé dankbar über

seine hilfreichen Tipps und Hinweise war, ließ er ihn als Trottel dastehen.

Und Hervé legte sogar noch einen drauf. »Ihr Eifer in Ehren«, sagte er mit einem despektierlichen Blick auf Jules' beschmutzte Dienstkleidung, »aber haben Sie etwa den berühmten Dreiklang der Kriminalistik vergessen? Die drei Dinge, die man braucht, um einen Mörder zu fangen: das Motiv, die Tatgelegenheit und die Tatgeneigtheit. Kennen Sie etwa jemanden, der mit allen drei Punkten aufwarten kann?«

Das war genug, fand Jules. Wenn es Hervé nicht fertigbrachte zu kooperieren, würde auch er nicht länger guten Willen zeigen. Er schluckte all die Unfreundlichkeiten hinunter, die ihm spontan in den Sinn kamen, pfiff seine Leute zusammen und läutete den Rückzug ein. Er war überzeugt davon, dass sie eine gute Vorarbeit geleistet hatten. Den Rest müsste Hervés Gruppe allein bewerkstelligen. Denn die Einfaltspinsel der Gendarmerie wurden ja offensichtlich nicht mehr benötigt.

»Wir gehen!«, bestimmte Jules. »Es gibt Wichtigeres für uns zu tun, als den Profis im Wege zu stehen.«

»Ja«, pflichtete ihm Kieffer bei, der wohl froh war, die mückenverseuchte Gegend verlassen zu dürfen. »Wir müssten uns dringend um Gaston kümmern.«

»Um wen?«

»Gaston, der aufsässige Storch. Angeblich genügt es ihm nicht mehr, Autos zu zerkratzen, jetzt ist er dazu übergegangen, Vorgärten zu verwüsten. Weiß Gott, was dieses Vieh antreibt.«

Manchmal konnte ein schlichtes Gemüt ein Segen sein, dachte Jules. Zumindest ließ sich Kieffer nicht so leicht in Stress versetzen wie er. Jules nahm sich vor, sich daran ein Beispiel zu nehmen und sich künftig mehr zurückzuhalten.

Sie wählten den direkten Weg zur Straße, der entlang der Schneise mit den Reifenspuren führte. In einer Kehre hielt Kieffer plötzlich an.

»Schon aus der Puste?«, fragte Jules.

»Nein.« Der Gendarm starrte auf einen Baumstumpf, der schräg in den Weg hineinreichte. »Sehen Sie da!«

Jules, der nach dem Disput mit Hervé jede Motivation verloren hatte, auf Hinweise irgendwelcher Art zu achten, folgte lustlos dem Fingerzeig. Doch als er sah, auf was Kieffer gestoßen war, änderte sich seine Einstellung sofort wieder.

»Das ist Lack!«, rief er aus und nahm einen winzigen Splitter auf seine Fingerkuppe. »Kirschroter Autolack.«

Woran erinnerte ihn diese Farbe? Jules konnte nicht anders, als an das letzte Bild zu denken, das er vom Abgang beziehungsweise von der Abfahrt von Roccas Managerin im Gedächtnis behalten hatte: Ihr Auto, das eine ähnliche, wenn nicht die gleiche Lackierung hatte, wies eine Macke an der Stoßstange auf. Sollte sich Melodie den Schaden an ihrem Peugeot in diesem Wald zugezogen haben? War ihr Wagen an dieser Stelle ausgeschert und mit dem Heck gegen den Stamm geprallt?

Jules war so fair und machte noch einmal kehrt. Geraden Schrittes marschierte er an dem verwundert glotzenden Hervé vorbei und sprach einen der Spurensicherer an. Jules machte ihn auf den Fahrzeuglack in der Zufahrt aufmerksam und regte an, diesen sicherzustellen. Dann ging er hoch erhobenen Kopfes – und mit vielen neuen Fragen im Gepäck.

Die Stimmung im Polizeiauto war gedämpft, auch wenn alle drei Grund genug gehabt hätten, sich über ihren wirklich tollen Ermittlungserfolg zu freuen. Immerhin hatten sie den Fall ein ganzes Stück vorangebracht. Aber was nützte ihnen das, wenn die Lorbeeren dafür jemand anderes einheimsen würde: Albert Hervé.

»Meinen Sie, die Indizien reichen aus, um Roccas Agentin festnehmen und als Tatverdächtige verhören zu können?«, durchbrach Kieffer das Schweigen während der ersten Kilometer.

»Eine intensive Unterhaltung mit dieser Dame wäre jedenfalls dringend geboten«, meinte Jules ein wenig bärbeißig.

»Aber was ist, wenn der Lack doch von einem anderen Wagen stammt?«, gab Lautner, der auf der hinteren Bank Platz genommen hatte, zu bedenken.

Lautner war so weit in die Mitte gerutscht, dass er seinen Kopf zwischen die beiden anderen stecken konnte, um nur ja nichts zu verpassen. Gleichzeitig bot ihm das einen guten Blick auf den Rückspiegel. Und dieser ließ ihn aufschrecken!

»*Mon Dieu!*«, rief Lautner aus und hatte damit die volle Aufmerksamkeit seiner Kollegen. »Dieses Cabriolet hinter uns – ist das nicht …«

Lautner sprach seinen Satz nicht aus, doch als nun auch Jules in die Spiegel sah, wusste er sofort, was den Adjutanten alarmiert hatte. Hinter ihnen fuhr ein feuerroter Peugeot. Der Wagen hielt gute fünfzig Meter

Abstand und hatte das Verdeck trotz des schönen Wetters geschlossen.

»Wo kommt der Wagen plötzlich her?«, fragte Jules, der erst durch Lautners Hinweis auf das Cabrio aufmerksam geworden war.

»Er ist gerade aus einem Seitenweg auf die Landstraße eingebogen«, antwortete Lautner. »Meinen Sie, dass *sie* es ist?«

»Melodie?« Jules war sich nicht sicher. In Frankreich war schließlich nicht nur ein rotes Peugeot Cabriolet zugelassen. Dennoch suchte er nach Gewissheit und reduzierte das Tempo. Dabei schaute er immer wieder in den Rückspiegel.

»Der Peugeot wird auch langsamer«, beobachtete Kieffer, der sich umgedreht hatte, um das verdächtige Fahrzeug besser sehen zu können. »Da möchte wohl jemand der Polizei nicht zu nahe kommen.«

»Glauben Sie, Melodie hat uns bei unserer Suche beobachtet, um zu erfahren, wie weit wir mit den Ermittlungen sind?«, fragte Lautner an Jules gerichtet.

Schon möglich, dachte Jules und stellte fest, dass die Distanz zum nachfolgenden Wagen trotz seines geringen Tempos größer und größer wurde. Sie waren auf der Höhe einer Apfelbaumplantage angelangt, als das Cabrio auf den Seitenstreifen rollte und zu einer Wende ausholte.

»*Putain!*«, fluchte Jules. »Sie versucht abzuhauen.« Ohne lange zu überlegen, steuerte er ebenfalls den Fahrbahnrand an. Während er die Fahrtrichtung änderte, schaltete er Blaulicht und Sirene ein.

Lautner griff zum Funkgerät. »Ich gebe die Lage durch und erbitte Unterstützung!«

»Machen Sie das!«, bestätigte Jules und ließ den Motor aufheulen.

Der Peugeot hatte seinen Vorsprung inzwischen deutlich ausgebaut. Auf der schmalen, holprigen Straße verlor Jules ihn immer wieder aus den Augen.

Also beschleunigte er stärker und nahm es in Kauf, die eine oder andere Kurve zu schneiden. So gelang es ihm, den Abstand peu à peu zu verringern. Doch seine risikoreiche Fahrweise rächte sich, als sie an einem Maisfeld vorbeischossen, aus dem zeitgleich ein Traktorengespann ausfahren wollte.

»Heilige Mutter Maria«, stammelte Lautner und klammerte sich an die Rücklehnen der Vordersitze.

Jules trat mit beiden Füßen auf die Bremse und schlug das Steuer voll ein. Wenige Zentimeter vor dem Trecker brachte er den Wagen zum Stehen. Er ließ die Seitenscheibe herunter und gab dem Landwirt gestenreich zu verstehen, dass er die Fahrbahn räumen sollte. Eingeschüchtert legte der Mann den Rückwärtsgang ein.

Jules versuchte, den abgewürgten Motor wieder zum Laufen zu bringen, und spähte gleichzeitig durch die Windschutzscheibe. Der Peugeot war mittlerweile bloß noch als kleiner roter Fleck zu erkennen, der in der nächsten Ortschaft verschwand. Abermals gab Jules Gas und trieb den Renault Mégane über das flickenübersäte Pflaster.

Keine Minute später erreichten sie das Dorf, an dessen Eingang ihnen eine elektronische Geschwindigkeitsanzeige in roten Lettern aufzeigte, dass sie statt der vorgeschriebenen dreißig Stundenkilometer mit Tempo neunzig unterwegs waren. Jules ignorierte diesen Hinweis, denn schließlich waren sie im Einsatz. Aber auch für dieses Risiko musste er wenig später bezahlen. Vor einer Grundschule in der Ortsmitte waren Bodenwellen gegen Raser installiert worden. Als Jules' Wagen darüber hinwegschoss, schwebten sie einen Moment lang in der Luft, um gleich darauf mit blechernem Scheppern auf dem Asphalt aufzusetzen.

»Autsch«, kommentierte Kieffer dieses Malheur.

Jules focht das nicht an, denn kaum hatten sie das Örtchen verlassen, konnte er das Cabrio wieder sehen. Es flitzte wie ein Rallyewagen über die Straße, die sich durch das nächste Maisfeld schlängelte. Jules drückte auf die Tube und holte alles raus, was der Dienst-Renault hergab. Aber jeder Meter, den er im Wettkampf gegen den spritzigen Peugeot einfuhr, machte dieser gleich darauf wieder wett. Nicht genug damit, es gelang dem Verfolgten sogar, die Distanz immer weiter auszubauen.

»Verflucht. Wo bleibt bloß die Verstärkung?«, ärgerte sich Kieffer.

»Straßensperren wären hilfreich«, pflichtete Lautner ihm bei.

»Und wo sollen die aufgestellt werden?«, fragte Jules, ohne die Strecke aus den Augen zu lassen. »Wir wissen ja nicht, wohin Melodie fährt. Wohl kaum zurück ins Hotel.«

Nach der nächsten Ortschaft war das Rennen gelaufen: In einer engen Biegung verlor Jules die Kontrolle, der Wagen brach aus und krachte frontal gegen ein Kruzifix am Wegesrand.

»*Putain!*«, bemühte Jules mit Blick auf den dampfenden Kühler abermals sein Lieblingsschimpfwort. Er stieß die Tür auf und stieg aus. Von Melodies Cabrio war weit und breit nichts mehr zu sehen.

»Eine Teufelsfahrerin!«, sagte Lautner beeindruckt. Eine Feststellung, mit der er Jules' Laune nicht gerade verbesserte.

Jules war nach ihrer Rückkehr in die Gendarmerie so sehr damit beschäftigt, diverse Anweisungen zu verteilen, dass er Charlotte Regnier zunächst gar nicht zu Wort kommen ließ. Erst als er sicher war, dass sich Kieffer und Lautner um die ihnen aufgetragenen Dinge kümmerten, schenkte Jules seiner Assistentin ein Ohr.

»Gilles Conrad wurde geschnappt«, verkündete sie zu Jules' Überraschung. »Die Kollegen der Police municipale haben ihn im Schlosshotel erwischt – mit Einbruchswerkzeug jeder Art in der Tasche.«

»Respekt. Ist er noch in Rebenheim? Und hat er nach seiner Festnahme irgendetwas gesagt?«

»Nein, Conrad ist schon auf dem Weg nach Strasbourg. Die Police nationale hat ihn übernommen und sofort überstellen lassen, noch bevor er verhört werden konnte.«

»Verflucht, da hätte ich doch auch ein Wörtchen mitreden dürfen.«

» Sie waren unterwegs…«

»Wissen Sie, was die Strasbourger mit Conrad vorhaben?«

»Ja, aber ich glaube nicht, dass Ihnen das gefällt, Major«, sagte Charlotte und sah ihn ängstlich an.

»Keine Sorge, ich werde Sie nicht beißen. Nur raus damit!«

»Commissaire Hervé will ihn vernehmen.«

»Woher weiß der denn davon und was hat er mit Conrad zu tun?«, erregte sich Jules. »Außerdem ist Hervé doch gar nicht in Strasbourg. Er steckt gerade bis zu den Knöcheln im Sumpf.«

»Offenbar nicht mehr. Soviel ich weiß, ist er sofort ins Präsidium zurückgekehrt, als er von Conrads Festnahme erfuhr. Ich glaube, er hält ihn für Schwans Mörder.«

»Wie kommt er darauf? Was weiß er, was wir nicht wissen?«, fuchste es Jules.

»Major Gabin!«, unterbrach Gendarm Kieffer sie. Er hielt den Telefonhörer in die Höhe und schwenkte ihn hin und her. »Das Gespräch, um das Sie gebeten hatten.«

Jules hatte Kieffer damit beauftragt, abermals seine guten Drähte zur Police nationale glühen zu lassen und auf dem kleinen Dienstweg in Erfahrung zu bringen, ob Hervés Sonderkommission mittlerweile mehr über Schwans Masche herausgefunden hatte. Es interessierte ihn nämlich sehr, mit welchem angeblich so revolutionären Verfahren zur Goldgewinnung Schwan auf die Suche nach willigen Investoren gegangen war.

Offenbar hatte Kieffer nun den richtigen Mann dafür am Telefon und wollte das Gespräch an Jules durchstellen. Doch der bat noch um etwas Geduld und erkundigte sich zunächst nach Lautners Fortschritten.

»Haben Sie herausfinden können, wo Melodie steckt?«, fragte Jules.

»Leider nein«, antwortete Lautner. »Im Hotel hat sie sich erwartungsgemäß nicht blicken lassen. Aber das Personal an der Rezeption gibt uns Bescheid, sollte sie aufkreuzen.«

»Damit rechne ich nicht«, meinte Jules und sagte Kieffer, dass er das Telefonat nun übernehmen werde.

»Hier Brigadier Weissenberger. Spreche ich mit Major Gabin?«

»Ja, am Apparat.«

»François sagte mir, dass Sie Informationen über das Geschäftsmodell von Jürgen Schwan benötigen. Da Sie ja mit Commissaire Hervé zusammenarbeiten, kann ich Ihnen diese Infos gern geben.«

Jules, der das Telefon auf laut geschaltet hatte, sah kurz zu Kieffer hinüber. Dieser zuckte unschuldig die Achseln.

»Nun ja, ich gehöre zwar nicht zu seiner Ermittlungsgruppe, aber fungiere als eine Art Berater in diesem Fall«, wand sich Jules, dem klar war, dass Hervé dieses Gespräch nie im Leben gutheißen würde.

»Wenn François sagt, dass es in Ordnung geht, mit Ihnen zu reden, dann genügt mir das, Major.«

Jules warf seinem Gendarmen einen anerkennenden Blick zu. »Wenn das so ist, verraten Sie mir bitte den Trick, mit dem Schwan gearbeitet hat.«

»Ich werde es versuchen«, sagte Weissenberger. »Es ist nicht ganz so einfach, denn die Unterlagen, die wir in Schwans Nachlass sichergestellt haben, sind umfangreich. Wir haben uns daher vor allem auf eine Art Hochglanzbroschüre konzentriert, mit der Schwan offenbar hausieren gegangen war.«

»Was gibt diese Broschüre denn her?«, erkundigte sich Jules.

»Das Heft enthält Textpassagen, Fotos und diverse Diagramme«, antwortete der auskunftsfreudige Brigadier.

»Ich nehme an, die Fotos zeigen vor allem das Objekt der Begierde: Gold.«

»Richtig, und zwar in diversen Formen als Nuggets, in Barren gepresst und zu Schmuck verarbeitet. Blättert man die Broschüre durch, gewinnt man den Eindruck, als ob bei richtiger Anwendung von Schwans Verfahren genügend Rohmaterial zur Verfügung stehen würde, um eine Goldschmiede jahrelang zu beschäftigen.«

»Apropos Verfahren, wie genau soll das funktionieren? Soweit ich es verstanden habe, war Schwan ja nicht daran gelegen, einen Stollen zu graben oder gar einen tiefen Schacht abzuteufen, sondern er wollte Rheingold abschöpfen.«

»Korrekt, seine Methode zielte auf die Gewinnung von Flussgold ab. Dafür hat er ein neuartiges Filtrationsverfahren entwickelt.«

»Können Sie dieses Verfahren bitte beschreiben?«

»Schwan nannte es Crossflow-Filtration mit Mikro- und Ultrafiltrationsmembran. Hierbei überströmt die zu filternde Flüssigkeit eine Membran mit hoher Geschwindigkeit. Eine geringe Druckdifferenz zwischen der sogenannten Feed- und der Permeat-Seite sorgt für den Filtrationsstrom. Die Goldpartikel werden auf der Feed-Seite zurückgehalten und können als Konzentrationsstrom abgezogen werden.«

Obwohl Weissenberger langsam gesprochen hatte, war es Jules schwergefallen, ihm inhaltlich zu folgen. »Haben Sie prüfen lassen, ob dieses Verfahren praxistauglich ist?«

»Wir sind noch dabei, können aber jetzt schon sagen, dass die von Schwan suggerierten Fördermengen utopisch sind. Dafür würden großtechnische Kapazitäten benötigt, die sich ein Konzern leisten könnte, aber sicher kein Privatinvestor.«

»Also ist das Ganze nichts als Bauernfängerei gewesen«, folgerte Jules.

»Ja«, bestätigte Weissenberger. »Gut gemacht und für den interessierten Laien überzeugend, aber letztendlich undurchführbar und somit ein Bluff.«

Damit bestätigte sich Jules' Vermutung, dass Schwan mit betrügerischen Absichten gehandelt hatte. Am Mordmotiv bestand für ihn nun keinerlei Zweifel mehr. Blieb die Frage, wen man mit diesem Motiv belegen konnte: Melodie, Gilles Conrad oder doch jemand ganz anderen?

Jules zerriss es beinahe vor innerer Anspannung, als er die – noch – gut aufgelegte Joanna am Abend zum Essen ausführte. Wie sie es bereits am Vormittag verabredet hatten, wollten sie ein Restaurant an der Rue de Pinot Blanc ausprobieren, in dem sie bisher nicht gewesen waren. Untergebracht in einem schmalbrüstigen Fachwerkhaus, hatten gerade mal sechs Tische Platz. Monique, die junge Wirtin, hatte es sich gemeinsam mit ihrem Partner und Koch Mikaël zur Aufgabe gemacht, ihre Gäste mit einer überschaubaren, aber erlesenen Tageskarte zu beglücken. Das Wirtspaar verzichtete auf jegliche Werbung, aber ihr guter Ruf hatte sich schon im ganzen Ort verbreitet.

Während sich Joanna mit wohligem Lächeln in die handgeschriebene *carte* vertiefte, wartete Jules auf den geeigneten Moment, seiner Freundin von den bahnbrechenden Ereignissen des Tages zu berichten. Noch aber musste er sich in Geduld üben, denn Monique stand neben ihnen, um die Bestellung aufzunehmen.

»Für mich vorab das aufgeschlagene Karotten-Ingwer-Süppchen«, sagte Joanna in freudiger Erwartung.

»Mit etwas Brunnenkresse und einem Klacks Sahne?«, erkundigte sich Monique.

»Gern!«

Bei der Wahl des Hauptgangs schwankte Joanna zwischen Nierchenpastete und Krautwickel an Majoransauce. Jules dagegen stand nach den Aufregungen der vergangenen Stunden mitsamt ihren kulinarischen Entbehrungen der Sinn nach einem dicken Flankensteak mit Kräuterbutter und *frites*. Aber so etwas Handfestes bot Moniques feine Küche leider nicht, sodass er sich für das dritte und letzte Hauptgericht entschied: Rindergulasch an Zwiebel-Wein-Sauce.

Hatte er gehofft, nun endlich loslegen und Joanna über alles Wesentliche informieren zu können, musste er sich abermals gedulden. Denn als Nächstes stand die Suche nach dem passenden Begleiter zum Essen an. Jules konnte sich zu seinem Gulasch sehr gut einen kräftigen Rotwein vorstellen, einen aus dem Languedoc etwa, Frankreich größtem Weinanbaugebiet. Doch die Blicke von Monique und Joanna gaben ihm zu verstehen, dass er sich doch bitte den örtlichen Gepflogenheiten anzupassen habe.

Monique legte ihnen als Aperitif ihren Gewürztraminer ans Herz, den sie als vollmundig und gut strukturiert beschrieb. »Am Gaumen entwickelt er Aromen von exotischen Früchten und Honig«, schwärmte sie ihnen vor. Anschließend sollte sich Joanna einen Riesling gönnen, denn dieser trockene und charaktervolle

Wein sei der perfekte Partner des von ihr bestellten Krautwickels. Jules legte sie einen Sylvaner nahe, der sich mit seiner leichten Frische ausgezeichnet mit dem zartfaserigen Rind verstehe. Oder aber er nehme den Pinot Blanc, der so geschmeidig sei, dass er zu fast allen Gerichten passe.

Nachdem auch das erledigt war und beide unter sich blieben, sah Jules den geeigneten Moment für gekommen. Mit diskreter Geste beförderte er ein ledernes Säckchen zutage, legte es auf der Tischplatte ab und öffnete die dünne Schnur, die den Sack zusammenhielt. Unter Joannas fragenden Blicken gab er den Inhalt preis und ließ ihn auf sie wirken.

»Um Himmels willen, wo hast du das her?«, entfuhr es der sichtlich überwältigten Joanna.

»Greif ruhig einmal hinein«, ermunterte Jules sie und sah zu, wie Joanna zaghaft ihre Hand ausstreckte.

»Ist das etwa echt?«, fragte sie.

»Ich bin kein Experte auf diesem Gebiet, aber dem Aussehen und dem Gewicht nach zu urteilen, glaube ich, ja.«

Möglichst unauffällig, um nicht die Aufmerksamkeit der Tischnachbarn zu erregen, betastete Joanna die Nuggets, während Jules ihr die dazugehörige Erklärung lieferte. Clotilde habe das Säckchen voller Gold in Schwans Pensionszimmer gefunden und bei der Gendarmerie abgegeben. Für Jules stelle diese Entdeckung das letzte Puzzleteil dar, um den Fall abschließen zu können, denn dank Clotildes Fund habe er eine perfekt funktionierende Theorie entwickelt.

»Jetzt mal langsam«, bremste Joanna seinen Elan, wartete das Servieren des Aperitifs ab und forderte ihn dazu auf, der Reihe nach zu erzählen. Daraufhin brachte Jules sie auf den aktuellen Stand, berichtete von der Entdeckung des vermeintlichen Tatorts, den Lackspuren und der Verfolgungsjagd mit dem roten Peugeot. Zusammen mit der Aussage der Kellnerin aus dem Restaurant *Les Trois Châteaux* ergebe sich eine Indizienkette, die jeden Untersuchungsrichter überzeugen müsste, meinte Jules. Alles weise auf Roccas Agentin als Täterin hin.

»Schön und gut«, sagte Joanna. »Aber wo ist Melodies Motiv? Und wie kommt das Gold ins Spiel?«

»Liegt das nicht auf der Hand?«, fragte Jules. »Wie wir inzwischen wissen, war Jürgen Schwan beruflich nicht nur Lagerstättenforscher, sondern auch als Anlageberater tätig. Er suchte gezielt nach Klienten, denen er von angeblich ertragreichen Goldvorkommen im Elsass erzählte und die er dazu überredete, ihr Geld in eine neuartige Fördermethode zu investieren. Selbst wenn es dieses Förderverfahren nur auf dem Papier gegeben haben mag, brachte Schwan dank seines geologischen Fachwissens die notwendige Überzeugungskraft auf, um seine gutgläubige Kundschaft für sich zu gewinnen und ihnen das Geld aus der Tasche zu ziehen.«

»Du gehst davon aus, dass Melodie eine dieser Kundinnen war? Dass sie ihr Erspartes in Schwans Goldprojekt gesteckt haben soll?«, begann Joanna zu begreifen.

»Richtig! Ich halte Melodie für ein potenzielles Opfer des Betrügers Schwan. Sie ließ sich von seinen Reden ködern oder von den Goldnuggets blenden, die Schwan höchstwahrscheinlich als Muster dienten«, war sich Jules gewiss. »Melodie hat in sein windiges Unternehmen investiert, vielleicht sogar ihr ganzes Vermögen hineingesteckt. In Zeiten der Niedrigzinspolitik ist man ja immer auf der Suche nach einer lohnenden Anlage.«

»Ich nicht. Mein Geld fließt fast ausschließlich in gutes Essen, Reisen und mein Auto«, warf Joanna ein.

Jules ging darüber hinweg. »Jedenfalls kam sie Schwan irgendwann auf die Schliche, wollte ihre Einlage zurückhaben und konfrontierte ihn bei ihrem Treffen im *Trois Châteaux* mit ihrer Forderung. Doch Schwan ließ sie abblitzen, woraufhin ein Streit entbrannte, der vom Personal des Nobellokals beobachtet wurde.«

»Sich anzuschreien ist die eine Sache, ein Mord eine ganz andere«, gab Joanna zu bedenken.

»Warte es ab«, erwiderte Jules. »Ich gehe davon aus, dass die beiden ein weiteres Treffen vereinbarten. Und zwar am Rheinufer, dem Tatort.«

»Weshalb ausgerechnet dort?«, wollte Joanna wissen.

»Ich nehme an, dass Schwan einen letzten Versuch startete, Melodie von seiner Methode zu überzeugen. Und zwar an Ort und Stelle, wo er ihr eine der Zonen zeigte, an der Goldpartikel in den Fluss geschwemmt werden. Dazu hätte er ja vorher bloß ein paar Mininuggets oder Goldimitate auslegen müssen.«

»Okay, das leuchtet mir ein. Aber was gab den Ausschlag für die Gewalttat?«

»Ich gehe davon aus, dass Melodie das falsche Spiel mittlerweile durchschaut hatte und sich nicht länger von Schwan hinters Licht führen lassen wollte. Sie forderte abermals ihr Geld zurück. Als Schwan das verweigerte, schritt sie zur Tat. Melodie griff nach einem herumliegenden Ast und schlug ihm damit auf den

Kopf. Ob im Affekt oder geplant, lässt sich noch nicht sagen.«

»Und anschließend zog sie den Toten die Böschung zum Fluss hinauf und warf ihn hinein?«, fragte Joanna.

»Die Schleifspuren, die Hervés Leute entdeckt haben, sprechen dafür.«

»Wozu sollte sie sich die Mühe gegeben haben?«

»Um Spuren zu verwischen und Zeit zu gewinnen. Sie überließ den Leichnam der Strömung des Flusses und hoffte, dass er möglichst weit treiben würde. Sie konnte sich ja ausrechnen, dass es eine Weile dauern würde, bis der Einbringungsort des Toten entdeckt würde.«

»Also schön. Das lässt sich nachvollziehen. Aber warum ist sie nach der Tat nicht geflohen, sondern hielt sich weiter in der Gegend auf?«

»Um den Anschein zu wahren«, glaubte Jules. »Melodie ist Roccas Managerin. Wäre sie ohne ihn abgereist, hätte das zwangsläufig Fragen aufgeworfen. Außerdem hatte sie ja noch eine Rechnung offen.«

Joanna zog die rechte Braue nach oben. »Noch eine Rechnung?«

»Als kleine Entschädigung für ihren finanziellen Verlust durch Schwans Betrug wollte sie sich die Nuggets unter den Nagel reißen, die Schwan als Köder benutzt hatte. So lässt sich Melodies Versuch erklären, unbedingt in Schwans Zimmer gelangen zu wollen.«

»Applaus, mein Lieber. Eine schöne runde Hypothese«, sagte Joanna und lehnte sich zurück. »Allerdings handelt es sich bisher nur um Annahmen, die Beweise fehlen.«

»Wenn wir Melodie erst einmal haben, wird sich

alles als richtig erweisen. Stell einen Haftbefehl aus!«, beschwor Jules sie. »Wir müssen uns Melodie schnappen, bevor sie sich absetzen kann.«

»Wie du weißt, obliegt das nicht mir, sondern meinem Kollegen in Strasbourg.«

»Bis die Strasbourger in die Gänge kommen, ist das Kind vielleicht schon in den Brunnen gefallen. Wir müssen handeln. Sofort!«

Joanna blieb zurückhaltend. »Was hält Albert Hervé denn von deiner Idee?«

»Er kennt sie nicht«, musste Jules eingestehen. »Und selbst wenn, würde er sie ablehnen. Er würde argumentieren, dass meine Theorie auf Vermutungen begründet ist und auf sonst gar nichts.«

»Womit er nicht ganz unrecht hätte.«

»Mag sein. Aber da ist noch ein anderer Grund, aus dem Hervé mich nicht unterstützen würde.«

»Wie lautet der?«

»Hervé hat sich offenbar in den Kopf gesetzt, dass Gilles Conrad der Täter ist.«

»Conrad, der geflohene Freigänger?«

»Ja, wahrscheinlich denkt Hervé, dass Conrad mit Schwan gemeinsame Sache gemacht hat, denn nachweislich verfolgten beide das Ziel, reiche Leute auszunehmen. Ein Mord unter Komplizen also. So wie ich Hervé kenne, wird er Conrad so lange zusetzen, bis er alles gesteht. Ob es wahr ist oder nicht, ist für Hervé zweitrangig.« Jules sah Joanna flehentlich an: »Wirst du mich also unterstützen?«

»Ich selber kann nicht aktiv werden. Aber ich telefoniere mit dem Kollegen. Versprochen«, ließ sie sich breitschlagen.

Jules atmete auf. »Danke.«

»Das tue ich gern«, sagte Joanna. »Gleich nach dem Essen.«

Jules stöhnte auf – und das nicht nur wegen der neuerlichen Verzögerung. Auch das Essen, das ihm vorgesetzt wurde, entsprach nicht seinen Erwartungen. Vom Geschmack her hervorragend, doch die Portionsgröße taugte ihm gerade mal als Appetithappen. Da sehnte er sich nach der üblichen Elsässer Hausmannskost – nach einem deftigen Presskopf, einer Sauerkrauttorte oder *tartiflettes*, den gehaltvollen Kartoffelaufläufen.

LE HUITIÈME JOUR

DER ACHTE TAG

Es war nicht mal sechs Uhr, als Jules von seinem Telefon aus dem Schlaf geklingelt wurde. Joanna, die neben ihm lag, drehte sich weg und zog die Decke über den Kopf.

Jules nahm den Anruf entgegen und war ziemlich überrascht, die markante Stimme von Kommissar Hervé zu hören.

»Es tut mir leid, wenn ich Sie so früh störe«, knarrte der Kommissar. »Glauben Sie mir, es fällt mir selbst nicht leicht.«

Was fiel ihm nicht leicht, fragte sich Jules. Ihn aus der Nacht zu reißen oder sich bei ihm zu melden?

»Ich möchte mich bei Ihnen ... nun ja, wie soll ich sagen?«, setzte Hervé stockend fort. »Ich will, dass Sie wissen, dass Sie ...« Es gelang ihm nicht, seinen Satz zu Ende zu führen.

Jules half ihm auf die Sprünge, indem er einfach sagte: »Keine Ursache, Sie brauchen sich nicht bei mir zu bedanken. Polizeiarbeit ist mein Beruf, dafür werde ich bezahlt. Wenn Ihnen der Hinweis auf den Tatort weitergeholfen hat, freut es mich.«

»Ja«, druckste der andere herum. »Wir haben Gilles Conrad in die Mangel genommen und ihn bis weit nach Mitternacht verhört. Er ist ohne Frage ein schwerer Junge und wandert postwendend wieder ins Kittchen. Aber wie es aussieht, hat er mit Schwans Tod nichts zu tun.«

Jules war erleichtert, das zu hören. Damit hatte sich seine Befürchtung, über die er am Vorabend mit Joanna gesprochen hatte, zerschlagen.

»Trotzdem stehen wir – dank Ihrer Hilfe, Major – kurz vorm Abschluss des Falls«, redete Hervé weiter, »denn der Fahrzeuglack am Tatort ist tatsächlich identisch mit dem des verdächtigen Wagens.«

»Wie haben Sie das so schnell herausgefunden?«, wunderte sich Jules über den plötzlichen Ermittlungsfortschritt. Sollte er die Kollegen der Police nationale doch unterschätzt haben? »Ist es Ihnen gelungen, Melodie mit ihrem Fluchtwagen zu stellen?«

»Das war gar nicht nötig. Das Fahrzeug parkte vor dem Hotel. Wir haben den Peugeot noch am Abend in Augenschein nehmen können und eine Lackprobe ins Labor gegeben. Heute früh kam das Ergebnis. Exakt die gleiche Farbmischung.«

»Was? Das Cabrio parkte vor dem *Château de Rebenheim*?«, fragte Jules verblüfft. Nie im Leben hätte er damit gerechnet, dass sich Melodie nach ihrer gestrigen Flucht doch noch in die Nähe des Schlosshotels wagen würde. Eine solch unverfrorene Dreistigkeit hätte er ihr nicht zugetraut. Er fragte sich auch, warum das Hotelpersonal ihm nicht Bescheid gegeben hatte, wie es ausgemacht war. »Haben Sie Melodie verhaftet?«

»Nein, bislang nicht«, sagte Hervé. »Und das ist der eigentliche Grund meines Anrufs. Wir haben das Hotel die Nacht über observiert und wissen definitiv, dass sich die Verdächtige noch in dem Gebäude aufhält.

Die Hoteldirektion ist informiert, dass sie nichts unternimmt und keine Silbe nach außen dringen lässt.«

»Ach, deshalb hat niemand bei mir angerufen...«, begriff Jules.

»Wie bitte?«

»Schon gut. Fahren Sie nur fort.«

»Nun ja, wir haben die ganze Nacht durchgearbeitet, um die Sache wasserdicht zu machen. Mittlerweile liegt uns der Vollstreckungsbefehl aus Strasbourg vor, sodass einem Zugriff nichts mehr im Wege steht.« Hervé räusperte sich, als wollte er einen Frosch im Hals weghusten. »Als Entgegenkommen für Ihre Mithilfe möchte ich Ihnen anbieten, bei der Verhaftung zugegen zu sein.« Eilig fügte er hinzu: »Selbstverständlich nur als Beobachter. Das Heft des Handels liegt in unserer Hand.«

Jules merkte, wie schwer Hervé diese Geste des guten Willens fiel, daher verzichtete er auf jede Art von zynischer Bemerkung und bedankte sich brav. »Wann schlagen Sie zu?«, erkundigte er sich.

»In einer halben Stunde. Können Sie bis dahin vor Ort sein?«

»Selbstverständlich!«, bestätigte Jules.

»Gut. Wir werden die Verdächtige in U-Haft nehmen und einen DNA-Test durchführen. Auch dafür habe ich bereits die Genehmigung. Alles Weitere wird sich ergeben. Die junge Dame wäre gut beraten, wenn sie geständig ist und kooperiert.«

Als sie das Gespräch beendeten, war Jules zwar etwas angefressen darüber, dass ihm sein polizeiinterner Konkurrent nun doch die Schau stahl. Trotzdem erfüllte es ihn mit Stolz, seinen Part zur Lösung dieses Falls beigetragen zu haben.

Er drehte sich zu Joanna um und zog an ihrer Decke: »Aufwachen, *chérie*, wir haben zu tun. Auf uns wartet eine Mörderin.«

Das morgendlich weiche Sonnenlicht umspielte das auf einer Anhöhe thronende Schlosshotel inmitten eines Meeres aus Weinstöcken, als sich die Karawane der Einsatzfahrzeuge die Serpentinen bis zur Einfahrt emporschraubte. Jules' Renault bildete das Schlusslicht des Konvois aus insgesamt sechs Wagen, bis auf den letzten Platz besetzt mit Beamten der Kripo sowie uniformierten Kräften. Viel Aufwand für die Festnahme einer einzigen Person, dachte Jules, doch wie hatte es Hervé so schön formuliert? Das Heft des Handelns lag nicht in Jules' Hand.

Mit an Bord war neben Joanna Alain Lautner, dem Jules den Abschluss des Falls nicht vorenthalten wollte. Auch bei Kieffer hatte er es versucht, ihn aber telefonisch nicht erreichen können – zu tief war offenbar der Schlaf des gemütlichen Gendarmen.

»Wirklich ein prächtiger Schuppen, was?«, meinte Lautner, als sie in die weiß gekieste Einfahrt des *Château* einschwenkten.

»Nur vom Feinsten«, stimmte Joanna mit bewundernden Blicken auf einen italienischen Ziergarten am Wegesrand zu.

Kurz darauf erreichten sie das Hauptportal: eine weite, von hell getünchten Säulen flankierte Flügeltür, zu der eine weit ausladende Treppe hinaufführte.

Wie Jules feststellte, kamen sie keine Minute zu früh. Am Fuß der Treppe waren zwei livrierte Hotelbedienstete damit beschäftigt, den Kofferraum einer bereitstehenden Limousine mit Reisetaschen und Hut-schachteln zu beladen. Daneben standen Melodie und Frédéric Rocca, die nur darauf zu warten schienen, dass es losgehen konnte. Melodie im figurbetonten Kleid-chen, der Altstar im hellen Leinenanzug und mit Pana-mahut auf dem Haupt.

Ihre zu vermutende Überraschung über das beacht-liche Polizeiaufgebot ließen sich jedoch weder die bei-den Pagen noch der Filmstar und seine Agentin anmer-ken. Aufmerksam, aber keineswegs nervös verfolgten sie das Geschehen und warteten ab, was passieren würde.

Die Einsatzwagen parkten rings um die Limou-sine, sodass ein Fluchtversuch von vornherein aus-geschlossen wurde. Die Polizisten stiegen aus, der bullige Hervé preschte voran und baute sich vor der gertenschlanken Melodie auf. Wie Jules aus einigen Metern Entfernung feststellte, schienen ihre roten Haare im Licht der Sonne regelrecht zu glühen.

Der Kommissar hielt ihr seinen Ausweis vor die Nase. Eine Geste, die er sich angesichts der vielen Uni-formträger um ihn herum getrost hätte sparen könne, fand Jules. Dann setzte ihr Hervé mit lauten, deut-lichen Worten zu: »Gegen Sie liegt ein Haftbefehl vor. Ich muss Sie bitten, uns zu begleiten.«

»Haftbefehl? Ich höre wohl nicht recht. Habe ich die Geschwindigkeit übertreten, oder was sonst wer-fen Sie mir vor?«

Ja, das auch, dachte Jules an die gestrige Verfolgungs-fahrt zurück, hielt aber den Mund. Er hörte zu, wie Hervé Melodie ihre Rechte verlas und sie mit dem Vor-wurf konfrontierte, Jürgen Schwan getötet zu haben. Als Motiv nannte er den auch von Jules vermuteten

Grund, dass Schwan sie um eine höhere Summe Geld geprellt habe und es daraufhin zu einem Streit mit tödlichem Ausgang gekommen sei.

Melodie warf ihren Kopf in den Nacken und lachte laut auf. »Was soll das hier werden? So etwas Ähnliches wie die versteckte Kamera?«

Jules entschied, Hervé zu unterstützen, indem er Melodie das Säckchen voller Nuggets entgegenhielt, das er immer noch bei sich trug. Das erzielte eine gewisse Wirkung, denn für den Augenblick schien es ihr die Sprache zu verschlagen.

»Darauf hatten Sie es abgesehen, als Sie versuchten, in Schwans Zimmer zu gelangen, habe ich recht?«, sagte er ihr auf den Kopf zu. »Das Gold sollte eine Entschädigung für das sein, was Schwan Ihnen weggenommen hatte.«

Nun war auch Lautner zur Stelle. »Dass Sie auf Wohnungssuche bei uns sind, diente Ihnen bloß als Vorwand, um in Schwans Nähe sein zu können. Ein geschicktes Arrangement, um an den Betrüger und Ihr Geld zu kommen. Zwei Fliegen mit einer Klappe. Zu diesem Zweck haben Sie das Vertrauen von Monsieur Rocca ausgenutzt, indem Sie ihm den Umzugswunsch einflüsterten.«

Melodies aufgesetzte Gelassenheit begann zu schwinden, als eine Zornesfalte die perfekte Symmetrie ihrer Augenbrauen störte. »Eine Farce!«, rief sie aus. »Wie kommen Sie dazu, mir derartige Vorhaltungen zu machen? Diese Vorwürfe saugen Sie sich doch aus den Fingern, da ist nichts Wahres dran!«

Sie begann mit ihrer Verteidigung, indem sie behauptete, vom Mord an Jürgen Schwan selbst erst aus der Zeitung erfahren zu haben. Und die Nuggets, die Jules ihr gezeigt hatte, habe sie nie zuvor zu Gesicht bekommen.

Jetzt war Hervé wieder am Zuge, wies sie auf eindeutige Spuren am Tatort hin und brachte die Lackspuren zur Sprache. Melodie reagierte störrisch und leugnete, mit ihrem Wagen jemals auch nur in der Nähe des Rheinufers gewesen zu sein.

»Wie erklären Sie sich dann die Beule an Ihrem Heck?«, fragte Hervé scharf.

Melodie zuckte die Schultern. »Da hat mich wohl jemand touchiert.«

»Die Farbsplitter am Tatort stammen nachgewiesenermaßen von Ihrem Auto«, betonte Hervé.

»Na und? Ich bin jedenfalls nicht dort gewesen. *C'est tout!*«

Das wollte Jules ihr nicht durchgehen lassen und nahm sie ins Kreuzverhör. »Wir haben Sie gestern in der Nähe des Tatorts gesehen. Es kann Ihnen ja wohl kaum entgangen sein, dass wir mit Blaulicht und Sirene hinter Ihnen hergefahren sind.«

Melodies Augen bildeten schmale Schlitze, als sie entgegnete: »Sie haben *mich* gesehen? Wirklich mich oder bloß ein Auto, das meinem ähnlich sah?«

Da weder er noch seine Beifahrer Lautner und Kieffer mit Sicherheit behaupten konnten, wer den Peugeot gesteuert hatte, versuchte Jules es auf anderem Wege. »Wir wissen definitiv, dass Sie mit Jürgen Schwan bekannt waren! Für ein gemeinsames Abendessen gibt es Zeugen, wie Ihnen bereits bekannt ist. In welchem Verhältnis standen Sie zu dem Verstorbenen?«

Melodie taxierte ihn missbilligend. »In keinem guten«,

räumte sie immerhin ein, weigerte sich aber, weitergehende Auskünfte zu geben. Stattdessen beharrte sie darauf, Schwan nicht getötet zu haben.

»Suchen Sie den wahren Mörder, anstatt Ihre Zeit damit zu verplempern, mich mit sinnlosen Fragen zu löchern!«, rief sie aufgebracht. »Wenn Sie ihn geschnappt haben, fragen Sie ihn auch gleich nach seiner Versicherung, damit mir der Lackschaden an meinem Cabrio erstattet wird.«

Als eine Beamtin ihr Handschellen anlegen wollte, schritt Frédéric Rocca ein, der bis eben im Hintergrund gewartet hatte. Mit seiner charismatischen, etwas rauen Stimme, die Jules aus etlichen Spielfilmen vertraut war, machte er sich für seine Mitarbeiterin stark. Er könne die ganze Aufregung überhaupt nicht verstehen. Melodie sei absolut zuverlässig, jederzeit würde er beide Hände für sie ins Feuer legen. An dieser ganzen Geschichte, dass sie ihn zur Reise ins Elsass gedrängt habe, um hier ihr eigenes Ding durchzuziehen, sei kein Fünkchen Wahrheit. »Ihre Vorhaltungen sind völlig aus der Luft gegriffen. Ich kann Ihnen versichern, es war einzig und allein meine Idee, mich in Rebenheim nach einem neuen Heim umzusehen«, machte Rocca deutlich. »Der Einfall ist aus einer spontanen Laune heraus entsprungen. Nennen Sie es meinetwegen den sentimentalen Wunsch eines alternden Herrn, den es nach einem erfüllten Leben als Globetrotter zurück in die Heimat zieht. Melodie hatte rein gar nichts damit zu tun, im Gegenteil: Die Vorstellung, Paris gegen Rebenheim eintauschen zu müssen, war eine ziemliche Zumutung für sie.«

Hervé, der sich die Zügel nicht aus der Hand nehmen

lassen wollte, zeigte Härte. »Es tut mir leid, Monsieur Rocca, aber Sie werden auf die Dienste Ihrer Managerin vorerst verzichten müssen.« Er gab der Polizistin einen Wink, woraufhin sie die Handschellen anlegte und die sich sträubende Melodie auf dem Rücksitz eines der Streifenwagen platzierte. Dann richtete sich Hervé noch einmal an Rocca und sagte: »Auch Sie muss ich bitten, Ihre Abreise zu verschieben. Möglicherweise müssen wir Sie im Zusammenhang mit dem Mord an Schwan befragen. Halten Sie sich zu unserer Verfügung.«

Rocca reagierte sichtlich verärgert. »Eine Abreise wäre für mich ohnehin nicht infrage gekommen. Nicht solange Melodie hier festsitzt.« Er schnippte mit dem Finger, woraufhin die beiden Pagen Koffer und Taschen wieder aus der Limousine räumten. Dann ließ er Hervé stehen, stellte sich neben den abfahrbereiten Wagen, in dem Melodie saß, und sagte so laut, dass es alle Umstehenden hören konnten: »Keine Sorge, Melodie. Ich werde den besten Anwalt beauftragen, den Paris zu bieten hat. Spätestens morgen bist du wieder auf freiem Fuß!«

Als sich die Runde auflöste und ein Wagen nach dem nächsten den Vorplatz des Nobelhotels verließ, blieben Jules und seine Begleiter zurück. Jules schaute sich nach Joanna um, die sich – mangels direkter Zuständigkeit – bedeckt gehalten hatte. Obwohl sie keinen Ton sagte, las Jules ihre Gedanken von ihrer Mimik ab. Ohne Zweifel missbilligte sie Melodies selbstgefälliges Gebaren: das arrogante Auftreten, ihr wenig diskretes Zurechtrücken des knappen Dekolletés, das Spiel mit ihren scharlachroten Fingernägeln. Joanna war sicher nicht entgangen, dass die meisten – männlichen –

Polizisten Stielaugen bekommen hatten, als Melodie in ihren Stilettos zum Streifenwagen gestakst war, und dass auch Jules etwas länger hingesehen hatte, als angebracht gewesen wäre.

Tatsächlich raunte sie ihm zu: »Vielleicht sollte sie bei ihrer nächsten Verhaftung ein Kleid ihrer Größe anziehen.«

Im *Bistro de la Place,* wo sich Jules und Joanna am Mittag einen Platz im Halbschatten suchten, bestellten beide das *plat du jour,* ohne nachzusehen, aus was das heutige Tagesgericht überhaupt bestand. Denn ihre Gedanken kreisten nicht ums Essen, sondern um die Festnahme von Melodie, bei der sie – von Hervés Gnaden – lediglich als Zaungäste hatten teilnehmen dürfen. Ohne es zunächst zu thematisieren, war klar, dass beide ihre Probleme damit hatten, nichts weiter tun zu können, als das gerade Erlebte jeder für sich aufzuarbeiten und den Dingen ihren Lauf zu lassen.

»Es stinkt mir gewaltig«, brach Joanna schließlich das aufgesetzte Schweigen.

»Was?«, fragte Jules. »Dass Hervé und dein Amtskollege aus Strasbourg den Rest allein erledigen? Oder dass dir nicht gefällt, wie der Fall ausgegangen ist?«

»Er ist nicht ausgegangen, und das weißt du genauso gut wie ich.«

Ja, das wusste er, gestand Jules sich ein. Denn so schön seine Theorie von der rächenden Melodie auch sein mochte, so ließen sich gewisse Zweifel nicht einfach ausblenden. Jules hatte inzwischen Probleme damit, sich auf Melodie als Täterin festzulegen. Vor allem deshalb, weil ihr beharrliches Leugnen jeder Schuld ungemein überzeugend gewirkt hatte.

»Wenn es zu einer Anklage kommen sollte, läuft es auf einen reinen Indizienprozess hinaus«, prognostizierte Joanna mit kritischer Miene. »Sollte nicht jedes Detail hieb- und stichfest sein, sehe ich schwarz für eine Verurteilung.«

»Du hast wohl einen Mordsrespekt vor Roccas Pariser Anwalt, was?«

Joanna widersprach nicht. »Wenn Rocca wirklich einen dieser sündhaft teuren Winkeladvokaten anschleppt, müssen die Anschuldigungen gegenüber Melodie unanfechtbar sein.«

Und genau da lag der Hase im Pfeffer, dachte Jules selbstkritisch: Weil Gendarmerie und Police nationale sich eine Art Wettkampf geliefert hatten und jeder dem anderen zuvorkommen wollte, hatten sie am Ende ziemlich überstürzt gehandelt. Der Entschluss zur Festnahme war ja quasi über Nacht gereift. Nun aber entdeckten Jules und Joanna nach und nach Schwächen in der Hypothese.

»Es bleiben jede Menge Fragen offen, auf denen die Anklage sitzen bleiben wird, falls Melodie nicht kooperiert und alles zugibt«, sagte Joanna und nagte auf ihrer Unterlippe.

»Zum Beispiel?«, fragte Jules.

»Wie hatte Melodie von der Pseudochance, mit Gold reich zu werden, überhaupt erfahren, sprich, auf welchem Weg war der Kontakt mit Schwan zustande gekommen? Betrüger wie Schwan richten sich doch normalerweise eher an vermögende Kaufleute, betuchte Teppichhändler, Menschen mit Schwarzgeld, Fußballer oder meinetwegen auch an ahnungslose Erben, die keinen Schimmer haben, wie sie ihr vieles Geld weiter vermehren können. Melodie, die Angestellte eines Schauspielers, entsprach dagegen ganz und gar nicht diesem Beuteschema«, meinte Joanna. »Und noch etwas. Weshalb hatte Melodie sich kurz vor dem Mord öffentlich mit Schwan gezeigt und mitten in einem gut besuchten Lokal gestritten? Auffälliger geht es doch gar nicht.«

»Ja, darüber habe ich auch länger nachgedacht...«

»Das ist nicht alles«, redete sich Joanna in Rage. »Warum benutzte sie ihr eigenes Auto, um an den Tatort zu gelangen, und hielt es nicht einmal für nötig, die verräterische Beule zu beseitigen? Wie konnte es der grazilen Melodie gelingen, die schwere Männerleiche über die Böschung des Rheinufers zu hieven? Warum war sie das Risiko eingegangen, beim Versuch, an die Goldnuggets zu kommen, erkannt zu werden und damit einen Zusammenhang mit dem Toten herstellen zu lassen? Weshalb hatte sie nicht gleich nach dem Mord das Weite gesucht, sondern blieb unbedarft an Roccas Seite? Fragen über Fragen, mit denen jeder gute Verteidiger die Anklage in der Luft zerreißen wird.«

Jules versuchte, die Stimmung zu retten, indem er sagte: »Uns kann es ja egal sein, wir sind raus aus der Nummer.« Doch seine wahren Gefühle konnte er schwerlich verbergen, dafür war sein Ehrgeiz als ambitionierter Ermittler einfach zu groß.

Während sich Joanna und Jules weiter mit ihren Skrupeln plagten und lustlos im Essen – Linsensalat mit geräucherter Entenbrust, Rucola und Walnussdressing – stocherten, bemerkten sie zunächst gar nicht, dass sie Gesellschaft bekommen hatten. Antoine, der Immobilienhändler, stand vor ihrem Tisch. Er sah mitgenommen aus, heute sogar noch mehr als schon die ganzen letzten Tage. Die Krawatte saß schief, eine Spitze des Hemdes hing über dem Hosenbund, sein Gesicht war ziegelrot.

»*Salut*, Antoine«, begrüßte Jules ihn und zog einen Stuhl zurück. »Setz dich.«

»Gern!« Antoine plumpste auf die Sitzfläche und schnaufte müde.

»Hattest du einen harten Vormittag?«, erkundigte sich Jules. »Ärger mit der Kundschaft?«

Antoine wurde noch roter und sagte: »Ärger mit *einem* Kunden!«

»Frédéric Rocca, nehme ich an«, riet Joanna. »Hat er sich noch immer nicht entschieden?«

»Von Entscheiden kann gar nicht die Rede sein. Abgeblasen hat er die ganze Sache! Nachdem ich wer weiß was in Bewegung gesetzt und Auslagen en masse angehäuft habe, hat mir der werte Herr Filmstar gestern durch seine affektierte Managerin mitteilen lassen, dass sich seine Pläne zerschlagen haben. Rocca möchte nun doch nicht nach Rebenheim umsiedeln. Ich habe es ja geahnt, alles für die Katz!«

»Das tut uns leid für dich«, sagte Joanna mit bedauerndem Ausdruck.

»Schon gut«, erwiderte Antoine ermattet. »Ich bin ja selbst schuld, dass ich es überhaupt so weit habe kommen lassen.«

»Wie meinst du das?«, interessierte sich Jules.

»Nun ja, normalerweise checke ich meine Klienten ab, bevor ich mich ins Zeug lege«, verriet Antoine. »Es sind ja viele Blender unterwegs, die hehre Ansprüche anmelden, aber am Schluss nicht zahlen können. Bei

Rocca war das natürlich etwas anderes. Ich meine, jeder kennt diesen Mann. Ein großer Star. Da hat man doch Vertrauen.« Er senkte den Kopf. »Leider habe ich mich getäuscht.«

Jules sah Joanna an und dann wieder Antoine. »Inwiefern hast du dich bei Rocca getäuscht?«, fragte er eindringlich.

Antoine schaute ihn aus trüben Augen an. »Nachdem mein prominenter Kunde sich auf keine Immobilie festlegen wollte, bin ich allmählich misstrauisch geworden und habe meine Beziehungen spielen lassen.«

»Du hast Roccas Kreditwürdigkeit ausgelotet«, folgerte Joanna.

»Ja, und ich kann euch sagen, dass das nicht einfach war. Denn Rocca hat seine Konten gestreut wie ein wahrer Finanzjongleur. Aber meine Verbindungen zu den richtigen Leuten sind gut.«

»Was hast du herausgefunden?«, wollte Jules wissen.

»Frédéric Rocca ist bankrott«, ließ Antoine die Bombe platzen.

Jules musste die Information erst einmal sacken lassen, bevor er eins und eins zusammenzählte und sagte: »Du meinst, nicht ein Überdruss am Promileben hat ihn dazu bewogen, seine Nobelsitze an der Côte d'Azur und in Paris aufzugeben und sich nach etwas anderem umzusehen, sondern seine Schulden?«

Antoine nickte heftig. »Der Mann ist pleite! Sein Appartement am Seineufer und der Bungalow bei Saint-Tropez wurden gepfändet. Rocca hat es wohl einzig und allein dem kommunikativen Geschick seiner Agentin zu verdanken, dass alles diskret abgewickelt werden konnte und die Öffentlichkeit bisher keinen Wind davon bekommen hat.«

Joanna und Jules sahen sich wieder an. Ohne dass sie etwas sagen mussten, war beiden klar, dass Antoine ihnen soeben den entscheidenden Hinweis gegeben hatte. Denn vielleicht war im Fall Schwan alles doch ganz anders gewesen als vermutet.

Die Karten wurden neu gemischt! Dieses Bild hatte Jules während der Fahrt ins Strasbourger Untersuchungsgefängnis vor Augen und war äußerst gespannt darauf, wie das neue Blatt aussehen würde, das er schon bald auf der Hand haben würde.

Über ihr Anliegen, Melodie einige drängende Fragen stellen zu dürfen, hatten sie Albert Hervé zuvor telefonisch informiert. Zunächst war er strikt dagegen gewesen, hatte jedoch eingelenkt, als Joannas Name ins Spiel kam – mit Untersuchungsrichtern sollte man sich als Kommissar nicht anlegen, das war selbst einem Sturkopf wie Hervé bewusst. »Aber nur in meiner Anwesenheit«, hatte seine Bedingung gelautet, auf die sich Jules und Joanna bereitwillig einließen.

Die Inhaftierte, die ihr gewagtes Kleid gegen wenig schmeichelhafte Gefängniskleidung hatte wechseln müssen, wurde ihnen in einem nüchternen Verhörzimmer vorgeführt: speckig weiße Wände, eine Leiste Neonröhren an der Decke, das Mobiliar blieb auf einen Tisch und drei Stühle beschränkt. Jules und Joanna setzten sich Melodie gegenüber, während Hervé einige Schritte hinter ihnen an der Tür lehnte. Ohne große Vorreden kamen sie zur Sache.

»Ihre Anwesenheit in Rebenheim hatte andere Gründe

als die Suche nach einer Villa«, sagte Jules der Delinquentin auf den Kopf zu. »Die Reise diente als Vorwand, um die windigen Geschäfte von Frédéric Rocca zu vertuschen. Sie haben nicht nur davon gewusst, sondern hielten ihm den Rücken frei.«

In Melodies spöttisch herablassenden Gesichtsausdruck mischte sich so etwas wie Erstaunen. »Von welchen Geschäften reden Sie?«

»Jürgen Schwans Goldanlage – nicht Sie, sondern Rocca hat in dieses Unternehmen investiert.«

»Wenn Sie Ihre Meinung weiter so oft ändern, ist es am Ende die Besitzerin der verstaubten *Auberge* gewesen, die Schwans Goldpatente gekauft hat«, machte sich Melodie lustig, um dann klarzustellen: »Von mir erfahren Sie überhaupt nichts mehr, bis mein Anwalt hier ist.«

»Ihr Anwalt?« Joanna bedachte sie mit einem zuckersüßen Lächeln. »Ist es nicht eher der von Monsieur Rocca? Es ist anzunehmen, dass der Anwalt die Interessen seines Mandanten höher bewertet als die Ihrigen. Passen Sie nur auf, dass am Ende nicht Sie die Dumme sind, die die Suppe für ihren Arbeitgeber auslöffelt.«

Diese Warnung saß. Jules sah es Melodie geradezu an, wie ihre Fassade zu bröckeln begann. Sie kam ins Nachdenken – und die Loyalität gegenüber Rocca ins Schwanken.

»Bisher sprechen alle Indizien gegen Sie«, nahm Jules Melodie aufs Korn. »Doch wenn sich herausstellen sollte, dass Rocca der Geschädigte von Schwans Betrügereien gewesen ist, liegt das Motiv bei ihm und nicht länger bei Ihnen. Dann würden auch alle anderen Spuren und Hinweise neu bewertet werden müssen. Sehr wahrscheinlich zu Ihren Gunsten.«

»Überlegen Sie es sich gut, ob Sie uns länger die Wahrheit vorenthalten wollen«, schärfte Joanna ihr ein. »Viel Zeit bleibt Ihnen nicht, bis der Anwalt eintrifft. Seine Maschine aus Paris ist sicher schon gelandet…«

»Noch haben Sie die Wahl, Melodie«, setzte Jules nach. »Reden Sie mit uns – oder überlassen Ihr weiteres Schicksal Roccas Anwalt.«

Melodie schlug die Hände vor ihrem Gesicht zusammen und hielt es für eine lange Minute verborgen. In der Stille, die plötzlich in dem Verhörraum herrschte, hörte man nur das Ticken der Wanduhr, die über der Tür hing.

Schließlich tauchte sie aus ihrer Versenkung wieder auf – die meerblauen Augen rot gerändert. »Ja, Frédéric hat sich verspekuliert!«, platzte es aus ihr heraus.

Jules nahm das mit Genugtuung zur Kenntnis. Denn endlich würden sie die wirklichen Hintergründe dieser Tragödie kennenlernen. Er reichte Melodie ein Taschentuch, mit der sie sich die Tränen von der Wange wischte.

Mit weinerlicher Stimme fuhr sie fort, wobei sie wie ein trotziges kleines Mädchen wirkte, das sauer auf seinen älteren Freund ist. »Er steckt wegen seines Hangs zu teuren Häusern, Autos, Partys und vor allem wegen seiner Glücksspielleidenschaft seit Längerem bis über beide Ohren in Schulden, weil ja schon eine Weile kein Geld mehr durch neue Filme reinkommt und die Tantiemen immer bescheidener ausfallen. Er hätte längst kürzertreten müssen mit seinen exorbitanten Ausgaben, er hätte seine Verschwendungssucht in den Griff kriegen müssen. Nicht immer den teuersten Champagner ordern und den besten Limousinendienst buchen.«

Sie stieß einen tiefen Seufzer aus. »Frédéric kann sich einfach nicht zügeln. Er zeigt keinerlei Vernunft im Umgang mit seinen Finanzen. Selbst jetzt nicht, wo seine Häuser, die Jacht und sogar seine heiß geliebten Sportwagen weg sind. Alle fünf.«

»Kommen Sie bitte auf Jürgen Schwan zu sprechen«, forderte Jules sie auf. »Wo ist die Verbindung?«

Melodie schnäuzte in das Taschentuch. »Als Frédéric keinen anderen Ausweg sah, hat er sich auf ein windiges Geschäft eingelassen. Schwan, den er in Monaco kennengelernt hatte, schwor ihn auf sein Goldprojekt ein.« Melodie versicherte, dass sie ihrem Chef eindringlich davon abgeraten habe, der Boss sich jedoch nicht umstimmen lassen wollte. Kleinlaut und merklich beschämt fügte sie hinzu: »Zu diesem Zeitpunkt war er mir schon fast ein ganzes Jahresgehalt schuldig gewesen, sodass ich selbst in eine finanzielle Schieflage geraten war.« Sie blickte auf, mit flackernden Augen. »Es gab Tage, an denen ich zu hoffen begann, dass Schwans Start-up-Unternehmen, für das ihm Frédéric seine eiserne Reserve anvertraut hatte, am Ende doch Geld abwerfen würde.« Aber wie erwartet habe sich alles als große Luftblase entpuppt. Außer einer Handvoll Nuggets, die Schwan wahrscheinlich einem anderen Opfer abgeschwindelt und ihnen als eine Art Beweis präsentiert hatte, hätte er seinen Versprechungen nie Taten folgen lassen. »Schwan war ein Betrüger, ein Hochstapler und Aufschneider! Er konnte gut reden und trat überzeugend auf, aber in Wahrheit war er nichts weiter als ein Krimineller.«

»Was ist mit Roccas Geld geschehen?«, fragte Joanna. »Hatte Schwan Hintermänner, die von dem Betrug profitierten?«

»Nein«, war sich Melodie sicher. »Frédéric und ich glauben, dass Schwan allein handelte und das Geld in die eigene Tasche steckte.«

Jules wollte die nächste Frage anbringen, doch da fuhr ihm Hervé in die Parade. Er trat vor, stützte sich mit beiden Fäusten auf dem Tisch ab und bestimmte in entschiedenem Ton: »Wir haben genug gehört. Es reicht!«

Jules war ganz anderer Meinung, denn gerade erst wurde es spannend! Sie hatten Melodie zum Sprechen gebracht. Sie war in einer Stimmung, in der sie ihnen auch den Rest der Geschichte anvertrauen würde. Es war der denkbar schlechteste Moment, den sich Hervé aussuchen konnte, um dazwischenzugehen.

»Wir wissen nun, dass Monsieur Rocca der Geschädigte eines betrügerischen Finanzgeschäftes ist. Dies ändert aber nichts an den Vorwürfen, die gegen Sie im Raum stehen«, sagte Hervé an Melodie gerichtet.

Diese blinzelte ihn nervös an. »Wie meinen Sie das?«, fragte sie verunsichert.

»Genau wie ich es sage!«, blaffte der Chefermittler sie an. »Sie haben soeben eingeräumt, dass Sie ebenso unter der schwierigen monetären Lage Ihres Arbeitgebers gelitten haben und selbst in eine finanzielle Zwangslage geraten sind. Schwans Goldgeschäft war für Sie eine Art Strohhalm, an den Sie sich in Ihrer Not klammerten.«

»So habe ich das nie gesagt!«, protestierte Melodie.

Hervé fuhr ungerührt fort. »Ebenso wie Monsieur Rocca setzten Sie Ihre Hoffnungen auf das Gold. Als Sie merkten, dass alles umsonst gewesen war und Sie gemeinsam mit Ihrem Brötchengeber vor dem Ruin standen, gab es für Sie kein Halten mehr. Sie haben viel Temperament, wie wir ja selbst erfahren durften. Sie konnten sich nicht länger zügeln und rächten sich blutig an dem Mann, der Ihnen den finanziellen Todesstoß versetzt hatte.«

Melodie widersprach abermals aufs Heftigste: »Ich weiß, auf was Sie hinauswollen. Aber das ist falsch! Nein, ich habe Schwan nicht getötet!«

»Und der Streit im Restaurant *Les Trois Châteaux*?«, blieb Hervé beharrlich.

»Das bestreite ich gar nicht. Ja, es gab eine Auseinandersetzung in dem Lokal, eine ziemlich heftige.«

»Worum ging es?«

»Ich habe Schwan zu überzeugen versucht, die Geldanlage zurückzugeben.«

»In Roccas Auftrag?«, meldete sich Jules zu Wort, wofür ihn Hervé mit einem strengen Blick abstrafte.

»Nein, das ging auf meine eigene Kappe. Rocca hatte sich damit abgefunden, mal wieder verloren zu haben. Das war für ihn als passionierter Spieler ja nichts Neues. Er ist ein hoffnungsloser Optimist, glaubt immer, dass es schon irgendwie weitergehen wird. Aber mir war klar, dass uns das Wasser bis zum Hals steht. Ich wollte retten, was zu retten ist.«

»Hat Ihr Appell etwas bewirkt?«

»Nein, es war völlig zwecklos. Schwan war aalglatt und hat meine Forderungen einfach ignoriert. Nicht einmal die Rechnung wollte er übernehmen. Für das Essen habe ich meinen letzten Notgroschen opfern müssen. Ich war stinksauer auf diesen Typ – aber ich bin keine Mörderin!«

»Wie erklären Sie Ihren Versuch, in Schwans Hotelzimmer einzudringen?«, fragte Joanna und brachte Hervé mit ihrer Einmischung fast zur Weißglut.

»Dass die Goldnuggets dort lagen, wusste ich nicht. Das kann ich beschwören!«

»Sondern?«

»Mir ging es lediglich darum, verfängliches Material an mich zu nehmen. Ich wollte nicht, dass Vertraulichkeiten über Frédérics wirtschaftliche Lage und seine Beteiligung an dem Goldbetrug in die falschen Hände gerieten. Wer weiß, was Schwan so alles gehortet hatte. Diesem Mann war alles zuzutrauen.«

»Und wer sollte dann der Mörder sein – wenn nicht Sie?«, höhnte Hervé.

Melodie schaute ängstlich in die Runde, suchte fieberhaft nach einer Antwort. »Es muss noch einen anderen Geschädigten geben«, sagte sie schließlich. »Jemand, der auf Vergeltung aus war und die Schuld auf mich abwälzen wollte, indem er mein Auto für seine Tat benutzte.« Ihr Blick flitzte hin und her, ihre Gedanken schienen sich zu überschlagen. »Da ich meinen Schlüssel noch habe, muss er es kurzgeschlossen haben. Können Sie das nicht feststellen?«, fragte sie mit aufglimmender Hoffnung.

Hervé entgegnete kühl, dass man sich bei der Untersuchung des sichergestellten Wagens auf den Lackschaden konzentriert habe. Er werde den neuen Aspekt überprüfen lassen. »Aber bilden Sie sich nicht ein, damit aus dem Schneider zu sein!«, fauchte er sie an.

Als Melodie zurück in ihre Zelle geführt wurde und Hervé sich sehr verhalten bei ihnen verabschiedete, beschäftigten Jules bereits die nächsten Fragen.

Wer sollte dieses andere Betrugsopfer von Schwan sein?

Der große Unbekannte?

Oder war die Lösung doch ganz naheliegend?

Auf der *autoroute* beratschlagten Jules und Joanna, kaum dass sie den dichten Innenstadtverkehr hinter sich gelassen hatten.

»Dass Melodie zuletzt einen Namenlosen aus dem Hut gezaubert hat, macht ihre Aussage nicht gerade glaubwürdig«, meinte Joanna. »Auch ihre Erklärungen für den Streit im Lokal und ihren legendären Auftritt bei Clotilde hörten sich in meinen Ohren eher nach Ausflüchten an. Ich sage es zwar nicht gern, aber wie es scheint, tut Hervé gut daran, vorerst an Melodie als Hauptverdächtige festzuhalten, statt sich von ihrem weibischen Gehabe ablenken zu lassen.«

An den unbekannten Dritten mochte Jules ebenfalls nicht glauben. Im Gegensatz zu Joanna zog er es jedoch in Erwägung, das Undenkbare für möglich zu halten. In ihm keimte ein neuer, ungeheuerlicher Verdacht, der Kilometer für Kilometer stärker wurde.

Doch er kam nicht dazu, seine Gedanken zu Ende zu führen, denn aus dem Funkgerät krächzte die Stimme von Alain Lautner.

»Major Gabin, bitte melden! Sie müssen sofort auf die Wache kommen!«, rief der Adjutant.

Jules wechselte einen Blick mit Joanna, bevor er zum Mikrofon griff und hineinsprach: »Schlechter Zeitpunkt. Wir sind unterwegs.« Er hatte weder Zeit noch Lust, sich mit zweitrangigen Angelegenheiten wie Handtaschenraub oder Zechprellerei zu befassen. Dinge, die

Lautner und Kieffer ebenso gut allein bewerkstelligen konnten.

»Sie müssen!«, beharrte Lautner mit schriller Stimme.

»Wo brennt's denn?«, fragte Jules genervt.

»Hier! Bei uns! Wir haben eine Bombendrohung erhalten!«

Alain Lautners Panik war gerechtfertigt, dachte Jules, als er den Polizeiwagen mit quietschenden Reifen übers Rebenheimer Kopfsteinpflaster trieb. Mit Blaulicht und Tempo hundertachtzig waren sie über die Autobahn gerast und kamen doch zu spät. Fassungslos musste Jules mit ansehen, wie die alte Madame Flambeau auf einer Trage aus dem Corps de Garde gebracht und in einen Krankentransporter verladen wurde. Aus einem Fenster im Obergeschoss quoll dichter schwarzer Rauch. Rings um die Polizeistation standen Rüst- und Leiterwagen von Claudes Freiwilliger Feuerwehr, dazwischen parkte ein schwarzer Kastenwagen mit dem Wappen des Kampfmittelräumdienstes.

Was – um Himmels willen – war hier bloß geschehen, fragte sich Jules. Ein Attentat? Ausgerechnet in Rebenheim? Hatte die politische Wirklichkeit jetzt etwa auch den ländlichen Raum erreicht? Aber wer hatte den Anschlag verübt? Und aus welchem Grund? Fragen über Fragen.

Kaum war der erste Schreck überwunden, bahnte sich Jules entschlossen einen Weg durch die Schaulustigen. Er sprach einen der Feuerwehrmänner an, wollte wissen, was vorgefallen war. Doch der zeigte nur in Richtung Corps de Garde und verwies auf Claude, seinen Kommandanten.

Also eilte Jules zum Eingang, rannte die Treppe hinauf und stürzte in die Wache. Hier war die Luft dermaßen verraucht, dass er husten musste und sich den Arm vor Mund und Nase hielt. Er ging weiter, drehte sich dabei um die eigene Achse, um sich zu orientieren. Im grauen Nebel erkannte er zunächst Adjutant Lautner und dann auch Claude. Der blonde Feuerwehrchef mit athletischer Figur war damit beschäftigt, ein Fenster nach dem anderen aufzureißen.

»Was ist passiert?«, rief Jules ihm zu und versuchte, das schrille Pfeifen der Feuermelder zu übertönen. Gleichzeitig wunderte er sich darüber, dass die Wache zwar verqualmt war, sich aber keinerlei Anzeichen einer Explosion erkennen ließen. Von Verwüstungen, wie Jules sie erwartet hatte, keine Spur. Auch konnte er zu seiner Erleichterung keine weiteren Verletzten sehen. Bei der Höllenmaschine, die Adjutant Lautner eine Heidenangst eingejagt hatte, musste es sich gottlob nur um einen kleinen Sprengsatz gehandelt haben, mutmaßte Jules und fragte: »Wie ist die Bombe hier hereingekommen? Und wer steckt dahinter?«

Alain Lautner kam ihm kopfschüttelnd entgegen. »Entwarnung, Major. Es gibt doch keine Bombe.«

Jules glaubte nicht richtig zu hören. »Was reden Sie da?«, fragte er verwundert. Denn die vielen Einsatzkräfte rund um die Wache sprachen ja für sich.

»Die Sprengstoffexperten sind mit einem Spürhund durch das ganze Gebäude gegangen. Raum für Raum, inklusive Keller und das Archiv im Dachboden«, erklärte Claude. »Das Tier hat nicht angeschlagen. Es war also Fehlalarm.«

Jules verstand noch immer nicht. »Wie können Sie

von einem Fehlalarm sprechen? Was ist mit dem Rauch und der armen Madame Flambeau?«

Adjutant Lautner setzte zu einer Erklärung an. »Vor zwei Stunden erreichte uns ein Anruf. Anonym, mit unterdrückter Nummer. Der Anrufer warnte uns vor einem Sprengstoffanschlag aufs Corps de Garde.«

»Daraufhin setzte Alain alle Hebel in Bewegung und rief uns um Hilfe«, führte Claude aus. »Da Bombendrohungen aber eine Nummer zu groß für uns sind, zogen wir das Räumkommando hinzu und leiteten die Evakuierung des Gebäudes ein.«

»Doch wie sich herausstellte, war alles umsonst«, übernahm wieder Lautner das Wort. »Der Anrufer hatte sich wohl bloß einen Scherz erlaubt.«

Noch einmal wies Jules auf den Qualm hin und bekam endlich eine Erklärung dafür.

»Als wir die Wache räumten, musste alles ganz schnell gehen«, sagte Lautner. »In der ganzen Hektik hat Kollege Kieffer vergessen, seine *crêpes* von der Kochplatte in der Kaffeeküche zu nehmen. Sie sind in Rauch aufgegangen.«

»Und Madame Flambeau?«, fragte Jules.

»Ein Schwächeanfall«, sagte Claude. »Die Aufregung um die vermeintliche Bombe war zu viel für die alte Dame.«

Das genügte Jules als Erklärung – und er wusste, dass es sich keineswegs nur um einen unbedachten Streich gehandelt hatte. Derjenige, der in der Wache angerufen und mit einer Bombe gedroht hatte, verfolgte ein ganz konkretes Ziel: Er wollte Jules und seine Leute beschäftigen, um damit Zeit zu gewinnen. Zeit, um seine Flucht vorzubereiten!

Nun war der Knoten geplatzt. Plötzlich hatte Jules eine ziemlich genaue Vorstellung davon, wer hinter der fingierten Bombendrohung und dem Mord an Schwan stand. Jules glaubte, endlich dem richtigen Mann auf der Fährte zu sein. Er würde jede Wette eingehen, dass der anonyme Anrufer niemand anderes gewesen war als der wandlungsfähige Frédéric Rocca!

»Sorgen Sie dafür, dass hier bald wieder Ordnung einkehrt«, wies Jules seinen Adjutanten an. Ohne lange Erklärungen abzugeben, verließ er die Wache und lief zurück zum Auto, neben dem die ratlos wirkende Joanna wartete.

In kurzen Worten informierte er sie darüber, was geschehen war. »Bei dem ganzen Tohuwabohu habe ich natürlich angenommen, dass wirklich eine Bombe hochgegangen ist.«

»So ist das nun mal«, sagte Joanna. »Die Menschen sehen immer nur das, was sie zu sehen erwarten.«

»Wie wahr!«, sagte Jules. »Und umgekehrt blendet man gern aus, was man nicht wahrhaben will. Es wird Zeit, das zu ändern.« Er hielt die Wagentür auf. »Steig ein!«

»Wohin fahren wir?«, wollte Joanna wissen.

»Zu Roccas Hotel.«

»Aber du willst doch nicht etwa…« Ungläubig blickte sie ihn an. »Wir haben rein gar nichts gegen den Mann in der Hand.«

»Wir werden sehen«, sagte Jules und setzte sich hinters Steuer.

Frédéric Rocca war derjenige, der die Strippen zog. Mit jedem Kilometer, den sie zurücklegten, erschien Jules diese Variante plausibler. Zum einen war Rocca – wenn sich Melodies Aussage bestätigen sollte – der Hauptleidtragende von Schwans Betrügerei, somit fiel ihm das stärkere Motiv zu. Zum anderen war er es gewesen, von dem die Initiative für den Aufenthalt im Elsass und somit in Schwans Nähe ausgegangen war. Der aus Jules' Sicht springende Punkt war jedoch die Gelegenheit für Rocca, sich die Wagenschlüssel von Melodies Peugeot zu besorgen. Er wusste mit Sicherheit, wo seine Agentin die Schlüssel aufbewahrte. Folglich existierte die Eventualität, dass nicht Melodie selbst die Lackspur am Tatort hinterlassen hatte, sondern Rocca. Für diese These sprach auch das fahrerische Können bei der Verfolgungsjagd, die sich Jules mit dem Peugeot geliefert hatte. Über Rocca war bekannt, dass er die Autostunts in seinen Filmen selbst umgesetzt hatte und die waghalsigsten Fahrmanöver beherrschte.

Dieser letzte Aspekt elektrisierte ihn dermaßen, dass er zum Handy griff und darauf herumzutippen begann.

»Leg das Handy weg und achte auf den Verkehr!«, rüffelte Joanna ihn.

Doch Jules überhörte ihren Protest, steuerte nur mit einer Hand und drückte auf die eingespeicherte Mobilfunknummer von Albert Hervé. Kaum dass sich dieser meldete, rief Jules: »Sind Sie noch in der Vollzugsanstalt?«

»Ja, aber ich wüsste nicht, was Sie…«

Jules fiel ihm ins Wort. »Lassen Sie Melodie noch einmal vorführen! Sie müssen ihr eine weitere Frage stellen.«

»Alle relevanten Fragen sind bereits gestellt worden«, gab sich Hervé abweisend.

»Glauben Sie mir, es ist wichtig! Bitte tun Sie, was ich Ihnen sage.«

»Sie befinden sich nicht in der Position, mir irgendwelche Vorschriften machen zu können, Major.«

Jules war so auf das Telefonat konzentriert, dass er versehentlich einen Schlenker machte und um ein Haar einen entgegenkommenden Lkw touchiert hätte. Ein wütendes Hupen war die Reaktion.

»Bist du wahnsinnig!« Joanna klammerte sich an den Türgriff. »Willst du uns umbringen?«

Jules reduzierte die Geschwindigkeit. »Ich will Ihnen beileibe keine Vorschriften machen«, versuchte er Hervé umzustimmen. »Ich möchte Ihnen bloß zusätzliche Arbeit ersparen.«

Sein milderer Ton zeigte Wirkung, denn auch sein Gesprächspartner gab sich jetzt aufgeschlossener. »Um was geht's?«, fragte er.

Jules atmete auf und erklärte dem Chefermittler, auf was er aus war. »Ich denke nicht, dass Melodies Auto von einem Fremden kurzgeschlossen worden ist. Das klingt mir zu konstruiert, zu unwahrscheinlich.«

»Sondern?«

»Fragen Sie Melodie, ob sie ihr Auto ab und zu jemand anderem geborgt hat. Zum Beispiel Rocca.«

Hervé lachte auf. »Warum sollte sich ein Mann wie Frédéric Rocca in einen schnöden Kleinwagen setzen? Bei ihm muss es doch mindestens ein Sportwagen oder eine Limo sein.«

»Fragen Sie sie einfach. Bitte!«

Hervé machte deutlich, dass er nicht viel von Jules' Idee hielt, erklärte sich aber bereit dazu, für ihn den Laufburschen zu spielen und den Auftrag zu erledigen.

Sobald er die Antwort habe, würde er sich wieder melden.

Nachdem Jules aufgelegt hatte, musste er sich eine Standpauke von Joanna anhören. »Nächstes Mal, wenn du so etwas vorhast, fahr wenigstens auf einen Parkplatz!« Inhaltlich hatte sie an Jules' Telefonat hingegen nichts auszusetzen, ganz im Gegenteil. »Wenn du den richtigen Riecher hast und Rocca wirklich mit Melodies kleinem Flitzer unterwegs gewesen ist, liegen Motiv und Gelegenheit bei ihm. Das würde Rocca zum neuen Hauptverdächtigen machen.«

Keine zehn Minuten später schrillte Jules' Handy. Joanna war schneller als er und nahm ab. Gebannt wartete er, bis sie das kurze Gespräch beendet hatte und sich ihm mit einem Funkeln in den Augen zuwandte: »Du hattest recht! Melodie hat bestätigt, dass Rocca ihren Wagen hin und wieder gefahren hat. Und zwar immer dann, wenn er unerkannt bleiben wollte. Denn in dem kleinen Peugeot hätte niemand einen Filmstar wie ihn erwartet.«

»Konnte sie sagen, ob er auch an den infrage kommenden Tagen ihr Auto benutzt hat?« Jules spürte Aufregung in sich aufsteigen.

»Das nicht, aber da es vorkam, dass Rocca sich den Wagen auch ungefragt geliehen hat, fehlt Melodie der Überblick. Sie hat nicht auf den Kilometerstand geachtet und kann daher keine verbindliche Aussage treffen.«

»Also schön«, meinte Jules und trat aufs Gaspedal. »Dann wollen wir doch mal hören, was Frédéric Rocca selbst dazu zu sagen hat.«

»Du willst Rocca befragen?« Joanna machte große Augen. »Das wäre Hervés Aufgabe.«

»Stimmt«, meinte Jules augenzwinkernd. »Aber wie es aussieht, sind wir näher dran. Nutzen wir den Vorsprung!«

Joanna verzichtete auf einen Protest.

Er wölbte die Hand, um die Flamme seines Feuerzeugs vorm Wind zu schützen. Dann nahm er zwei tiefe Züge und merkte, wie die Wirkung des würzigen Rauchs ihn entspannte.

Albert Hervé hatte eine schlaflose Nacht und einen langen, zermürbenden Tag hinter sich, der zwar in eine Festnahme gemündet war, aber noch nicht zu Ende zu sein schien. Jetzt, da er im Gefängnishof stand, um seinen Nikotinbedarf zu stillen, stiegen Skrupel in ihm auf. Es wäre so einfach gewesen, die durchtriebene Melodie als Täterin zu überführen, denn sämtliche Details hatten so wunderbar zusammengepasst. Doch dieser lästige Dorfpolizist Gabin hatte mit seinem Anruf alles durcheinandergebracht!

Mit der realen Möglichkeit, dass auch Frédéric Rocca den Peugeot gelenkt haben könnte, ergaben sich plötzlich wieder neue Verdachtsmomente. Wie es aussah, müsste Hervé sein Konzept, das er im Kopf bereits als ausformulierten Bericht verfasst hatte, über den Haufen werfen. Diese Aussicht passte ihm ganz und gar nicht. Noch weniger behagte es ihm, dass wieder einmal nicht er selbst, sondern Gabin den Anstoß dazu gegeben hatte. Dieser Landgendarm und seine arrogante Gespielin, die Richterin, waren ihm stets eine Nasenlänge voraus.

Hervé warf den Zigarettenstummel auf den Boden und trat mit dem Fuß die Glut aus. Was sollte er als

Nächstes tun, fragte er sich. Die Mitglieder seiner Sonderkommission zusammentrommeln und über den Verdacht gegen Rocca beratschlagen? Oder sollte er Jules Gabins neuer Spur die höchste Priorität einräumen und gleich ein Einsatzkommando nach Rebenheim entsenden? Doch für einen Zugriff im Schlosshotel benötigte er eine richterliche Verfügung. Bis er diese in den Händen hielte, würde wertvolle Zeit verstreichen.

Albert Hervé zündete sich eine zweite Zigarette an. Während er sie rauchte, sann er weiter über die Lösung seines Problems nach und verfluchte im Geiste den unbequemen Kollegen aus der Provinz.

Als sie sich dem *Château de Rebenheim* näherten, spürte Jules ein Ziehen im Nacken. Für ihn ein untrügliches Zeichen dafür, dass sie sich beeilen mussten. Mit viel Schwung fuhr er in die Auffahrt zum Schlosshotel, wobei die Autoreifen Kieselsteine aufstieben ließen.

Im Vorbeifahren suchten Joanna und Jules mit ihren Blicken die Fenster und Balkone des Prachtbaus ab in der Hoffnung, den Altstar bereits aus dem Auto erspähen zu können. Doch sie konnten weder ihn noch die dunkle Limousine sehen, mit der Rocca am Morgen hatte abreisen wollen. Hatte Rocca den Fahrer fortgeschickt, oder aber waren sie zu spät gekommen und Rocca längst über alle Berge?

Sie drehten eine Runde um den Parkplatz und versuchten, Roccas Karosse zwischen den anderen Nobelschlitten ausfindig zu machen, jedoch ohne Erfolg. Stattdessen wurde Jules auf etwas völlig anderes aufmerksam – etwas, das er hier nicht erwartet hätte.

»Ist das dort drüben etwa das, für was ich es halte?«,

fragte Joanna fast im gleichen Augenblick und deutete mit dem Zeigefinger nach vorn.

In etwa siebzig oder achtzig Metern Entfernung, auf einer golfplatzgrünen Rasenfläche im hinteren Teil der parkähnlichen Gartenanlage, stand ein Helikopter, in dessen Pilotenkanzel sich das Sonnenlicht spiegelte. Der Motor des Hubschraubers lief, die Rotorblätter begannen sich gerade zu drehen.

»Was hat der denn hier verloren?«, wunderte sich Jules und war alarmiert.

»Ein Rettungshubschrauber ist es jedenfalls nicht«, stellte Joanna fest. »Wohl eher eine Privatmaschine.«

Jules bremste und hielt den Wagen vor einer Reihe von Blumentrögen an, die die Wiese vom Zufahrtsweg trennte und eine Durchfahrt unmöglich machte. Er riss die Tür auf und sprang aus dem Auto. Die Hand zum Schutz vor der Sonne über die Augen haltend, versuchte er mehr zu erkennen. Den Helikopter konnte er aufgrund der gewölbten Kanzel und seines Heckauslegers aus verschweißten Hohlrohren als eine Alouette II identifizieren, ein älteres Muster aus französischer Produktion. Und nun entdeckte er auch einen möglichen Passagier für den abflugbereiten Hubschrauber: einen etwas krummbeinig und gebeugt gehenden Mann im Leinenanzug, der mit einer Hand seinen breitkrempigen Hut festhielt, damit er nicht vom Wind der Rotoren weggeblasen wurde. In der anderen Hand hielt er eine Reisetasche.

»Rocca!«, riefen Jules und Joanna wie aus einem Mund.

Jules hatte mit seiner Vermutung, den wahren Mörder in Rocca zu sehen, also völlig richtiggelegen! Denn warum sonst sollte sich der Altstar einen Hubschrauber kommen lassen, wenn nicht für seine Flucht? Jules fühlte sich als erfolgreicher Ermittler bestätigt, musste gleichzeitig jedoch einsehen, dass er zu spät geschaltet hatte. Rocca hatte nur noch wenige Meter bis zum Helikopter zurückzulegen.

»*Putain!*«, fluchte Jules.

»Schimpf nicht, sondern tu etwas!«, hielt Joanna ihm vor und sprang über einen der Blumenkübel. »Rocca ist ein alter Mann. Vielleicht erwischen wir ihn ja noch!«, rief sie und sprintete los.

Jules machte es ihr nach, obwohl er sich nur geringe Chancen auf Erfolg ausrechnete. Die Entfernung zum Flüchtenden war einfach zu groß.

Im Rennen formte er mit seinen Händen einen Trichter vorm Mund und brüllte: »Polizei! Bleiben Sie stehen, Rocca!«

Auch Joanna schrie aus Leibeskräften: »Geben Sie auf und stellen Sie sich! Mit Ihrer Flucht machen Sie alles schlimmer!«

Tatsächlich zögerte der Mann im hellen Anzug für einen Augenblick. Anstatt sich aber zu ihnen umzudrehen und zu kapitulieren, ließ er seine Tasche fallen und lief mit leicht humpelndem Gang auf den Helikopter zu.

»Der brennt uns durch!«, rief Jules Joanna zu.

»Aber er hinkt. Mit etwas Glück schnappen wir ihn doch noch!«, keuchte sie.

Sie gaben alles und machten Meter um Meter wett. Jules rannte so schnell, dass seine Füße kaum den Boden berührten. Die Distanz zum Flüchtenden schrumpfte mehr und mehr. Schon konnten sie die Abwinde der immer schneller kreisenden Rotorblätter spüren.

»Gleich haben wir Sie! Bleiben Sie stehen, Rocca!«, brüllte Jules.

Daraufhin gab der Fliehende dem Piloten Handzeichen. Gleich darauf wurden die Geräusche des Motors lauter und die Luftwirbel der Flügel noch kräftiger.

»Was tut er?«, fragte Joanna.

»Keine Ahnung!«, keuchte Jules und merkte, wie der starke Gegenwind ihnen das Vorankommen erschwerte. »Fliegt der etwa ohne Rocca ab?«

Fassungslos sahen sie mit an, wie sich die Kufen des grazilen Helikopters vom Boden lösten. Mit ohrenbetäubendem Dröhnen erhob sich die Maschine in die Lüfte und vollzog eine halbe Drehung.

»Was zum Teufel…«

Mehr war Jules nicht imstande zu sagen, denn im gleichen Moment überflog die Alouette den Mann im Anzug. So niedrig, dass der mit den Händen eine der Kufen erreichen konnte. Jules mochte kaum glauben, was sich da gerade vor seinen Augen abspielte. Während sich der Helikopter in die Höhe schraubte, vollzog der Flüchtige einen Klimmzug und hievte seinen Körper auf die Kufe. Die Kanzeltür wurde aufgestoßen, und helfende Hände zogen ihn hinein.

Nach einem weiteren Wendemanöver querte die Alouette die umstehenden Bäume und verschwand knatternd hinter dem Laub. Rasch wurden die Motorengeräusche leiser, der Hubschrauber entfernte sich mit zunehmender Geschwindigkeit.

»Ich fasse es nicht.« Jules starrte in die vom Rotorenwind hin- und herschwankenden Baumkronen. »Rocca hat uns eine filmreife Flucht hingelegt.«

Joanna, völlig aus der Puste, beugte sich vor und

stützte sich dabei mit den Handflächen auf den Knien ab. »So was Dreistes habe ich noch nicht erlebt!«

In Jules' Verärgerung mischte sich ein Anflug von Hochachtung. »Genau die gleiche Szene kommt im Showdown von Roccas Film *Der Professionelle* vor. Ich hätte nicht gedacht, dass er es zwanzig Jahre später immer noch drauf hat.«

Joanna richtete sich wieder auf und warf ihm einen scheelen Blick zu. »Das klingt fast so, als würdest du ihn dafür bewundern.«

»Na ja, wenn ich mit Mitte siebzig noch so fit wäre…«

Kopfschüttelnd ließ Joanna ihn stehen und hob die Tasche auf, die der Flüchtige fallen gelassen hatte. Sie schüttete den Inhalt auf den Rasen: Hose, Hemd, Unterwäsche, ein Waschbeutel sowie ein sorgsam zusammengeschnürtes Bündel mit Autogrammkarten, von denen aus sie Rocca wie zum Hohn anlächelte.

»Ich gebe seine Flucht über Funk durch«, sagte Jules und setzte sich in Richtung seines Autos in Bewegung. Nun galt es schnell zu handeln, denn die Nähe der Landesgrenzen zu Deutschland und der Schweiz waren ihm durchaus bewusst.

»Ja, beeil dich!«, rief Joanna ihm nach und klang ziemlich verzweifelt.

Kein Wunder, dachte Jules, denn im Ausland wäre Joanna oder ihr Strasbourger Kollege machtlos. Zwar könnten sie um Rechtshilfe bitten und Roccas Auslieferung beantragen, aber das wäre ein langwieriger Prozess. Viel zu viel Zeit, in der Rocca längst die nächste Grenze überquert und Europa verlassen haben könnte.

Zwei Minuten später hatte Jules den Funkspruch abgesetzt. Kurz, klar und präzise. Mehr konnte er nicht tun. Nun war es an den Spezialeinsatzkräften der Gendarmerie mobile oder an den Abfangjägern der Armée de l'air, den Helikopter zur Landung zu zwingen und sich Rocca zu schnappen. Doch ob sie es rechtzeitig schaffen würden – Jules hatte seine Zweifel.

Er lehnte sich im Fahrersitz zurück und wartete darauf, dass sich sein Puls allmählich wieder normalisierte. Währenddessen gingen ihm die Bilder von Roccas spektakulärem Entkommen durch den Sinn. Im Geiste verglich er sie mit den Impressionen, die er von den Filmen des Altstars in Erinnerung behalten hatte. Dabei kam ihm ein weiterer Rocca-Klassiker in den Sinn, der unter dem Titel *Über den Dächern von Marseille* für volle Lichtspielhäuser gesorgt hatte. Rocca hatte darin einen gewitzten Meisterdieb gemimt, der der Polizei mit allerlei Tricks und Kniffen unablässig Schnippchen schlagen konnte. Während Jules sich die Handlung des Films vergegenwärtigte, kam ihm plötzlich ein Gedanke.

Er stieg aus dem Wagen, an dessen Motorhaube Joanna lehnte.

Mit betretener Miene sah sie ihn an und fragte: »Und nun? Warten wir, bis Hervés Truppe aufkreuzt, oder fangen wir schon an, das Hotelpersonal zu befragen, was sie über den Hubschrauber wissen?«

»Das hat Zeit«, sagte Jules geistesabwesend, drehte sich um und ging auf das Hauptgebäude zu.

»Was hast du denn sonst vor?«, wunderte sich Joanna und kam ihm nach.

»Ich möchte überprüfen, wie gut meine Filmkenntnisse wirklich sind.«

Zielstrebig suchte Jules zunächst den Parkplatz ab, umrundete den Haupttrakt und hielt erst inne, als sein Blick auf einen klapprigen froschgrünen Citroën 2CV fiel, die klassische »Ente«. Er beobachtete, wie ein betagter, einfach gekleideter Mann mit Vollbart damit beschäftigt war, sein Gepäck in dem altmodischen Gefährt zu verstauen. Der Senior pfiff dabei ein Lied und schien guter Dinge zu sein.

Ein wissendes Lächeln breitete sich auf Jules' Gesicht aus. Ohne Eile schritt er auf den alten Herrn zu, die ratlose Joanna dicht hinter sich. Je näher Jules dem Mann kam, desto größer wurde seine Überzeugung, dass er richtiglag.

Sobald Jules den Citroën erreicht hatte, blieb er stehen und sprach den Mann an: »*Bonjour Monsieur*«, sagte er freundlich.

Der Alte schaute sich nach Jules um, erwiderte den Gruß, um sich sofort wieder wegzudrehen und sich ans Verladen seiner Koffer zu machen.

Doch der kurze Blick auf die Augen des Mannes, den Jules erhascht hatte, genügte ihm, um sich seiner Sache endgültig sicher zu sein. Jules machte einen Schritt nach vorn, fasste den Mann an der Schulter und zog mit der anderen Hand an dessen Bart. Wie erwartet konnte er den falschen Flaum mühelos abziehen.

Joannas Mund stand vor Verblüffung weit offen, als ihr bewusst wurde, wen Jules soeben enttarnt hatte. »Rocca!«, rief sie bass erstaunt.

Frédéric Rocca, von Jules' unerwartetem Handeln kalt erwischt, verzog seine charakteristischen Wulstlippen. »Wie sind Sie drauf gekommen?«, fragte er enttäuscht.

»Am Ende von *Über den Dächern von Marseille*
jagt die Polizei einem Privatjet nach, weil sie annimmt,
dass der von Ihnen gespielte Juwelendieb darin türmen würde. In Wahrheit aber stiehlt sich der Ganove
als einfacher Dienstbote verkleidet in einem schäbigen
Kleinwagen davon«, sagte Jules. »Diese Szene fiel mir
ein, als ich die Alouette davonfliegen sah.«

Rocca blies die Luft aus seinen Backen und nickte
nachdenklich. »Wenigstens ein würdiger Abgang, nicht
wahr?«, fragte er.

»Die Show ist vorüber«, sagte Jules und fasste an seinen Hosenbund, an dem ein Paar Handschellen bau-
melte. »Wie heißt es doch so treffend? Das Spiel ist aus,
Monsieur Rocca.«

»Nicht ganz«, entgegnete Rocca.

Im gleichen Atemzug hob er einen kleinen Reisekof-
fer an, den er in der Hand gehalten hatte, um ihn mit
Karacho gegen Jules' Brustkorb zu werfen. Der wurde
voll getroffen, taumelte nach hinten und riss im Fallen
Joanna mit zu Boden.

»The Show must go on!«, verhöhnte Rocca Jules'
Sprüche, schwang sich in sein Auto und ließ den Motor
an.

Bis sich Jules und Joanna so weit sortiert hatten, dass
sie aufstehen konnten, machte die Ente bereits einen
Satz nach vorn. Mit durchdrehenden Reifen fuhr Rocca
los und steuerte auf die Ausfahrt zu. Das Auto schoss
über die Schotterpiste, ohne dass Jules und Joanna eine
Chance hatten, es aufzuhalten. Sie rannten zwar hinterher, konnten mit dem Tempo des Wagens aber nicht
mithalten. Spätestens nach Verlassen des Hotelgeländes
würden sie den Anschluss verlieren.

»Jetzt kommt er doch noch davon!«, klagte Joanna.

»Er ist einfach nicht zu fassen!«, ärgerte sich Jules.

Doch wie sie beobachten konnten, kam Rocca nicht weit. Die Flucht endete keine dreißig Meter weiter. Dicht vor den schmiedeeisernen Toren der Ausfahrt wurde die Ente durch einen anderen Oldtimer ausgebremst. Jules sah mit grimmiger Freude zu, wie sich ein metallisch grauer Kastenwagen vor Roccas Fluchtfahrzeug querstellte und die Weiterfahrt unmöglich machte. Es handelte sich um eine Wellblechkarosse vom Typ Citroën HY. Jules wusste, dass diese rollende Rarität in dieser Gegend nur noch von einem gefahren wurde.

Gleich darauf schwang die Tür des Lieferwagens auf, und ein kräftig gebauter Mann mit weißen Haarstoppeln und hochrotem Kopf sprang heraus.

»Für Marisa!«, fauchte Lino seinen alten Erzrivalen Rocca an und packte ihn am Kragen.

ÉPILOGUE

EPILOG

Frédéric Roccas Kampfeswille war gebrochen, kaum dass sich die Handschellen hinter seinem Rücken geschlossen hatten. Der große Altstar des französischen Kinos schien zu dem geschrumpft zu sein, was er tief in seinem Inneren wohl schon seit einer ganzen Weile war: ein alter Mann, der seine ruhmreiche Zeit, den materiellen Wohlstand und auch viele seiner Freundschaften längst hinter sich gelassen hatte.

So jedenfalls empfand es Jules, der seinem Idol von einst im selben Verhörzimmer gegenübersaß, in dem am Tag zuvor Melodie vernommen worden war. Jules sah einen in sich zusammengesunkenen Mann mit gebrochenem Blick vor sich. Das Licht, das seine Augen zum Leuchten gebracht und Rocca von der Leinwand strahlen lassen hatte, war erloschen.

Weder Jules noch Hervé, der ihm zur Seite saß, mussten ihre Talente als Verhörexperten nutzen. Der Schauspieler war in vollem Umfang geständig. Dabei gab er tiefe Einblicke in seine Psyche preis. Detailliert, als würde er seine Biografie diktieren.

»Ich bin ein Hasardeur, ein Spieler, schon immer einer gewesen«, sagte Rocca ohne jedes Pathos. »Es ist mein Naturell, meine Existenz aufs Spiel zu setzen. Ob bei lebensgefährlichen Stunts, beim Experimentieren mit Drogen, ganz zu schweigen von meinen Frauengeschichten.« Er lachte rau. »Die größte Versuchung aber ist das Glücksspiel.« Er sah erst Hervé und dann Jules an und fragte: »Haben Sie eine Ahnung, was das bedeutet? Kennen Sie diese faszinierende Mischung aus Gier und Angst, die einen im Kasino überfällt? Dass sich am Roulettetisch der Magen zusammenschnürt, wenn die Kugel langsamer und langsamer wird, kurz bevor sie dann auf das Feld rollt, das über alles oder nichts entscheidet? Ich kenne ihn nur zu gut: den Schrecken, alles zu verlieren – und es trotzdem wieder und wieder zu versuchen.«

»Das Goldprojekt, für das Jürgen Schwan Sie geködert hatte, fiel auch in diese Kategorie, habe ich recht?«, fragte Jules.

»O ja! Dieses Start-up-Unternehmen sollte die Förderung von Flussgold revolutionieren. Schwan hatte ein bestechendes Konzept dafür vorgelegt, ein bombensicheres Ding. Ich war Feuer und Flamme für diese Idee. Das war für mich das Roulettespiel meines Lebens, und ich habe all meine Jetons darauf gesetzt«, bestätigte Rocca mit kurz aufflackernder Euphorie. Die fiel augenblicklich in sich zusammen, als er fortfuhr: »Ein fürchterlicher Fehler. Ich hätte es besser wissen müssen. Eine Unternehmung mit einem englischen Namen und einem deutschen Geschäftspartner – allein diese Konstellation hätte mir eine Warnung sein müssen. Niemals hätte ich mich darauf einlassen sollen. Und es ist nicht so, dass ich nicht gewarnt gewesen wäre. Melodie hat mir strikt davon abgeraten, wie schon zuvor von manch anderem Unsinn. Doch der Glanz des Goldes hat mich blind gemacht für die Realität.«

Auch die anderen Rätsel dieses Falls, an denen sich Jules beinahe die Zähne ausgebissen hätte, löste Rocca auf. So bestätigte er, Melodies Wagen genommen zu haben, als er zum letzten Treffen mit Schwan in die Rheinauen gefahren war. Zu diesem Zeitpunkt hatte er den Schwindel längst durchschaut und wiederholt die Rückgabe seines Geldes verlangt. Doch Schwan dachte gar nicht daran, sondern forderte sogar noch mehr. Um zu demonstrieren, dass sein Verfahren funktionieren würde, wollte er Rocca zu einer besonders vielversprechenden Stelle am Rhein führen, wo er angeblich schon etliche Nuggets gewonnen hatte.

»Natürlich war alles wieder nur ein Bluff«, sagte Rocca abfällig. »Die paar Goldklumpen, die er mir bei einer unserer Begegnungen unter die Nase gehalten hatte, stammten wahrscheinlich ganz woanders her. Aus Afrika, Südamerika oder sonst wo.«

Freimütig räumte Rocca ein, mit dem Betrüger aneinandergeraten zu sein. Nachdem Schwan keinerlei Einsehen gezeigt und sogar frech geworden war, sei ihm der Kragen geplatzt. »Ich bin ganz einfach durchgedreht, habe zu einem Stock gegriffen und zugeschlagen. Schwan fiel um wie ein gefällter Baum. Ich wollte es erst gar nicht glauben, dass er tot war. Doch als es daran keinen Zweifel mehr gab, habe ich es mit der Angst zu tun bekommen. Ich wollte nicht in den Knast, und da ich aus meinen Filmen weiß, wie die Polizei arbeitet und dass ein Tatort die beste Spurenquelle überhaupt ist, habe ich Schwan auf die Schultern genommen, ihn die Böschung zum Rhein hinaufgeschleppt und seine Leiche in den Fluss geworfen.«

Auch die zweite Fahrt mit Melodies Peugeot, die

ihm beinahe zum Verhängnis geworden wäre, räumte Rocca ein. »Mir hat die Sache keine Ruhe gelassen. Es ist wirklich etwas dran an dem Spruch, dass es den Mörder an den Schauplatz der Tat zurückzieht. Auch ich wollte dorthin, um zu sehen, ob die Polizei inzwischen fündig geworden war.«

»Um ein Haar hätten wir Sie dabei geschnappt«, sagte Jules.

»Ja, fast.«

Am meisten interessierte es Jules, wie Rocca die Sache mit dem Hubschrauber gedeichselt hatte. Der Aufwand war immerhin enorm. Wie hatte sich der Pleitier diese große Nummer überhaupt noch leisten können?

Roccas Erklärung dazu sprach Bände über den nach wie vor vorhandenen Ruhm des Altstars. »Den Piloten und auch den Stuntman, der mich doubelte, habe ich angeheuert und in dem Glauben gelassen, es gehe um einen PR-Gag für einen neuen Film. Als sie hörten, dass ich ihr Auftraggeber bin, haben sie sogar freiwillig auf ihr Honorar verzichtet. Es war ihnen eine Ehre, mir zu dienen. Mein Glück, denn ich hätte weder den Heli noch das Personal zahlen können.«

»Stimmt es, dass der Präfekt Sie zum Essen eingeladen hat?«, fragte ihn Charlotte Regnier, kaum dass Jules die Gendarmerie betreten hatte.

Ja, es stimmte. Der im Allgemeinen als äußerst knauserig geltende Francis Jouffroy hatte Jules zum Dank für seine Dienste die Einladung für ein gemeinsames Diner ausgesprochen, selbstverständlich mit Begleitung. Jules hatte gern angenommen, denn er meinte, sich diese Belohnung redlich verdient zu haben. Einen Mord tourismusfreundlich innerhalb nur einer Woche aufzuklären, und das, obwohl man eigentlich gar nicht dafür zuständig war, musste schließlich entsprechend vergütet werden.

Also bestätigte er Charlottes Nachfrage mit einem zufriedenen »Ja!«.

»Und trifft es auch zu, dass Sie sich das Lokal aussuchen durften?«

Wieder lautete Jules Antwort darauf Ja. Noch immer musste er schmunzeln, wenn er an das Gesicht des Präfekten dachte, nachdem er ihm ohne lange Überlegung seine Wahl genannt hatte: das Restaurant *Les Trois Châteaux*. Ungünstiger hätte es für den sparsamen Jouffroy nicht laufen können.

Der Wissensdurst seiner Assistentin beschränkte sich jedoch nicht auf das anstehende Abendessen mit dem Präfekten, sondern warf – wie nicht anders zu erwarten – einige offene Fragen zum Fall Schwan auf.

»Was geschieht nun mit Melodie?«, wollte Charlotte wissen und machte dabei den Eindruck, als würde ihr Roccas Agentin ein bisschen leidtun.

»Nach Roccas Geständnis ist der Haftbefehl gegen sie aufgehoben worden«, berichtete Jules. »Aber aus dem Schneider ist sie nicht. Es muss festgestellt werden, ob sie eine Mitschuld trifft. Immerhin hat auch sie Katz und Maus mit der Polizei gespielt.«

»Ob sie zurück nach Paris geht, wenn das hier alles vorbei ist?«, spekulierte Charlotte.

»In Rebenheim wird sie jedenfalls nicht bleiben, so viel ist klar. Aber ob sie sich das teure Pariser Pflaster noch leisten kann, wage ich zu bezweifeln.« Mit aufmunterndem Lächeln fügte er hinzu: »Melodie ist ja recht clever und nicht gerade hässlich. Wer weiß, vielleicht gelingt es ihr, sich einen anderen Altstar zu angeln, den sie managen kann.«

»An wen denken Sie, Major? Alain Delon oder Jean-Paul Belmondo?«

Die Antwort erübrigte sich, denn im gleichen Augenblick stürmte Adjutant Lautner herein. Er war sehr aufgeregt, wie durch den Wind. Hinter ihm ging Joanna – mit einem breiten Grinsen im Gesicht.

»Was ist denn los?«, fragte Jules, der sich die unterschiedlichen Gemütszustände der beiden nicht erklären konnte.

»Er ist gefasst!«, rief Lautner aus. »Das heißt, er hat sich freiwillig gestellt!«

»Wer hat sich gestellt?«, fragte Jules und ging gedanklich die aktuelle Fahndungsliste durch.

Joanna konnte ihr Lachen nur dadurch unterdrücken, dass sie die Hand vor den Mund hielt. »Ein wirklich böser Übeltäter«, gluckste sie und fuhr kichernd fort: »Eine Geißel der Menschheit. Zumindest hier in Rebenheim.«

Lautner sah sie tadelnd an. »Ich muss doch sehr bitten, Madame Laffargue. Immerhin geht es um Sachbeschädigung in mindestens zwölf nachgewiesenen Fällen. Das ist keine Bagatelle.«

Joanna wurde vom nächsten Lachanfall geschüttelt und zog sich abwinkend in den hinteren Teil des Büros zurück.

Jules wusste noch immer nicht, was gespielt wurde, und fragte: »Jetzt mal Klartext, Lautner! Um wen handelt es sich?«

»Ist das nicht klar? Um Gaston!«, rief er aus.

»Gaston?«, fragte Jules verblüfft.

»Ja, Gaston, der Problemstorch«, klärte Lautner den Sachverhalt endlich auf. »Wie bekannt sein dürfte, hat er in den letzten Wochen mit seinem Schnabel Motorhauben und Scheiben malträtiert, und keiner wusste so genau, warum. Damit ruinierte er nicht nur etliche Wagen, sondern auch die Nerven der Rebenheimer. Aber jetzt ist der Spuk vorbei: Gaston hat aufgegeben.«

Staunend hörte sich Jules an, was sich abgespielt hatte. Eigentlich war es ein ganz normaler Tag in der Rebenheimer Apotheke an der Rue de Strasbourg gewesen. Es war relativ warm, zudem waren viele Menschen auf der Straße unterwegs. Die Türen zur Apotheke standen also über einen längeren Zeitraum offen. Schon am Vormittag konnten die Angestellten Jungstorch Gaston dabei beobachten, wie er immer wieder versuchte abzuheben.

»Sie wissen ja, dass auf dem Hausdach der Apotheke ein Storchennest ist«, erklärte Lautner. »Und zwar das, in dem Gaston aus seinem Ei geschlüpft ist.«

Wie der Rebenheimer Storchenfachmann, Freizeitornithologe Jacques Fumer, mittlerweile festgestellt hatte, litt Gaston wohl an einer Muskelschwäche in seinen Flügeln. Offenbar schaffte es der Vogel nicht mehr zurück in sein Nest und reagierte seinen Frust darüber ab, indem er auf sein Spiegelbild in Autolack und Fensterscheiben einhackte.

»Nachdem der Jungstorch sich also auf der Straße vor der Apotheke alles angeschaut hatte, entschloss er sich dazu, sie auch mal von innen zu erkunden, und spazierte durch die Tür. Eine bessere Adresse hätte er sich nicht aussuchen können!«, erzählte Lautner weiter. »Die Angestellten waren zwar erschrocken, wollten dem Tier aber auch helfen. Sie riefen Fumer an.«

Der ausgehungert und geschwächt wirkende Gaston habe sich nicht gewehrt, als Fumer ihn in seinen Kleintransporter verlud und ins *Centre de Réintroduction des Cigognes*, den Storchenpark von Hunawihr, brachte, wo er aufgepäppelt und künftig zusammen mit zweihundertfünfzig Artgenossen leben wird.

»Ende gut, alles gut«, meinte Charlotte und wies auf die Uhr. Ob es nicht an der Zeit für eine kleine Stärkung sei? Zufällig habe sie gestern gebacken, und jeder könne gern zugreifen. Sie tischte eine *tarte aux pommes* auf, die Jules das Wasser im Mund zusammenlaufen ließ. Der hauchdünne Mürbeteigboden war mit Mus bestrichen, auf dem sich dünn geschnittene Apfelscheiben stapelten, abgerundet von einer feinen Zuckerglasur.

Die Stimmung in der Gendarmerie war ausgelassen. Das lag nicht nur an Gastons Apothekenbesuch und Charlottes Apfeltarte, sondern vor allem an der Anspannung, die nach Lösung des Falls Schwan von ihnen allen abgefallen war.

Die einvernehmliche Plauderstunde mit gemeinsamem Kuchenessen endete erst, als Kieffers Telefon klingelte und Joanna mit Blick auf die Uhr feststellte, dass sie längst zum nächsten Termin unterwegs sein müsste. Sie verabschiedete sich von Jules mit einem Wangenkuss.

Der wünschte ihr einen schönen Tag und freute sich darauf, dass die Arbeit heute so locker lief. Auch dass er nicht mehr ständig mit Hervé zu tun hatte, stimmte ihn heiter. Die nächste Kooperation mit dem eigenwilligen Kollegen würde hoffentlich nicht so bald anstehen.

Jules war guter Dinge, als er sich daranmachen wollte, den Akten auf seinem Schreibtisch zu Leibe zu rücken. Denn die hatte er in den letzten Tagen links liegen lassen, schließlich hatte er ja kaum Zeit an seinem Arbeitsplatz verbracht. Gerade als er sich setzen wollte, flog die Tür auf.

Wie der Blitz aus heiterem Himmel schoss Joanna zurück ins Büro, kaum dass sie es verlassen hatte. Ihr Gesicht war wutverzerrt, als sie sich vor Jules aufbaute, die geballten Fäuste in die Hüften gestemmt.

»W…was ist denn los?«, stotterte Jules, der sich den plötzlichen Stimmungswechsel überhaupt nicht erklären konnte.

»Lilou!«, blaffte Joanna ihn an, wobei es ihr völlig egal zu sein schien, dass Gendarm Kieffer in Hörweite von ihnen saß und telefonierte. »Wann genau hattest du mit ihr Schluss gemacht?«

Obwohl Jules noch immer keinen blassen Schimmer hatte, auf was seine höchst erboste Freundin hinauswollte, antwortete er brav: »Vor einem halben Jahr. Um genau zu sein vor sieben Monaten. Das weißt du doch.«

»Ja, das weiß ich«, giftete sie ihn an. »Aber du hast mir nie genau gesagt, wie diese Trennung abgelaufen ist.«

»Joanna«, sagte Jules ratlos. »Ich weiß wirklich nicht, worauf du hinauswillst.«

»Ach nein?« Sie verpasste ihm eine schallende Ohrfeige.

Jules zuckte zurück und hielt sich die schmerzende Wange. »Was soll das?«

»Damit du es weißt: Ich bin fertig mit dir, Jules Gabin! So etwas lasse ich mir nicht bieten, denn das ist das Allerletzte! Zum Essen mit dem Präfekten kannst du allein gehen. Oder nimm deine Lilou mit.« Sie wirbelte herum und ließ ihn stehen. Kurz vor der Tür drehte sie sich noch einmal um und sagte mit einer Schärfe, die mit einem frisch geschliffenen Küchenmesser mithalten könnte: »Falls du zu ihr zurückkehren willst, kannst du ihr das gleich sagen. Sie sitzt draußen im Vorraum und wartet auf dich. Ich wünsche euch beiden viel Glück.« Damit verließ sie den Raum und knallte die Tür hinter sich zu, dass es nur so schepperte.

Jules blieb fassungslos zurück. Er sah sich nach François Kieffer um, doch der konzentrierte sich voll und ganz auf sein Telefonat oder tat jedenfalls so.

Was hatte Joanna gerade behauptet, fragte sich Jules. Dass Lilou im Vorzimmer wartete? Konnte das denn sein? Was sollte sie hier wollen nach all der Zeit, die seit ihrem letzten Treffen verstrichen war? Und was hatte sie getan, um Joanna dermaßen in Rage zu versetzen?

Es gab nur einen Weg, um das herauszufinden. Mit einem mulmigen Gefühl im Magen ging Jules auf die Tür zu. Er öffnete sie langsam und vorsichtig in der Erwartung, dass er sich jeden Moment sehr erschrecken würde.

Und tatsächlich hielt er den Atem an, als er seine Exfreundin auf dem Büßerbänkchen im Vorraum erblickte, das normalerweise für Schulschwänzer Yves reserviert war. Die zierliche Lilou saß ganz brav auf der

Holzpritsche, als könnte sie kein Wässerchen trüben. Sie trug ein dezent geblümtes Sommerkleid und Ballerinas. Ihr rabenschwarzes Haar fiel ihr offen über die Schultern, ihre tief gebräunte Haut besaß den sanften Glanz dunkler Oliven.

Lilou schenkte Jules ein zauberhaftes Lächeln, bevor sie ihren Blick auf ihre Hände hinabgleiten ließ. Diese hatte sie gefaltet auf ihren Bauch gelegt – auf einen ballongroßen Babybauch!

Jules war von diesem Anblick dermaßen überrumpelt, dass er zurück in sein Büro taumelte und die Tür hinter sich schloss. Er lehnte sich an den Rahmen und merkte, wie eine Hitzewelle nach der anderen in ihm aufstieg. Unfähig, sich vom Fleck zu rühren, versuchte er das gerade Gesehene zu verstehen. Was er jetzt brauchte, waren einige Minuten Zeit zum Nachdenken.

Doch die bekam er nicht. Inzwischen hatte Gendarm Kieffer sein Telefongespräch beendet und ging mit gewichtigem Gesichtsausdruck auf ihn zu.

»Wir werden gebraucht, Major«, sagte er und klang tatenfroh. »Die Kollegen der Police municipale sind bei einer Streifenfahrt auf etwas gestoßen und haben nach uns verlangt.«

»Was ist denn passiert?«, fragte Jules gedankenverloren.

»Ein neuer Mord, Major. Ihr Einsatz wird gefordert!«

MERCI

Für ihre große Hilfe bei der Recherche zu diesem Roman möchte ich mich bei all denjenigen bedanken, die mir mit Rat und Tat zur Seite gestanden haben. Bei der Goldsuche im Elsass unterstützten mich Dr. Dieter Johannes und Prof. Dr. Michael Schlüter. Oliver Grill, Kriminologe M.A., verdanke ich wertvolle Tipps zur Polizeiarbeit.

Susanna und Felix möchte ich unter anderem dafür danken, dass sie mit mir auf der Suche nach dem geeigneten Tatort über sechzig Kilometer weit den Rhein abgefahren sind, während mich Annika in Modefragen beriet und Philip mit mir die Vogesen erkundete.

Ein großer Dank geht wieder nach Strasbourg an Marie-Anne Tan sowie an Jacques Poulet und an meine Eltern fürs kritische Testlesen. Dank an Dr. Uwe Meier für seine Hilfe bei der Dramaturgie und an all die anderen, die ihren Teil zur Entstehung dieses Buches beigetragen haben.

Ein Hinweis für Elsasskenner: Das kleine Örtchen Rebenheim gibt es im wahren Leben ebenso wenig wie die handelnden Personen. Aber ich habe mir ein schönes Fleckchen Erde ganz in der Nähe des Weindorfs Rorschwihr ausgesucht, wo noch Platz für Rebenheim wäre – mitten im Herzen der Weinberge.

Ein geheimnisvoller Mord in einer mystischen Höhle

Jean Jacques Laurent

Elsässer Verfehlungen

Ein Fall für Major Jules Gabin

Piper Taschenbuch, 304 Seiten
€ 11,00 [D], € 11,40 [A]*
ISBN 978-3-492-23208-1

Die Vogesen – berühmt für ihre traumhafte Landschaft und die zahlreichen atemberaubenden Grotten und Höhlen. Und manchmal sind sie tödlich: Major Gabin wird in eine abgelegene Höhle namens Blutgrotte gerufen, um den Tod des Rebenheimers Richard Jardin zu untersuchen. Hatte der geübte Kletterer einen tragischen Unfall? Versagte seine Kletterausrüstung? Oder ist etwa Manipulation im Spiel? Major Gabin macht eine erschreckende Entdeckung: Es ist nicht der erste Todesfall in dieser Höhle.

PIPER